竹影流年

贾红松 著

天津出版传媒集团

百花文艺出版社

图书在版编目（ＣＩＰ）数据

竹影流年 / 贾红松著. -- 天津 ： 百花文艺出版社，
2025. 5. -- ISBN 978-7-5306-9122-9
Ⅰ. I267
中国国家版本馆 CIP 数据核字第 2025S57Y49 号

竹影流年
ZHU YING LIU NIAN

贾红松　著

出 版 人:薛印胜

责任编辑:张　雪

装帧设计:吴梦涵

出版发行:百花文艺出版社

地址:天津市和平区西康路 35 号　　**邮编**:300051

电话传真:+86-22-23332651（发行部）

　　　　　　+86-22-23332656（总编室）

　　　　　　+86-22-23332478（邮购部）

网址:http://www.baihuawenyi.com

印刷:三河市嵩川印刷有限公司

开本:880 毫米×1230 毫米　1/32

字数:196 千字

印张:11

版次:2025 年 5 月第 1 版

印次:2025 年 5 月第 1 次印刷

定价:68.00 元

如有印装质量问题，请与三河市嵩川印刷有限公司联系调换
地址：三河市杨庄镇肖庄子
电话：(0316) 3654999　邮编：065201

去听贾红松散文的瀍河

　　乙巳仲春，"消费者权益日"这天，我正在北中原蘧伯玉故里所在村庄的戏台前，和文友一边晒暖一边听戏，青年才子李知展从十三朝古都洛阳，隔空命我为洛阳另一位才子贾红松的散文集写序。戏台之上，与洛阳有关的帝王故事正在演绎，而我也有自知之明，不敢贸然为洛阳的文士作序——古往今来，洛阳的文气太盛，贾谊、左思、韩愈、刘禹锡、白居易、元稹、李贺……还有"洛阳纸贵"一说，将会佐证"我的纸贱"。但敦请之词从十三朝古都隔空传来，似乎我不写点什么，就是对文学豫军青年主力团的轻视。想想自己已混成老作家了，戏便不听了，开始去读洛阳才子贾红松的散文。

　　青年作家贾红松生活在洛阳瀍河。瀍河是一条历史悠久的文化名河，瀍河区更是一片文化底蕴深厚、地域风情浓郁的土地，习惯上被称为古都洛阳东城。曾经有在东城做房地产开发的朋友，拿着挖出来的瓷片找我换字，说是李隆基小时候用过的饭碗。东城扼守着洛阳东大门。"孔子入周问礼"、关羽"勒马听风"、隋炀帝国家粮库"回洛仓"、宋太祖赵匡胤出生……都在东城，可见瀍洛蜿蜒，人文荟萃。这片土地有风景，有传说，有名人趣味，有雅士逸闻，身处这样一块厚重的文化沃土，不写文章都有点对不住东城的牛肉汤。

好在贾红松也在"喋汤"了，他是"以文喋汤"。他写乡情，写家常，写怀人，写远游，写动物，写植被，美食考究，佳酿风物，文脉探索，既有饲养棚里的烟火气息这类文章，又有"对狗弹琴"的日常观察。他笔下的瀍河，可以烟火缭绕，可以凭古临怀，还可以大快朵颐。

贾红松的文字，让我对河洛地区厚重的人文历史和浓郁的乡土文化有了新的认知和思索，这样的认知和思索的产生，也正是基于贾红松散文独有的魅力。

人对某一件具体事物的判断，可能会存在这样那样的偏颇，甚至一叶障目而以点代面。一个对文字吹毛求疵、力求臻于完美的批评者，去摇头否定一个人的文字，也许比点头肯定要轻松得多。贾红松的散文给我的阅读快感和审美观感是畅快的、舒服的、令人惊喜的，近似于我刚才在村里晒暖听戏。

这样的定性也许过于直白不加掩饰，但偏有那么一种文字，它裹挟着人性温度，氤氲着泥土芬芳，酝酿着丰富淳朴，以近乎简单朴素的方式书写烟火四季，记录一日三餐，让人世间的平凡日常、简单世俗变得触手可及，活灵活现，栩栩如生。持有这种写作态度的作家，无一例外都是"进步"的作家，不是"后退"的作家。令人欣慰的是，贾红松便是其中的一员。

我对生活中的贾红松并不完全了解，但透过文字去看作者，"窥一斑而知全豹"，至少他的写作灵魂显得澄澈，和置身山间看潺潺溪流的感觉一样，浅显或者深奥瞬间变得清晰可见。

读到集子里《竹影流年》《那场纷纷扬扬的雪》诸篇，那些灵动中不乏张力的文字耐品耐读，像"冲破笋衣之前，竹笋如同一团岩浆隐藏在地表之下。一旦从土里拱出来，竹笋就一寸寸、一节节往天上冲，仿佛想和高天上的云握握手。每一根竹笋，最后都会把自己撑成一把绿伞，站立成黄土地上的修行者。""每个人都会在雪地上留下无法抹去的印记。或曲或直，或轻或重，或深或浅，或长或短，或多或少，或清或浊，或重于泰山轻于鸿毛。""几只蚂蚁抬着一只甲虫慢慢腾腾地在我眼前爬过，渐渐挪出我的视线。我从蚂蚁口中掠走了那只甲虫，重新放回到它们刚刚的来路。蚂蚁被我折腾得一头雾水。它们的触角颤动着，似乎感觉不到我这个危险物的存在。或许，它们眼里只有甲虫，没有我。"这些颇具质感的文字，俨然大家手笔。

一个散文家优秀与否的评判标准，首先是语言过关，其次是语言的发酵——内里蕴含的人生情怀、对生命的领悟、独立思考的深度和广度、作家自我的认知和提升。贾红松在这本散文集中的努力，将一场文字盛宴奉献给读者，以一次艺术之旅回馈喜爱散文的人。

再扯远一点，一篇出色的散文，除了讲究黄金比例，还要懂得剪裁，善于布局，精妙于起承转合。既要有感情纯度和浓度，也要讲究艺术手法。精致典雅是一种表达，大气真情也是一种表达。贾红松的散文可归为新乡土范畴内的表达类型，平常到柴米油盐，朴实到田畴阡陌，和沧桑大地上伴日月轮回的玉米、谷子、高粱一起朝晖夕阴，个性十足，生生不息。《成长之地》《白面元宵》《山坳里》几篇叙述性散文里的人物，都有这种特性——不管遭际如何不堪，他们对生活、对未来始终充满热忱——这个世界上，每一个生命一定会得到适于自己的那份幸福。

　　散文抒情要有节制，所有的"开笔"最后都要落到实处，避免大开大合，虚无缥缈，言之无物。贾红松的散文读来踏实，像踩在土地上，有着行走在林间路上的那种怡然，传递着"'竹杖芒鞋轻胜马'，人生而豁达，一场风雨算得了什么啊？况且，山头斜照，林鸟相迎，夕阳绚烂，何惧萧瑟呢！"的人生态度。在当今社会，这种审慎对待人生、真诚对待文学、以质感语言书写丰富生命的态度尤为重要。

　　生活中的细微美好，被作家看到后，便有了真情实意的表达。贾红松的散文以真诚见长，他的文字带着力量和气质，字里行间跳跃着美感，闪现着灼灼光彩，读来仿佛同至瀍河两岸，一同分享了作者对故乡，对人生，对自然，对万物，对苍生的体验。

　　一千三百多年前，陈子昂为了文章诗歌的出彩，在唐朝西都摔琴砸弦，文坛叫好。今天的贾红松不需要在东都操持这些行为艺术，文学写作没有早晚，只管端坐在瀍河两岸，调好自己的琴弦，去弹出自己的声音，最好就是属于瀍河的声音，像作者感悟的那样——去以文学的质感语言来抒写丰富的生命和大社会。

把琴弹下去，自会有知音。

（冯杰，著名作家，曾任河南省文学院副院长）

目 录
CONTENTS

竹影流年

顺阳河上游的那片竹林，仿佛绿云铺陈在原野上。

冲破笋衣之前，竹笋如同一团岩浆隐藏在地表之下。一旦从土里拱出来，竹笋就一寸寸、一节节往天上冲，仿佛想和高天上的云握握手。每一根竹笋，最后都会把自己撑成一把绿伞，站立成黄土地上的修行者。

那年腊月，寒风呼啸着掠过旷野，把我和父亲推得直趔趄。风雪鞭子一般抽打在我的脸上手上，我瑟缩着，无可奈何。从竹林边经过，父亲指着雪地中郁郁葱葱的竹林，说："你瞅瞅，风再狂，雪再大，竹子拉手并肩，决不认怂，硬气得很呢。"我扭脸去看，挺拔的竹子，与萎缩在雪窝里低眉顺眼、瑟瑟发抖的枯草果然不同。我学着风雪迫压下的竹子，挺一挺腰杆，寒风立马绕开了我，一溜烟地跑了。

一丛竹，从此扎根心田。

我看过父亲画竹。他先用炭条勾勒出轮廓，粗粗的线条，寥寥几笔；接着用草青辅色，画出竹节，斜的，直的；再添竹叶，疏密有致地添；最后，拿起饱蘸颜料的笔往空白处晕染，一下、两下……不大一会儿，一丛竹在画布上鲜活起来。父亲对宋代文同的《墨竹图》推崇备至，认为苏轼的"兔起鹘落，稍纵即逝"指的就是《墨竹图》具有张力的那种速度感。父亲身上有一种老式文人的书卷气。有时候，我挺喜欢他竹子似的淡雅豁达；有时候，我又讨厌他竹子般的严厉和不苟。

每当对自己的画作不满意，父亲总要带我进竹林去写生。那时的我，自然是欢呼雀跃。

我小时候的经历和顺阳河边长大的孩子们都差不多：蹚过谷子地、青纱帐、芦苇丛、东坡南岭，钻过寨壕沟、红薯窖、炕烟房，撵过野兔，逮过黄鼠狼，挖过泥鳅、黄鳝，放过牛羊，也挖过地丁、野菊、蒲公英、打碗碗花、茵陈。我曾背着梢绳和套进架子车里的母亲吭哧吭哧地一车一车从田地里往家拉庄稼，也曾和文绉绉的父亲守在煤矿的矸石山上眼巴巴地等着和众人争抢从地底深处提上来的乌黑煤块。

顺阳河边的孩子们，很像竹林里的那些竹子。他们在无忧无虑中长壮，在大天大地里长高，胸脯由薄变厚，腹肌渐渐分明，膝盖、前额和后脑也会留下几处疤痕作为成长的印记。

竹林西边有条水沟，东、北、南三面又植着茂盛的铁蒺藜树。牛、马、骡、羊啃食野酸枣芽也如开胃菜，但碰上浑身生刺的铁蒺藜树，它们都怕。水沟迟滞了我亲近竹林的脚步，铁蒺藜树横亘在我和竹林之间，阻隔着我拥有一片乐园的渴望。我免不了小小地怨恨它们。

其实，怨恨这种情绪在我的情感世界里边界模糊，如玩腻的沙包一样常常随手丢弃。我不觉得有什么对或错，也不觉得有什么可惜或者不可惜。那片竹林从来没有远离过我的视线，倘若在黄土地上遭遇不爽，远远望一望那片竹林，那些不爽很快就会平复。由此，我觉得父亲叮嘱我的那句话特别有道理——人应该像竹子一样活着。

苦乐无边，这是我成年后在皖南的一片竹林里彻悟到的。那天落雨，不大，淅淅沥沥。我没带伞，衣服很快湿透。有风吹来，我激灵灵打了个冷战，一下子想起刘永济的《唐五代两宋词简析》中的句子："东坡时在黄州，此词乃写途中遇雨之事。中途遇雨，事极寻常，东坡却能于此寻常事故中写出其平生学养。上半阕可见作者修养有素，履险如夷，不为忧患所摇动之精神。下半阕则显示其对于人生经验之深刻体会，而表现出忧乐两忘之胸怀。盖有学养之人随时随地，皆能表现其精神。东坡一生在政治上之遭遇，极为波动，时而内召，时而外用，时而位置于清要之地，时而放逐于边远之区，然而思想行为不因此而有所改变，反而愈遭挫折，愈见刚强，挫折愈大，声誉愈高。此非可悻致者，必平日有修养，临事能坚定，然后可得此效果也。"

"竹杖芒鞋轻胜马"，人生而豁达，一场风雨算得了什么啊？况且，山头斜照，林鸟相迎，夕阳绚烂，何惧萧瑟呢？

看护竹林的吴爷从腰里解下钥匙，递给父亲，轻声叮嘱："小心点，出来记得落锁。"一人多高的两扇柴门，几根铁丝拧成的门链上挂着把生锈的铁锁。父亲开了锁，费力地将其中一扇往一旁挪了挪，带着我一前一后走进竹林。

竹子一棵挨着一棵，遮天蔽日。阳光透过高低错落的叶隙，斑驳地洒在青翠竹皮上，光影交错，恍如一幅康定斯基的抽象画。父亲选好一处位置，开始全神贯注地写生。我往竹林深处东张西望，没敢启动双脚撒野。脚底下很松软，那是一层由厚厚的落叶和半干不湿的鸟粪逐年累月铺出来的"陈旧毯子"，踩上去窸窸窣窣，真担心下面藏着蛇或其他吓人的东西。就这样，我错过了与竹林的第一次亲密接触，与大美擦肩而过。

第二次到竹林，我和几个大孩子从铁蒺藜树下爬了进去。他们进去偷竹笋，我趴在竹林边"望风"。望风的孩子大抵和我一样，属于有贼心没贼胆、不擅圆谎的那一类，回家容易露馅儿，搞不好就会连累大家挨揍。

偷过张家的西瓜后才相信，上过羊粪的西瓜滋味确实要

竹影流年

甜得多；偷抄同桌的作业后终于明白，学习和不学习确实天壤之别。偷来的领悟像铁錾子錾在石碑上一样，往往刻骨铭心。

竹笋尖尖的，摸上去又涩又硬，层层笋衣严密包裹着里面的笋肉。我趴在地上盯着眼前那棵笋，琢磨着一根竹子的命运和未来。那棵笋的去留生死，决定权在我的几根脏兮兮的瘦长手指上。我从来没有那么举棋不定。

几只蚂蚁抬着一只甲虫慢慢腾腾地从我眼前爬过，渐渐挪出我的视线。我从蚂蚁口中掠走了那只甲虫，重新放回到它们刚刚的来路。蚂蚁被我折腾得一头雾水，它们的触角颤动着，似乎感觉不到我这个危险物的存在。或许，它们眼里只有甲虫，没有我。

那棵笋最终活得好好的，它命硬。

那些日子，吴爷的鼻子像狗一样灵敏，眼睛像鹰一般犀利。敢从吴爷眼皮子底下偷竹笋，那得有几分熊孩子胆。竹鞭在土里自由生长，无拘无束，有的逃出铁蒺藜树之外，也萌发了竹笋。这竹林之外的笋，是竹林蛰伏一冬后给乡村的馈赠。我们可以不用看吴爷脸色，理直气壮地据为己有。

吴爷是篾匠，一双巧手编出来的竹篮、箩头、筛子、帘子、笊篱、笼屉、竹凳……五花八门，结实耐用。竹子被篾刀一刀一刀劈成竹丝，化为绕指柔。竹丝活泼得像小姑娘，在吴爷手指间跳皮筋一般跳来跳去，不断变换着形态。

有了形态的竹丝如同有了躯壳有了灵魂的人，辗转浮沉于红尘。

闲暇了，吴爷就打着盹儿在竹林前的摇椅上晒太阳，旱烟袋低垂在摇椅一侧的扶手外，烟袋杆是拇指粗的一根淡竹，光滑润亮，闪烁着玉石般的光泽。他养的那条狗趴在他脚边，像他一样眯着眼，打着盹儿。一阵煦风吹过，吴爷醒了，深噙几口旱烟，惬意地吐出，悠闲地看他的狗追逐他吐的烟圈儿。

月朗星稀的晚上，我和几个伙伴从家里溜出来，穿过影影绰绰的庄稼地，奔向竹林。吴爷嗓音低沉，说话抑扬顿挫，肚子里装满故事。月亮在白莲花般的云朵里穿梭，竹涛轻涌，虫鸣此起彼伏，夏夜在不知不觉中深沉。干脆留宿在竹林。那张宽大的竹床上挂着一顶蚊帐，习习清风把暑气和蚊子逼进夜色，凉意很快氤氲全身。我们躺在竹床上，一会儿便酣然入睡了。

那条黄狗白天在竹林外梭巡，夜晚卧在廊檐下和吴爷做伴。蹑手蹑脚的田鼠贼眉贼眼，做梦都想溜进竹林啃竹根。在竹林，狗拿耗子不是多管闲事，而是守林狗的分内事。被狗按住的田鼠拼命挣扎，吱吱乱叫，吴爷扛着铁锨飞奔而至，拍死田鼠不费吹灰之力。不怀好意的觊觎者，结局大抵如此。

某天后半夜，那条狗狂吠不止。村里人感觉不对，披衣去了竹林。吴爷烧得迷迷糊糊，人已虚脱了。徐昂导演的《忠犬八公》里那只名叫八筒的中华田园犬催人泪下。我眼睛盯着屏幕，脑海里却放映着自己导演的电影——片场在那片竹林，主角有吴爷、母亲、父亲、那只摇晃着尾巴的大黄狗、田野、庄稼、鸟雀、顺阳河，还有老老少少的乡亲们。

竹林里的鸟超级多，似乎方圆几十里地的鸟都汇集到了这里。麻雀一群一群的，在竹林里叽叽喳喳，无法无天；野鸡喜欢散步；公鸡羽毛艳丽，母鸡温文尔雅，它俩在竹林里筑起爱巢，不离不弃；喜鹊的窝搭在一旁的大白杨上，它们偏爱飞到竹林逞强，抓牢最高最挑的竹梢，一边荡秋千一边引吭高歌，喳喳喳喳。

还有刺猬、獾、松鼠、翠鸟、张牙舞爪的蝙蝠、带有毒刺的土蜂……

从竹林流出来的水甘甜纯净、清澈如玉，虾在那条水沟里优哉游哉。我们最喜欢捉虾，剥掉虾皮，白嫩虾肉丢进嘴里，甜甜的、鲜鲜的。现在，在超市里看见水族箱里的虾，也会下意识地吧嗒嘴，舌尖上似乎还残存着那些年的鲜味。

竹林从来不会拒绝孩子们对一根钓鱼竿的渴望。我们挑拣最直溜的竹子，齐根砍断，捋净枝叶，握在掌心，乐颠颠地跑向池塘。钓鱼归来，竹林是最好的去处。

蹲在水沟边，刮净鱼鳞，掏空内脏，往吴爷煎药的黑砂罐里添满清水，放一点盐巴、姜片，引燃枯竹。一袋烟的工夫，一罐热气腾腾的鲜美鱼汤就出锅了。鱼汤白如奶，香气袭人。

竹筒做成水枪，老竹弯成弓背，竹尺打肿手心，教鞭指点迷津，晒粉条用的竹竿、爬豆荚黄瓜用的竹架、扎篱笆用的细竹……竹林与村子密切相关。竹穗子细瘦，一指多长，缠裹棉线，装进梨木梭，母亲在织布机上左右开弓。外婆烙饼离不开竹披子。两指宽的竹披子一端削出握柄，一端尖溜溜，在铁鏊子里游刃自如；葱花饼的香味深镌味蕾，挥之不去。

父亲玩社火也离不开竹子。扎好龙头，绑出龙身，裹上绸布，覆满五彩花片，一条竹龙就扎成了。元宵夜，竹龙变身火龙。粗犷张扬的火龙忽左忽右、忽高忽低；烟花璀璨，人声鼎沸，"玉壶光转，一夜鱼龙舞"。

手拉手钻进竹林，谈一场昏天黑地的恋爱，年轻人最懂。竹叶屏住呼吸，不再瑟瑟作声；鸟雀扑棱几下翅膀，红着脸飞走了。耿直的竹子见证过多少爱情？那些表白有没有演变成一场盛大婚礼？竹林微笑不语。

母亲习惯用自家出产的柳条到竹林换笭头。擀面杖粗细的新柳条，截成四尺左右的段，十根能换回一个竹笭头。土建房，装粪挑庄稼，母亲和竹笭头一样任劳任怨。母亲说：

竹影流年

"挎起竹篓头，吃喝不发愁。"我却选择了告别母亲和她一生倚重的竹篓头，告别伸着无数只手挽留我的竹林，去往远方，驻留他乡。

那片竹林其实是个回不去又走不出的魔境。曾经的我，带着一身泥土气息，一去不回头；如今却困郁乡愁，成了一个不折不扣的精神囚徒。

旅途中常常要经过竹林，它们并非梦境里的那一片，却又何其相似啊！都是一样的密密匝匝，一样的翠浪起伏，一样的瑟瑟有声，一样的苍劲冷峻，连雨丝穿透竹林的声音听起来也几乎一模一样。那些翠竹弹奏出的古老歌谣破空而来，豫调悠扬，让人轻易就想起家乡。

竹影流年。嬉闹于竹林的日子渐行渐远，如同撕去的一页页日历和母亲鬓角日渐稀疏的华发。我在城市的一角暂坐，仔细端详手中的那杯拿铁咖啡，恍惚之间，居然成了被日光磨砺过的一抔黄土；夜半，又总觉得身下睡的不是席梦思，而是竹林里吱吱作响的那张竹床。

新修的高速公路恰好穿越竹林，那片竹子很快就消失在机械的轰鸣之中。年轻一代没有牵绊，说走就走，说行就行，或面朝大海或春暖花开，无数风景均强过那片隐没的竹林。我却徘徊在那片面目全非的土地上，像一只迷路的蚂蚁，明明知道根就在顺阳河畔，却偏偏疑惑和唏嘘着归宿。

于竹而言，拥有它的人和毁灭它的人都只是匆匆过客。每一根竹子都具有桀骜性格，它们历劫不灭，生生不息，于时光深处成就质地，以中空外直之态扎根大地，春风一来，摇曳如昨。

花戏楼

　　那场戏唱得真叫过瘾！几十年过去了，上岁数的古镇人还念念不忘那场戏。

　　新落成的花戏楼坐北朝南，三进深，十间阔，轩敞气派，武生筋斗可以连串翻，刀马旦上场也不挤搡。真应了五爷说的那句话：弄不成咱就不弄，要弄，就舞弄一座十里八乡最好的"花戏楼"。

　　花戏楼一落成就要开锣唱戏，花戏楼开锣唱戏不兴剪彩，叫"破月楼"。一个"破"字，注定了这事不简单。

　　岁月仿佛一条河，流经哪里，老规矩和老传统就被河水带到哪里。安梁要放炮、撒五谷粮食、撒糖果和瓢粮蛋（鸡蛋大小的馒头，里边包一块鹅卵石），新灶台要燃五彩纸、炸粿子祭灶神，孩子百天要抓周，正月不能剃头，新姑爷不能睡在岳父母家，等等。"破月楼"除去放炮仗、挂楹联、供祖师爷等仪式外，一个月内还必须按选定的吉日吉时开锣。

梨园行里，"破月楼"犯凶煞，搞不好会出人命。传说这东西诡异隐秘，听起来神乎其神，好像有鼻子有眼；细追无凭无据子虚乌有，像雾像云又像风。敢接"破月楼"活儿的剧团，要么有名角镇场，罡气压邪气；要么剧团里年轻后生多，朝气蓬勃，阳刚驱阴柔。选戏也有讲究，武行挂帅，神话居次，文戏最末。

那场戏由侯爷担纲主演。侯爷唱铜锤花脸，人仗义，性豪爽，嗓门高，戏路活，身手利落，是享誉河洛的名角。那场戏他里外上下都揣着小心，唯恐出一点闪失。

戏未开场，潮水般涌来的观众就在花戏楼前砌成了一道厚厚实实的人墙，风摧不动，雨泼不进，雷击不溃。要是一不小心被挤出来，肠子得悔断三截，嘴唇能气成酱紫色，就算把吃奶的劲儿使出来，也甭想再挤进那道密不透风的人墙。侯爷挑起幕布一角朝台下扫了一眼，心尖儿忽悠悠颤了几颤。见惯了大场面的侯爷，也极少经历这种几千人抻着脖子巴望一场戏的壮观。可角毕竟是角，大幕一启，侯爷整整蟒袍，理理长袖，定定神，稳稳当当上了场，一作势一亮相，再一放一收，银枪瞬间舞弄出了枪花。

一看侯爷掏了看家本领，配角和龙套不敢马虎，一个个将十八般武艺悉数搬出。上场下场脚底生风，"出将""入相"环环相扣，你方唱罢我登场，锣鼓点暴风骤雨，板胡声抑扬顿挫。露天戏园里的喝彩声一波连着一波，掀起的声浪两里地外隐隐约约都能听得到。

那场戏一直唱到夜半才散场。戏迷们意犹未尽地慢慢走散，演员们在后台卸妆洗脸，叠箱师傅一件件将行头收拾稳妥，戏台上的灯光渐次熄灭，偌大的露天戏园终于归复平静。一弯冷月如钩，无数寒星斜挂西天，远远望去，大戏楼像累趴的狮子一样，张着黑黢黢的大口。

叫楼的不一定真就是一座楼。古镇胡家大院的门楼气派轩敞，青砖雕瓦，一对石狮左右镇守，方斗石磴、七尺门槛；胡家财厚气粗根深叶茂，一般人攀附不上，心情很复杂，便说胡家大门是"高门楼"。古镇人捧角懂戏，戏迷多如牛毛。不喜爱露脸的婆娘们，手头做着饭菜嘴里哼着曲调，灶房冒出来的青烟仿佛都粘连着戏文。街上窜来窜去的猫狗，圈里躺的肥猪，田野上耕作的骡马牛驴，仿佛也都爱听戏，不信您瞧瞧，那长一声短一声的叫唤，不是它们在吊嗓子吗？新落成的大戏台明明不是一座楼，古镇人偏偏唤它"花戏楼"，为啥？大戏台开春奠基，腊月前竣工，几十号能工巧匠干了一春一暑一秋半冬，不要工钱白出力，图啥？镇长鼓劲儿说："花戏楼是排面，为古镇人挣着脸咧！"

古镇人口语里但凡带"花"的都是褒扬话、好听话：好看的新娘子叫成"花媳妇"，爽朗勤快的婶娘叫作"花婶"，椿树上蹦来蹦去的虫儿叫它"花兜娘"，大青虫变成的粉蛾唤它"花蝴蝶"……

西关吴叔家的大儿子娶了东庄马石匠家的二闺女。马石匠敲打了一辈子青石条，磨秃的铁錾子一箩头盛不下。马石匠的胳膊棒槌般粗细，拳头油锤般大小，稍一用力，左右拳随便就能捶碎三块砖。闺女偏偏巧生长，粉嫩嫩一张瓜子脸，红润润一张樱桃口，婀娜娜一板好身材，像带露初绽的粉牡丹一般好看。马家姑娘披红挂彩出嫁到古镇那天，接亲的王媒婆特意在枯皱的脸上搽了香粉抹了胭脂，本想沾沾喜气乘机露露老脸，让老相好饱饱眼福。不承想，马家姑娘一下接亲车，俊俏模样就让蹲在一旁瞧热闹的老相好看直了眼，气得王媒婆直想冲过去给他一耳巴子。马姑娘这个"花媳妇"把花里胡哨的王媒婆比得恨不能寻条地缝钻进去。

被喊作"花婶"的婶娘们年纪通常不大，性格活泼开朗，孩子能离手，老公心疼人，婆婆公公扎实，日子过得和美称意。花婶们最爱开玩笑，开心果一枚，都说三个女人一台戏，花婶一个人就是一台戏，走到哪里哪里嘻哈一片，哪里出现哪里立马欢天喜地。

"花兜娘"喜欢在椿树上爬。幼虫没翅膀，白底黑点，腿脚细长，顶着绿豆大小的身体，长得有点像土蜘蛛，却比土蜘蛛耐端详。爬不了几天，幼虫蜕下白白的一层薄壳，红底黑点或红底白点的一对翅膀便长了出来。花兜娘的长腿特有劲儿，猛地一蹬，身子子弹一般弹离枝丫，扑棱棱飞成了一朵翩然舞动的花。

趴在青菜叶子上死命啃的大青虫能变成好看的粉蝶。大青虫贪吃，剪刀似的一对颚贼啦啦有力，在菜叶子上目空一切、横冲直撞。我捉过几条大青虫养在玻璃瓶里，过些时日，走路弹簧般一缩一伸的几条大青虫没了踪影，菜叶上丢弃着几个黑瘦萎瘪的虫壳，玻璃瓶里栖着几只不知所措的粉蝶。打开玻璃瓶放了粉蝶，夜里，我梦见自己也变成了一只粉蝶，白天和我一起玩过家家游戏的妞妞变成了一只"花蝴蝶"。我俩在池塘边的花丛中追逐，在绿油油的田野上轻盈飞舞，嘴里哼着刚学会的儿歌："花蝴蝶回娘家，刮风下雨俺不怕，恁有伞，俺没伞，趁趁恁那洼凸脸""花兜娘翅膀长，娶了媳妇忘了娘，跟着死婆子下假神，把娘扔在椿树上"。

古镇人叫惯了花媳妇、花婶、花兜娘、花蝴蝶，嘴不会拐弯，顺着劲儿，将大戏台叫成了"花戏楼"。

"紧梆子戏，大工程咧！"五爷将油麻秆一样亮晃的旱烟袋从嘴里抽出来，顺势将烟袋锅底朝上，对着地上一块料礓石轻轻磕几下，"花戏楼愣叫咱一帮老伙计们舞扎成了，嘿嘿！"五爷手里的旱烟袋直指着花戏楼，下巴底下那撮山羊胡儿美上了天。

五爷盖花戏楼立了头功。那几天里，五爷走路双手背拢，见人轻易不主动打招呼，旱烟袋也轻易不再让老哥们儿沾沾便宜抽一口。大拿人物端点架子没啥，吹点牛皮、喷点大话也没啥，功劳摆在那咧，不服能行？况且，"破月楼"那场戏稳当唱罢了，戏好角好，一点岔子没出，五爷再添新功一件，不服能行？

五爷早晚都离不开他那杆旱烟袋。五爷的烟袋锅精铜打造，闪着金子一般的光泽。烟嘴用和田籽料精工雕琢而成，羊脂般盈润的好玉被五爷一嘴豁子黄牙咬来咬去竟然还是羊脂般盈润，显然是块宝贝疙瘩。烟袋杆出自熊耳山的幽谷淡竹，这种淡竹节长骨韧，细密紧致，越盘磨越沁润油亮。五爷祖上殷实，他爷爷玩票吸大烟样样在行，留给五爷一个老娘、一个老爹、一座宅院，蹬腿咽了气。我后来读余华的《活着》，读到富贵躺在烟榻上抽大烟那一段，总觉得窗户外头有一个干瘪老头晃来晃去，贼眉鼠眼地觑觑着屋内的一切。唉！

与五爷一比，我很委屈。我才五岁，太小，按理说哪懂得啥叫委屈，可那几天，我偏偏塞了一肚子委屈。

因为那场戏，五爷跑了方圆二百多里，寻了好几家剧团，可一听"破月楼"，再丰厚的酬劳也没人稀罕，团长们的脑袋不约而同摇成了拨浪鼓。"破月楼"邪性，梨园行里因为"破月楼"死伤的传说一件比一件瘆人，一起比一起无厘头，有些版本听起来令人头皮慄麻、后脊背森凉。梨园子弟凭祖师爷赏的好嗓子好身段混饭吃，火中取栗的事避之不及。五爷碰了一鼻子灰。

戏楼封顶竣工一个月内开锣唱戏，可是祖辈流传下来的老规矩。定不下剧团等于古镇老老少少被人瞧不上眼，背后被人啐了一口；等于被人用无影手重重扇了一耳光。这种冷遇古镇焉能受得了？这种辱没古镇人焉能担得起？眼看已经过了腊月初三，离原定的初七酉时"破月楼"没几天挪腾了，五爷急得嗓子直冒烟。

偏偏我爹落定了"破月楼"这件大事，他才是那场戏的幕后"英雄"和"能耐人"。

我爹是县剧团的副团长。按理说团长已经拒绝的演出不应当再有转机，可我爹偏偏犯了轴，愣头青似的和团长拧起了嘴仗。最关键的是，我爹赢了。"咱团只演一场戏，收三场钱，算我打嘴官司打不过你，咱特事特办。主角咱团里不管，得你自己想办法，请不来名角，算咱俩扯闲篇放闲屁，大风刮跑了！"团长是这么说的。

恁都给评评理，这么苛刻的条件我爹他居然也敢答应。我妈当天晚上就和我爹爆发了一场"战争"，我妈是主动进攻方，火力凶猛；我爹孤立无援，明显守不住自己的薄弱阵地。

我以为我爹缴械投降了。哪承想，第二天晌午，两辆拉着几十个大小戏箱，戏箱上坐满男女演员的卡车开进了古镇。县剧团来古镇"破月楼"的消息不胫而走，大人小孩奔走相告，打鸡血似的兴奋。

我妈知道消息时天刚好擦黑。她那天回了娘家，拱在一人多深的菜窖里帮外婆窖萝卜白菜。我妈仿佛听到村支书在大喇叭里吆喝花戏楼演戏啥的，便问外婆："听见点啥没有？"外婆耳背，瞟了一眼我妈，然后嘟囔了一句："这闺女耳朵咋恁尖哩！大喇叭里不放戏曲放啥？银环她娘不干好事，跑到朝阳沟捣蛋，破坏社员积极性，挖社会主义墙脚呢！"

我妈衣裳襟沾着草末子、袖口带着土星子，刚一到家，我爹脚跟脚打发人往家里送来了几张戏票。我妈捏着戏票愣怔了好大一会儿才缓过神，顾不上洗手洗脸，一声没吭进了上屋。靠后墙摆着一张木桌子，木桌子上端坐着几尊长相古怪的泥菩萨。我妈给泥菩萨上了一炷香，嘴里喃喃说了一些话，然后拉起我胳膊着急忙慌地往花戏楼赶。

闹不清楚，我妈那天晚上为啥执意要把我塞给我爹，有气没出撒也不能拿稚子当出气筒啊？再说了，我爹那么忙，头顶冒烟、脚底生风，他能顾得上照料我吗？剧团里几十号人要他招呼，来讲话的镇长要他招呼，好不容易请来的名角侯爷要他招呼，变电站站长领着七大姑八大姨来看戏也得我爹招呼。把门的不让变电站站长那一群人进戏园子，站长很嚣张："不让进这破园子是吧？我让你们演不成戏信不信？"把门的不信，可我爹信。变电站站长管着全镇人的电门开关，动不动爱拉闸，他来古镇赶集喜欢骑一辆摩托车，乱轰油门嘀嘀地按喇叭，唯恐别人不晓得电老虎屁股摸不得，唯恐别人不晓得他是变电站站长似的。

娘啊娘，我要是不把那天晚上在戏台子上的遭遇说出来，您这辈子恐怕都不会想到我爹把我放了后台走廊的戏箱上吧？我爹说他去一小会儿就回来，还交代我不要动不要跑。我可听话了！可我爹却一去大半天没再见到人影。走廊上走来走去的都是抹了油彩的脸，白脸白得瘆人，黑脸黑得吓人，花脸的嘴唇红彤彤的，像喝过血的鬼魅似的。我浑身起了一层鸡皮疙瘩，低垂着头坐在木箱子上啪嗒啪嗒掉眼泪，低低抽泣的声音只有自己能听见。等我爹来抱我时，我哇一声大哭起来，从开裤裆里冲出来一泡童子尿，不偏不倚浇湿了我爹的前衣襟。后台上有人哈哈笑了："这孩子可真逗！小戏精一枚，胆子再肥点，一准是个好演员的料，嘿嘿。"

恁都听听这叫啥话，我呸！

闹不清楚，第二天中午我爹为啥要请团长、侯爷、五爷、副镇长他们七八个人来家里吃饭。吃饭就吃饭吧，戏演罢了，剧团圆圆，人马平安，"破月楼"的钱也挣到了手，皆大欢喜，多好啊！干吗非得额外答应五爷和副镇长再演一场戏？

"人家装模作样将你军呢，这你都看不出来？'破月楼'不让女人上后台，我才狠心将儿子塞给你，为啥？还不是因为萦记你，不就是让你明白自己也是个有家室有儿女的顶梁柱男人吗？'破月楼'凶煞你心里难道没谱，真就把自己个儿当成大本事人了？信尿！"尽管压低着嗓子说话，可谁都能听得出来，我妈装了一肚子怒火。

各人有各人的想法。五爷一辈子爱出风头，只怕风头小，不怕风头大。副镇长很遗憾没捞着上台讲话的机会，这几千人的大场面比他在县里参加过的任何会议都气派，上惯了台面的他许久没机会露脸了，心里猫抓挠似的痒痒。侯爷重情义，古镇人认他的戏，票友山崩海啸似的喝彩声让侯爷心里熨帖，大伙稀罕自己抬举自己，身为名角，当然得有回应。情谊比天大，这道理侯爷心里有分寸，手头有掂量。关键是我爹图啥呢？变电站站长一大家人的票钱是我爹出的，我家七大姑八大姨和街坊邻居的票是我爹安排我哥我姐挨户挨户送上的，中午这顿饭七碟八碗也是我爹自掏腰包置办的，林林总总算算花费，我爹一个月算白干了。

最可气的是副镇长家的那个胖儿子，也没个廉耻，八辈子没吃过荤腥，饿死鬼似的，一只手抓了个烧鸡腿，另一只手抓了只卤猪蹄子，啃得满嘴油。被我爹打发到院子里和黄狗玩了一晌的我，一遍遍揪扯黄狗耳朵欺负黄狗，一遍遍往肚子里咽口水——我爹一颗花生米也没舍得丢给我。

我的委屈直到第二天晚上总算补偿了一些。看戏，位置很重要，戏票分三六九等，离舞台越近，票越贵，位置越靠中间，票价越高。如果能坐到舞台幕布后或者乐池边上看一场戏，估摸着票友做梦都能把自己笑醒了。舞台上看戏，近水楼台先得月，一招一式瞅得清清楚楚，假使运气好，还能和角们搭讪搭讪。我根本不知道自己是沾了爹的光，只觉得自己比二孬、狗蛋、铁栓他仁牛——他仁只能挤在舞台下的人堆里眼气我，我却在舞台上居高临下藐视他仁。二孬的茶壶盖脑袋像个小毛球；狗蛋鼻子下滴拉着两溜桃木胶似的稠鼻涕；铁栓个子矮，胳膊一左一右攀着二孬和狗蛋的脖子，耍猴一样骑坐在他俩肩膀上。

　　《南阳关》是侯爷定下的。侯爷饰伍云召，黑三、忠纱、面牌、甩发、白蟒、玉带、苫肩、白靠、黑靠绸、下甲、白团花箭衣、大带、银枪、彩裤、厚底。哐嚓哐嚓哐嚓哐嚓嚓……锣鼓家伙齐响动，一阵急急风从花戏楼里直冲云霄。操板胡的吴师傅绷腰提气，一挨锣鼓点落停，他左手扶琴右手起弓，猛一用劲，板胡高亢、强烈、明朗的琴音仿佛大小玉珠落在了银盘里，音调爽脆激越。吴师傅手中的板胡，用的岭南乌木琴杆、海岛椰壳琴筒，琴筒上蒙的那块蟒皮可了不得——我爹说那块蟒皮来自遥远的缅甸勐海，硬生生从活蟒身上扒下来，趁蟒血未干，钉在新砍的楠竹上慢慢晾，最后才翻山越岭到了制板胡的作坊。

板胡起红调导板，侯爷拿准腔调，跟着板胡旋律放开了嗓子："西门外放罢了三声炮，伍云召我上了马鞍桥。"两句唱罢，板胡转音，引红调原板，侯爷应势捋一捋胸前美髯，接着唱："打一根雪白旗空中飘，上写着提兵调将伍云召，下缀着忠孝王白旗展飘，恨杨广斩忠良做事残暴……"

海报一大早就贴满了十里八乡通往古镇的大小街口。《南阳关》不卖票，戏园子敞开，老话叫"放羊场"。庄稼人腊月闲暇，一听侯爷的《南阳关》白看不掏钱，戏园子随便进，十里八乡顿时炸了锅。

戏园子里人山人海。镇上的治安队员全部出动，十几个队员胳膊上裹着红袖章，人手一根一丈多长的带梢青竹竿"扩场子"。人堆里总有些不自觉的人，只管自己舒服，不怕妨碍旁人，看不到戏台上的热闹，干脆把木凳子垫到脚跟底下，一下子便"鹤立鸡群"了。"扩场子"既要眼疾手快，也要铁面无私，不容被挡着视线的观众们抱怨，手里的竹竿已向出格者的头顶挥去："都跟你一样，戏园子里还演不演戏？大家伙还咋看戏？一点规矩都不懂！"

我爹抱着我在离吴师傅一胳膊远的乐池边坐定，兜里装了几把花生米，我爹嚼一颗，往我嘴里塞一颗，吃得津津有味。侯爷伸手捏了捏我的小脸蛋，眼里含着笑，很亲昵。侯爷脸上涂着油彩，灯光一照，亮晶晶的。我摸了摸他身上的黑靠绸，幻想着自己长大了也能背上这东西，那该多神气啊！

　　侯爷是我干爹。在我家喝酒喝醉了，侯爷吵嚷着非要我爹答应我做他干儿子。我爹拗不过，喊我进屋喊了他一声干爹，侯爷应了一声，头一歪便沉沉睡去，酒醒透了才从我家回了剧院子。我爹和我妈根本没把这当作一件事，我也没把这当成一件事。后来，我去郑州上大学，到侯爷家看望他，依然没把这当成一件事。风烛残年的侯爷倒非常认真地给我这个一面之缘的"干儿子"包了红包。我有点诧异。提及我离世多年的爹，侯爷忽然老泪纵横。我更加诧异。

　　"上场谨小心，'破月楼'呢！"那天晚上，我好像记得我爹郑重叮嘱过侯爷一句。

　　"嗯哪！"那天晚上，我好像记得侯爷也郑重回应过我爹一句。

　　杨广篡位，命太宰伍建章起草诏书昭告天下，伍建章不肯，被斩。其子伍云召镇守南阳，为斩草除根，杨广遂遣大将韩擒虎等往讨之。伍云召得到噩耗，据城抗御，韩擒虎不敌。宇文化及又差宇文成都助战。伍云召夫人自尽，伍云召抱子突围。宇文成都穷追不舍，遇义士朱灿假扮关帝庙中周仓，吓退宇文成都。朱灿收养伍云召之子，伍云召自投雄阔海处。《南阳关》就是根据这段历史改编的古装折子戏，戏迷们都喜欢看。

　　台上的宇文成都对伍云召穷追不舍，欲"杀"之而后快。饰伍云召的侯爷拖着长枪从舞台右侧"落荒"下场，从后边走廊绕到舞台左侧，瞅空喝了一口水，顺手将水杯递给我爹，再撩袍提带、披散着发髻、踩着鼓点又上了舞台。

我爹自打戏一开锣，再也无暇顾及我，两只眼睛一眨不眨地紧盯着舞台。突然，花戏楼正顶上一根木椽咔嚓断了，失去支撑的砖头瓦块和泥疙瘩从高处快速坠下来。我爹率先发现险情，他像一支离弦箭射向舞台中央，电光火石的一刹那，飞身将侯爷扑倒在了舞台一侧。

轰隆一声，那根碗口粗的木椽连同砖头瓦块砸在了侯爷刚刚挪离脚留下的鞋印子上，飞溅起一阵呛人的尘灰。

舞台大幕被迅速拉上。幕布里面，剧团的人把我爹和侯爷赶紧搀扶下台，另一些人急忙清理台面。幕布外面，白鼻梁黑眼圈、穿短衣戴抓帽的文丑和一身红衣披彩肩软坎的花旦登台救场，一段白板《傻子相亲》很快平息了戏台下的焦灼情绪。文丑装疯卖傻滑稽幽默，彩衣花旦打情骂俏嬉笑怒骂，《傻子相亲》把观众们逗得前仰后合。

侯爷受了惊吓，脚踝扭了一下，人幸亏没有大碍。我爹手腕脱臼，一小会儿工夫，手背和前臂发面似的肿胀起来。大家伙心里都清楚，若不是我爹冒险推开侯爷，侯爷这条小命今儿个估计要搭在古镇，撂在这"破月楼"的舞台上了。

"咱这戏要不要接着唱呢？"惊魂甫定，团长小心翼翼地问侯爷。

侯爷弯腰揉了揉脚踝，撩袍起身看了一眼头把弦吴师傅。吴师傅没吱声，不动声色地把板胡瓢面上的底码调了调位置，沉稳地一拉弦弓，大起板流畅嘹亮地响动起来。

"吴师傅都不怯场，我能怯场？戏不演完人不休，启幕！"侯爷的话把子如响锣一般洪亮干脆。

两厢兵马再度短兵相接，打得那叫一个热闹。票友识活，观众懂戏，知道侯爷积攒了一身童子功，手眼身法干净利索，辗转腾挪疾风骤雨，舞台下面雷鸣般的掌声排山倒海，喝彩声一阵比一阵喧嚣……

戏罢谢幕，侯爷面向台下深深鞠了一躬，台下掌声不断；侯爷再深深鞠了一躬，台下掌声依旧不断；侯爷只得再深深鞠了一躬。侧过身，侯爷又给头把弦吴师傅和乐队深鞠了一躬。回转身，侯爷硬着劲儿要给我爹鞠躬时，我爹慌忙拦下了侯爷。

"侯爷，这是您'破月楼'的奉承，请笑纳！"一捱侯爷收拾停当，团长拿出来一个厚实实、鼓囊囊的红布包。瞅了瞅红布包，侯爷并没有伸手去接："钱是好东西呀，可这份奉承我不能拿，拿了，心里愧啊！"说这话时，侯爷的眼眶里噙着泪珠，亮晶晶的。

那时候，生死两重天在我的小脑袋瓜里没有一丁点儿概念，我哪里知道"破月楼"的凶险呢？那时候，情谊比天大在我的小脑袋瓜里也没有一丁点儿概念，我哪里晓得侯爷为啥流泪呢？我只是清晰地记得那天晚上回家时的情形——我爹一只手抱着我，不远的一段路走走停停，歇了几歇才好不容易挪到家门口。

我妈看到我爹肿胀青紫的手腕后嘤嘤哭了，她悲愤地一嗓子将黏稠弥散的黑夜硬生生撕开一道口子："你呀，你呀，阎王爷索命你挡道，傻啊？傻啊！"

那场纷纷扬扬的雪

一

雪和雨不一样。

事无定律，物有定式。雨行及时，该来时，雨一定会来。有时候，雨像急惶惶赶路的莽夫，携风裹电，模样张狂，令人胆战心惊；有时候，雨仿佛宫闱深闺里积攒愁肠离绪的幽怨妇人，珠帘高挂，流眸细丝，泪湿青衫袖；有时候，雨安静得可以让一只蚂蚁在乡野间快乐奔走自由歌唱；有时候，雨狂躁地抽打一片叶子，任落叶随波逐流无可奈何。

雪贵应景。"春有百花秋有月，夏有凉风冬有雪"，该发生的一定会发生。将雪片和花瓣连到一起组成"雪花"称谓的古人俯察品类，凝练格致，天马行空，简直风雅至极。每一片雪花都是飞舞在风里的花瓣，或者从一朵恣肆妖艳、芬芳引蝶的牡丹、月季、郁金香、紫藤、芍药、向日葵、郁金香、白玉兰、荷花、薰衣草、丁香……上辗转零落的花魂。

雪，晶莹剔透，丰润轻盈，矜持婉约，自带妩媚，仿佛"宛在水中央"的绝色女子。花，清香隽永，风姿绰约，惹人爱怜，"犹抱琵琶半遮面"。

漫天飞雪，便是漫天花开啊！拥抱雪花，便是拥抱绝色美人啊！那必定是天地间最唯美抵心的一幅抽象画，最浪漫抵骨的一场冬日美梦。

没有人轻易埋怨一场雪的姗姗来迟，即便是一场大到摧枯拉朽超乎寻常的暴雪。迟些晚些没有关系，降落在这片土地上的每一场雪都令人欢悦，令人欣畅，令人舞之蹈之。雪花像个淘气贪玩的懵懂孩子，走一路玩一路，在岁月深处蹦跳躲闪，却永远不会迷失于岁月深处，走丢于岁月深处。

来了就好！毕竟纷纷扬扬。

我和雪已是五十年的老朋友了。白云苍狗，迎来送往，一年又一年。我们每年至少见一面，或者见上好几面。从朔风起兮云飞扬、"黑云压城城欲摧"，到远山清新草萌翠、"春江水暖鸭先知"的这段日子，都是我翘首企盼和苦苦巴望老朋友的时间。

老朋友愿不愿见我呢？我心里几乎没底，又似乎信心满满。

我的这位老朋友不喜欢循规蹈矩。规矩大多约束凡夫俗子，让寻常之辈噤若寒蝉。雪乃精灵，向来洒脱不羁，信马由缰，随心所欲，一贯视规矩如无物，无事而事，无为而为，若他愿意，随时随地造访千家万户，根本不会向天或地打任何招呼。

一夜飞白梨花琼枝，是雪从遥远的西伯利亚带过来的礼物。山舞银蛇原驰蜡象，是他精心装扮伊、洛、瀍、涧和家乡那条顺阳河，以及龙门、万安、北邙、三乡驿、函谷、虎牢、轩辕关、天堂、明堂等山峦岭川遗址古迹的杰作。

这位老朋友常常不由分说把我堵在屋里，严严实实地笼罩氤氲人间烟火的房子，封掉我每天要通向外面世界找寻快乐的那几条乡村小道。就连院子里那两棵比我还倔强的老枣树，院子外那几棵比我高大许多的榆树、白杨、梧桐、国槐，以及乡村小道两旁瑟缩在寒风里低眉顺眼胆小如鼠的、已经枯萎透了的乱蓬蓬的野草也不放过。

我居住的那座平淡无奇的村庄瞬间变成了琼楼玉宇的梦幻世界。藏在熊耳山深处那抹毫不起眼褶皱里的小村庄由此变得冰花一般美丽，玲珑得让人心花怒放。之后的许多年里，每每遇见一场雪，或者在一场雪里徜徉徘恻，我都会想起顺阳河边的那座小村庄，想起令我牵挂惦念的原野、生灵、庄稼、树木、老少爷们儿、父亲母亲和母亲养的那条看家狗。

我由此困郁乡愁。或许知道我魂牵梦萦眺望家乡的思绪，雪花伸出千万只手，用一场又一场纷纷扬扬的雪，慰藉乡愁，擦拭泪眶。

木格窗里透出的朴素温暖，院落里传出的犬吠鸡鸣、牛勰驴叫和黑猪吃饱后的哼哼，以及炉火上飘出的简简单单的饭菜香，烟囱上袅袅升腾的如牡丹一般盛开在雪花里的一缕缕炊烟，母亲缝纺织布时高一声低一声的梦呓似的絮絮叨叨，让我在轻如鸿毛渺若飞羽的一片片雪花里，拥有短暂一生中值得珍惜的片刻惬意，又让我在一场又一场纷纷扬扬的大雪里，万般留恋毫无由起的那一丝浅浅忧虑，积淀并留存再也无法重来的一个个大起大落和悲喜瞬间。

我喜欢和这位老朋友围炉夜话煮酒聊天，同他说天说地。似乎李白、苏轼、白居易、王维、杜甫、司马迁、孟浩然、陶渊明、范仲淹、曹植、贾谊、老子……也喜欢和这位老朋友围炉夜话煮酒聊天，同他说天说地笑对人生。不然，何来"孤舟蓑笠翁，独钓寒江雪""渺万里层云，千山暮雪，只影向谁去""昔去雪如花，今来花似雪"，又何来"去年相送，馀杭门外，飞雪似杨花""江带峨眉雪，川横三峡流""乱云低薄暮，急雪舞回风""六出飞花入户时，坐看青竹变琼枝"呢？

甚至觉得，自己敢于抛弃和违背自孩提时遵循母亲定下

——————————竹影流年

的滴酒不沾、行事谨慎等教条，在成年后的某一天醉卧雪窝放浪形骸，斯文扫地不顾颜面，都得感恩那一场接一场纷纷扬扬的雪。

拜雪所赐的一切一切，和所有被雪改变了的一切一切。

二

那就踏雪寻梅吧。

瀍河，狭而短，其水澈澈，其声淙淙；洛河，绵又长，蜿蜒曲折，静水流深。两河交汇之处，河口状若喇叭匍匐大地。何其幸甚！闲暇时，我可以信步到"喇叭"上听"喇叭"呜咽，呜咽里都是汉唐遗风，周鼎汉瓦。

西岸地势陡峭。一座高大团城杵在水里，团城上筑有一座飞檐琉瓦的唐风楼宇——晴望阁。莅阁北眺，巍巍朱樱塔和恢宏的隋唐大运河文化博物馆咫尺毗邻，交相辉映。

东岸形似金龟探水。瀍洛缠绵，两条灵性之河协力堆积出一块扇面之地。依岸拂柳，看野鸭鹭鸟翔羽；弄水戏波，观游鱼吐泡嬉耍。凝涟漪漾漾，遥龙门山色，溯千年梦华，这里视野最佳。徜徉岸畔、望山、亲河、思远、怀古，每每流连忘返。

龟背被纵横交错的步道分割成了棋盘似的几块。草坪在龟背上扮演主角——春天生机勃勃，夏天盈润滴翠，秋天柔软如毯，冬天草色枯黄。遇着闲暇或节假日，草坪成了大人小孩的热闹去处。垂柳、五角枫、樱树……甘当配角，它们珍惜阳光雨露、青绿时光，舍别葱茏，静静站在韶华深处，让落叶凋零风流倜傥，辗转一派娴雅从容。

梅园在龟脖位置。冠以"梅园"，其实仅疏朗朗三十几棵梅而已。梅原本南方宠儿，辗转到北方，宠溺已倍增。即使梅树数量不多，也要谓之"梅园"。

梅树分为两丛。东边二十几棵，西边十几棵，中间隔着窄窄一条小径。梅当然是好梅，红梅灼灼，黄梅窈窈。朔风萧瑟，梅怀傲骨，一棵棵梅树摇曳岸畔，一枝枝梅花凌寒绽放。

爱梅之人如何舍得错过身边这一树粲然绰约呢！去年梅开，恰逢一场纷扬瑞雪。一边踏雪寻梅，嗅那一树清香，一边徜徉岸畔，醉那一湾河景。那些日子，梅园旁的厚厚落雪被赏花人硬生生踩出一圈明显履痕。那时疫情正峻，一圈履痕显得弥足珍贵，恍惚间，竟觉得那是人们赋予一棵棵梅树的无冕光环。

今年暖冬。时令三九，天空却三月半似的清朗湛蓝，冬阳一改脾气，也格外和煦温暖。梅喜欢和一场雪纠缠，飞舞成唐诗，灵动成宋词。原野也需要一场雪来山舞银蛇、原驰蜡象。雪和梅一旦融合，便在天地之间氤氲出了一个香远清幽的世界。

忽然想起岸畔的梅，蕊，露了吗？花，绽了吗？

三十几棵梅树野性十足。园丁们的精力放在草坪和小景上，对待岸畔的这些梅树，若不碍人，任由树干虬龙般恣肆，枝丫四下里舒张。枝丫上花苞累叠，等不及姗姗来迟的雪，已有急性子在枝头热烈地盛开，难怪古人说："向来脂粉流，睥睨谁敢当？"

一句"疏影横斜水清浅，暗香浮动月黄昏"写绝了梅的气质风姿，而岸畔的三十几棵梅又何尝不是？洛阳地脉花最宜，扎根河洛沃土，汲取千年精粹，岸畔的这些梅树凡而不俗，出落得小巧别致，小蕾如米，粒粒深红，大蕾如豆，红色的花萼已被撑破，裂隙四散，那点深红裹不住里面膨胀的明黄。那些半开的花，像是刚刚醒来正打哈欠的婴儿，自带几分慵懒，微睁双目微启唇，似有几分娇嫩。

这些梅花见过入周问礼的孔子吗？见过李杜相会吗？见过金谷二十四友吗？见过香山九老吗？想必，这些梅花也见过邂逅洛神的曹植吧，或为他的《洛神赋》添加过灵感？这些梅花想必也见过司马光吧，独乐园藏在雪夜里，一灯如豆，孤灯昏黄，窗外数枝梅探头探脑。

"绿蚁新醅酒，红泥小火炉，晚来天欲雪，能饮一杯无？"诗人很远，远在前朝；梅树很近，近在岸畔。所有的不经意，都是于不经意间创造的不经意。

喜欢红梅，更喜欢黄梅。拉一枝细细打量，这黄梅虽然繁累，却层次分明，花瓣是油润的蜡质，几乎算是半透明的。许是花萼的映衬吧，这纯净透亮的黄，不但毫不淡薄，反倒有几分醇厚。一下子幻想起霓裳羽衣，指尖一触，凉意里大约有着肉质的滋润丝滑，真想折取一枝带回家，又怕楼宇里的暖气不懂怜香惜玉，隔夜再看，蔫了。

今年赏梅的人明显多了，如这满园梅花，比去年繁盛。有人喟叹："一弄叫月，声入太霞；二弄穿云，声入云中；三弄横江，隔江长叹声；梅花，三弄，绝美！"有人感慨："梅花开了，该过去的过去了，春天还会远吗？"

"落红不是无情物，化作春泥更护花。"雪花葬落梅，雪和梅都有归处。如此，甚好！

三

三九隆冬。小年，风雪交加，父亲自远乡归来。

一天一趟的班车早已发出，空荡荡的候车厅里，父亲茫然无助。县城和熊耳山褶皱深处里的小家隔着青龙口和几十里崎岖山路，咬咬牙，背起鼓鼓囊囊两个黄里泛白的旧帆布包，父亲一头钻进了风雪。我后来读《水浒传》"林教头风雪山神庙"一回，觉得顶风冒雪从草料场往山神庙赶的不是八十万禁军教头，恍惚是我那摇晃在风雪之中的可怜父亲。那句"雪地里踏着碎琼乱玉，迤逦背着北风而行。那雪正下得紧"，让我跟着心头一紧。

母亲裹着她那条红纱巾站在院门外小石桥边的那棵老榆

树下。我紧贴着母亲，站在她身边。风雪如同鞭子一般抽打在我和母亲的身上、脸上、手上，生疼生疼。围在母亲头上的那条红纱巾被风雪扯成了一团乱糟糟的红火苗，仿佛母亲释放给远方的父亲温柔而狂野的召唤，或是引导父亲平安归来的神秘信号。

我在母亲身边站了一会儿。冷了，缩回屋里，暖和一会儿，再出来。母亲始终站在那里，一动不动，像一尊雕像。母亲把炉火燃得旺旺的，嘱我看好炉火，安心等待说不定突然就会从风雪之中冒出头来的父亲。

天色越来越暗，风雪越来越大。母亲悬在风雪里的心越来越不安宁。母亲决定出门迎一迎父亲。

母亲义无反顾地淹没在了漫天风雪之中。

天，彻底黑透。夜，混沌不清。灯，闪闪烁烁。忽猛听见院子里那条沉寂了大半天的黄狗兴奋地叫了两声，"汪——汪——"父亲回来了！我三两步跳出门外，激动着想要冲过去拥抱父亲。可影影绰绰地，我看到了这辈子刀琢斧刻一般留存脑海，永远无法忘却的一幅画面：母亲紧紧挽着两腿泥泞的父亲，两只黄里泛白的帆布包一前一后搭在她的左肩上，压得母亲佝偻着腰。

父亲头上裹着母亲的红纱巾，母亲头顶上顶着一堆雪。

父亲轻轻掸掉堆在母亲头顶上的那堆雪花，深情地凝视着母亲。母亲温柔拂去散落于父亲肩头、身上的那些雪花，深情地凝视着父亲。他俩彼此默默看着对方，眉眼含笑。

这清苦人间啊！

在那场纷纷扬扬的大雪里，母亲选择和父亲肩并肩，手挽手，像他俩初识初爱在顺阳河边的那片竹林里的竹子一样，从容面对风雪，没有任何畏惧、丝毫退缩。

父亲六十岁那年意外离世。寒衣节，母亲愣怔着给父亲糊了些冥衣，折了些冥币，油炸了父亲生前爱吃的粿子、麻花。年龄愈大，母亲愈加执念，行为愈甚。纸灰在烈焰烘托下像黑蝴蝶似的飞舞成雪花一般的思念。母亲一边烧纸，一边念念有词："那边冷，风雪大，记得围好围巾穿好棉袄哦。"

我仿佛又看到了在那场纷扬大雪里，佝偻腰身无畏无惧朝着家的方向奋力奔赴的老父亲。父亲身后，那两行印在雪地上曲曲折折的深深脚印，一头连着母亲、哥哥、姐姐、我和小妹，一头连着担当、苦难与远方。

那两行脚印仿佛变形成了大大的"人"字，蕴满父爱如山，夫爱似海。

四

北宋的那场雪一定下得纷纷扬扬吧？足以让人瞬间雪白。

伊河静默。那只飞翔在《诗经》里，鸣于九皋声闻于野的鹤杳无踪迹。或许，那只鹤和飞往东南的孔雀一道，追寻它的梦去了。九皋山如伊河一般静默。

山河静默是山河累了，躺在一场纷扬大雪里，可以舒舒坦坦睡一觉。

几只顶风冒雪飞出来觅食的灰喜鹊打破静默，抓住树杈，排列成夸张的惊叹号，好奇地打量着站立在风雪里一动不动的两位中年人。此刻，站立在风雪里一动不动的那两个中年人眼里没有雪花，唯有求索。他俩一个叫杨时，一个叫游酢。他俩站立的地方是一户人家的堂屋外，斜在堂屋里静坐的人是名满天下的大儒——程颐。

《宋史·杨时传》载："杨时字中立，南剑将乐人。幼颖异，能属文，稍长，潜心经史。熙宁九年，中进士第。时河南程颢与弟颐讲孔、孟绝学于熙、丰之际，河、洛之士翕然师之。时调官不赴，以师礼见颢于颍昌，相得甚欢。其归也，颢目送之曰：'吾道南矣。'四年而颢死，时闻之，设位哭寝门，而以书赴告同学者。至是，又见程颐于洛，时盖年四十矣。一日见颐，颐偶瞑坐，时与游酢侍立不去，颐既觉，则门外雪深一尺矣。德望日重，四方之士不远千里从之游，号曰龟山先生。"

程颢、程颐兄弟居住伊河西岸。紧贴着耙楼山脚跟的那座小院时常高朋满座，往来无白丁。直至今日，拜谒两程故里的熙攘人流里依然鲜有白丁。理学发轫于伊河，翻越千山万岭，在关中平原落地生根，化作"横渠四句"，让手无缚鸡之力的文弱书生从此豪情万丈，恒念坚定，竖起精神擎柱，以"为天地立心，为生民立命，为往圣继绝学，为万世开太平"挥斥方遒，家国天下，万里浮云卷碧山，青天中道流孤日。

我读初中的学校距离两程故里大约四十里，不算远，也不算近。教语文的殷老师告诉我，两程故里"文风蔚然""理学宗地"。老师高个子，灰白头发，鼻梁上架着一副浅咖啡色边框的老花镜，脸色稍微有一点苍白，额头上爬满浅浅皱纹，背微驼。他说话腔调不高，神态低调谦和，与人交谈时，语气里常常有一些不经意的谨慎。

我喜欢在殷老师的办公室里触摸那一本本散发着墨香的书。藏书大都颜色泛黄，有线装本，有繁体字的古籍。老师从来不允许任何一本书远离视线，但允许我蹲或坐在门口翻阅。

我第一次读《二十四史》《史记》《二程集》，都是在殷老师的那间办公室门口。那当然是我学生时代丰盈充实的一段时光，并且丰盈充实得足以让我受用一生。

老师去世三十多年后的一个冬日，我第一次走进两程祠，来到耙楼山下。我的心是沉静的，如淋一场酣畅新雨后的空山一般沉静。在这样一个地方，唯有放下所有浮华喧嚣尘世繁累，让心彻底干净下来，才有资格隔着时空与伟大的思想者对话。

高大蔽日的株株侧柏庇护着青砖铺成的行道，阅历千载的浅浅苔藓隐在砖缝里，无声地诉说着岁月的幽静沧桑。先贤和求知者们的履痕，镌印在那一块块凸凹斑驳的青砖上，低吟浅唱。

一株老去的侧柏将枯干枝丫刺向天空。几只麻雀在枯干枝丫间蹦来跳去，叽喳鸟语回荡在院落里，像极了杨时、侯忠良、刘立之、刘绚、游酢、谢良佐、吕中坚、张天祺、陈经正、潘子文、谯定、贾易、马伸、吴给、戴述等人高一声低一声的争论。

我的脚步很轻很轻，身旁依稀有殷老师恍恍惚惚的影子。一起朝圣吗？我自问自答。

奢望天知我愿，扑簌簌下一场纷扬大雪，如此，我也能如杨时、游酢一样，肃候小院，待先生小憩之后，近至身旁，细细聆听那穿越千年的谆谆教诲。

一定如雷贯耳，醍醐灌顶。

五

乡村的雪和城里的雪有何不同？我一遍遍问自己。

我的那位老朋友从来不给我答案，而我自己也没有在一场又一场纷纷扬扬的雪里彻悟或得到想要的答案。

李白说，"行路难，行路难，多歧路，今安在？"杜甫仰天长叹，"朱门酒肉臭，路有冻死骨！"柳宗元很聪明，躲在一场雪里孤舟蓑笠，独钓寒江，留下深沉背影。

这种比较似痴人说梦，纯属伪命题。城里的雪绝不会因为降落在城里而沾染灰尘失去洁白，乡村的雪也绝不会因为降落在田野而暗自神伤不再高傲。每一片雪花都是自由的灵魂，它们为降落到这个平凡而不平凡的世界尽情欢唱。

何必硬生生把自己的忧郁不快乐强加给一片雪花，转嫁给一场纷扬大雪呢？多么愚蠢，多么无聊呀。

于是想起了张岱和他的《湖心亭看雪》。"崇祯五年十二月，余住西湖。大雪三日，湖中人鸟声俱绝。是日更定矣，余拏一小舟，拥毳衣炉火，独往湖心亭看雪。雾凇沆砀，天与云与山与水，上下一白。湖上影子，惟长堤一痕、湖心亭一点，与余舟一芥、舟中人两三粒而已。到亭上，有两人铺毡对坐，一童子烧酒炉正沸。见余，大喜曰：'湖中焉得更有此人！'拉余同饮。余强饮三大白而别。问其姓氏，是金陵人，客此。及下船，舟子喃喃曰：'莫说相公痴，更有痴似相公者！'"

一生痴绝，万千孤独，故园旧梦，家国情怀，就藏在一场纷纷扬扬的雪里。水天渺远，云山静寥，雪落无痕，人间清白。即便曾"少为纨绔子弟，极爱繁华，好精舍，好美婢，好娈童，好鲜衣怒马，好美食，好华灯，好烟火，好梨园，好鼓吹，好古董，好花鸟"。

　　　　　　　　　　　　　　　　竹影流年

每个人都会在雪地上留下无法抹去的印记，或曲或直，或轻或重，或深或浅，或长或短，或多或少，或清或浊，或重于泰山或轻于鸿毛。

六

　　实在不放心独居乡下的老母亲，我在一场纷纷扬扬的大雪里回到乡村，回到老宅，回到母亲身旁。

　　雪夜很静，静得恍惚能听到母亲一起一伏的香甜鼾声。

　　伸手一摸，一把钥匙放在门楣上方一个不起眼的墙洞里。耄耋之年的老母亲忘记了很多事情，唯独没有忘记给儿女们留一把进出家门的钥匙。我是被老母亲惦念最多的那一个。

　　感谢老母亲！使我得以披着一身雪花走进家门而不用惊扰安卧在雪被里的一条条乡村看门犬。但我家的小黑还是探出头瞪了我一眼。我自觉理亏，打扰小黑的罪过和扰乱村庄安静雪夜的罪过一样大。尽管，我确属无意。

　　轻身贴附于老屋窗台上，额头顶着窗玻璃，睁大双眼往屋里寻觅着，我试图借着院子里萦纡的灯光，看一眼心心念念的老母亲。遗憾的是，游进屋里的那些光，像是游进了黑洞洞的大海，模糊得啥也看不清。

　　母亲真的老迈了！她老人家竟然一点没有感知到中年儿子的风雪夜归。

或许此刻，母亲的梦里正有一个孩子在村庄外的青青麦田里灰兔般矫捷奔跑，在院子里的那棵老枣树下猴子般灵活跳跃，在她怀里仰着小脸蛋麻雀似的叽叽喳喳，在她的嗔怪里小黑那样低垂着犯了错的头，在她的一声又一声叮嘱里依依不舍地踏上离家远行的路……

一想到这些，我站在那场纷纷扬扬的大雪里，已泪流满面。

欢 欢

欢欢是孩子们的舅舅和舅妈养的一条小京巴。春节前夕，因为他俩有事，欢欢被送到了我们家。

站在客厅里的欢欢，小身子里透着机灵，一双黑眸子滴溜溜地转着，披着黄毛的小脑袋左扭扭右看看，瞅瞅妻子和我；又扭身跑到儿子和俩女儿面前，摇着短短一截毛茸茸的尾巴，仰着头，讨巧似的瞅着他们。

对于欢欢的到来，儿子和俩女儿流露出了极大的热情，三人高呼着欢欢是舅妈送来的春节礼物。装苹果的箱子被儿子一倒而空，红彤彤的苹果无辜地散落了一地。大女儿乐颠颠地跑去宠物店，拎回来一堆各种口味的狗粮。小女儿一剪刀毁掉了自己心仪的暖手套，换来妈妈一句责骂后，暖手套变成了狗窝里的那条小褥子。

妻子一脸愁云地看着欢欢。我心里清楚，爱干净的妻子最是无奈。一家人的吃喝拉撒已经让她疲于应付，初来乍到的欢欢，于她而言，又是一个不大不小的麻烦。

弟妹一个劲地夸赞欢欢是一只超级懂事的小狗，譬如欢欢不会就地小便，譬如它不会把狗粮弄得满地都是，譬如它拉完屎会翘着尾巴等待主人擦屁屁，等等。夸完欢欢，弟妹一步一回头，恋恋不舍地走了。当然，欢欢也是恋恋不舍地看着主人离开，可怜巴巴的。

妻子向我转述这些话时，我压根不信，狗的邋遢和不讲究，几乎早有定论，要不何来的"癞皮狗"一词呢？但欢欢在我家的表现，却大大超乎了我和妻子的想象，至少，欢欢用自己的行动，为它主人的夸奖做了完美的注解和证明。

欢欢很安静。吃狗粮时，它把头垂得很低，嘴巴贴着碗，一口一口，不慌不忙，吃得津津有味，几乎没有什么声响；满屋子溜达时，也是轻手轻脚的，猫一样的无声无息。

铺着瓷砖的地面光亮如镜，贴有脚线的墙壁洁白无瑕。妻子害怕欢欢会翘着腿随意朝地板或者墙壁小便，一连几天，她的神经始终紧绷着，目光紧紧地盯着欢欢。可妻子很快就释然了，欢欢将要撒尿时，会自己跑进卫生间，对准地漏口，一泡热乎乎的东西每每被它顺畅地排下去。

摆在阳台上的鞋子、搁在茶几上的杯盏、铺在沙发上的羊毛垫都是妻子关注的重点。妻子更害怕欢欢摇动的尾巴，或者扭来扭去的身子触碰到这些东西。

"欢欢，听话啊乖乖，不要弄乱弄碎家里的东西哟！"妻子戳着欢欢的小脑袋，像教育稚童一样。

我在一旁偷乐妻子的痴，也嘲笑她和一只狗去较真儿，更揶揄她的"对狗弹琴"。可欢欢偏偏争气，在客厅里和儿子撒着欢地打闹，或者在女儿的脚旁悠来晃去时，欢欢没有毛手毛脚过，它的四爪从没爬上过茶几，或者扒拉过沙发上的那条白色羊毛垫。

欢欢的安静和懂事让我和妻子舒怀了不少，我们一家人尽情享受着欢欢带来的快乐和愉悦。但我却不让欢欢出门，理由很简单，一是怕小区内的同类欺负欢欢，二来怕欢欢弄脏了身子，毕竟给一只狗狗洗澡，真的是一件挺麻烦的事情。

除夕那天下午，我和儿子在门口贴春联，妻子和女儿在厨房忙着做年夜饭，没有人注意到欢欢。当发现欢欢不见时，天色已经暗了，各种饭菜的香气在夜空中氤氲，有零星的鞭炮声在四周清脆地炸响。

我们四下寻找着欢欢，折腾到半夜，哪里有一点点欢欢的影子？不用说，年夜饭是在一家人的相互埋怨里索然无味地草草吃完的。

欢欢会去哪里呢？它有没有受伤？被流浪狗欺负了没有？受冻了没有？挨饿了没有？

窗外乍暖还寒的天气让我和妻子一夜无眠。儿子和俩女儿显然也没有睡踏实，他们房间里的灯也一直亮着。

我和妻子商量着要不要把消息告诉弟妹。受人之托，却把人家最看重和在意的狗狗给搞丢了，仿佛有一种无法言说的窝囊和忐忑堵在我俩心里，沮丧透了。

天色微亮时，妻子忽然醍醐灌顶，欢欢会不会跑回弟弟家呢？

我们赶紧起身，穿越了几个街区，一口气爬上五楼。当我和妻子气喘吁吁到达顶层时，果然，欢欢可怜兮兮地趴在弟弟家门口那块冰凉的水泥地上。很显然，在刚刚过去的除夕夜里，当人类正阖家团圆时，有一只小京巴却冒着被流浪狗撕咬的凶险，被飞驰的汽车毙命的可能，孑然穿过陌生繁杂的街道，独自穿过川流不息的车流，一路艰辛地回到了自己的家。

妻子脸色青紫，怒火上涌的她气势汹汹地冲向欢欢，看那阵势，非要揍欢欢不可。

欢欢的喉管里委屈和无助地发出一阵求饶似的呜咽，小小的身体瑟瑟发抖，滴溜溜的黑眼珠胆怯地望着妻子，像一个做了错事的孩子。

我赶紧拉住了妻子。欢欢是那么弱小的一条狗，我却惊诧于它小小身躯里所蕴藏着的那份巨大动力和能量。或许在欢欢的心里，它一定坚信主人会在家门口等它，它可以像

竹影流年

无数个以往的日子一样，恣意地扑进主人怀里，欢腾着撒娇，尽情地享受主人的爱抚。

而欢欢一路向前和不惧生死的方向，就是自己不离不弃的家啊！

看着眼前脏兮兮的欢欢，我一下子被它的忠勇深深感动了，弯下腰，用手轻柔地抚摸了一下欢欢。然后，不顾妻子的反对，我一把掬起欢欢，像抱着一个孩子一样，接它回了家。

秋虫嘤嘤

雨是傍晚时落下的。这座千年古都一旦入了秋，天气便很快一天天凉爽起来，没了暑气。雨丝淅淅沥沥，轻柔如纱，婉约似雾，缥缈着浅浅秋意。

夜静更深时，一阵秋虫呢喃传进耳朵，"嘤嘤"几声，"喓喓"几声，秋水一般清澈，秋山一般幽远，灵动如一首小小的夜曲。

"秋虫响，秋夜凉，屋外有只大灰狼！"小时候，母亲常用这话吓唬我。那时，我淘气调皮，闹腾得母亲没有办法。但我特别害怕大灰狼，也害怕夜的黑，更害怕屋外细碎如鬼魅一样的声响。我缩缩身子，收敛顽劣，慌忙往母亲怀里钻。对于那些秋虫，我小小的心里，自然留下了一些不喜欢它们的怨厌。

"'嘤嘤'是公蟋蟀求婚咧，'喓喓'是母蟋蟀答应咧，'嘤嘤''喓喓'一起响，是蟋蟀成亲哩。那是它们一辈子的大事，千万不要扰乱人家。"母亲亲亲我的额头，手摇蒲扇，为我驱赶着讨厌的秋蚊。那些秋蚊贪恋我的细嫩，迂回着偷袭，把母亲熬得直打盹儿。母亲的怀抱温暖而安全，躲在母亲怀里，我能很快入眠。

这个雨夜，听着秋虫的嘤嘤，我选择了相信自己的母亲。此刻，窗外一定有两只热恋中的蟋蟀，正在趁着夜色举行一场盛大的"婚礼"。"嘤嘤"是公蟋蟀热烈的表白吧？"喓喓"是蟋蟀新娘羞涩的应答吧？可它们的洞房在哪儿呢？不远处的花坛里？老宅的石缝间？屋内的某个角落？还是我的榻下？或者仅仅存在于母亲的甜梦之中？

原本打算开灯，却蓦地想起了母亲的叮嘱，于是，我安静地躺在床上，不敢打扰一对蟋蟀夫妇的"幸福"。其实，我心里非常明白，所谓的"蟋蟀成亲"，只不过是母亲为了让我乖乖听话而编造的睡前故事和善意谎言罢了，又有何妨呢？自己不正是在母亲编造的一个又一个传说故事和善意谎言里，从懵懂走到中年，一路成长的吗？

母亲年轻时是个美丽的女子，高挑的个头，乌黑的头发，眼睛又大又亮，脸上常常挂着浅浅的笑。父亲会画画，也会编剧。有一次，我听见父亲悄悄对母亲说："等有空了，我给你画张像，或者等我空闲，给你写部小说吧。"母亲欢喜着答应了。

可是，亲爱的父亲，您承诺给母亲的画，还有您答应过要写的小说呢？

那年，父亲要建北厦房。"我让风水先生看过凶吉，搁了罗盘，犯地煞，冲命！"母亲极力反对。

"胡说哩！装神弄鬼的混账话！"父亲哼了一句，不屑一顾。

北厦房盖成不到两年，随剧团在外地演出的父亲再也没有回来。父亲的离世成了母亲这辈子最大的伤痛和遗憾。"要是不盖北厦房，你爹或许不会走得那么早吧？"直到现在，母亲还会冷不丁问我。我无言以对，唯有沉默。

北厦房地基是父亲用青条石砌的，有很多石缝，一道道石缝成了蟋蟀们的乐园。我讨厌在院子里蹦来跳去的蟋蟀们，更讨厌它们夜里无休无止的吵闹，我甚至放出狠话，要用艾草熏走它们。

"娃，你爹盖的房子里住下的虫蚁有灵性咧，不准撵！不准熏！不准惹！"瞅着对我火冒三丈的母亲，我一头雾水，根本不知道自己哪里犯了错。

和妻儿搬进城里后，老母亲一个人住在乡下。不管我如何劝说，母亲很坚持，丝毫没有进城的打算。母亲说老宅里有她的念想，守着老宅，她能记起来很多人，忆起很多事。我不太信母亲的话，我知道母亲一定是不愿麻烦儿子和儿媳，她所有的理由只是借口和托词而已。

母亲意外硌伤了腰，我回了趟老宅。看到我，母亲很是高兴。晚饭后，我俩说了一会儿话，一头白发的老母亲慢慢睡去。看着迟暮的老母亲，我心里五味杂陈，坐在床前不忍离开。恍惚间，眼前浮现出小时候她打着盹儿为我摇蒲扇的一幕幕场景。

好不容易说通了母亲，她总算答应和我一起到城里小住一段时间。

这个秋夜，听着嘤嘤哎哎的浅吟，我丝毫没有讨厌，只觉得这些秋虫的声音格外亲切，格外动听。那一刻，我突然醍醐灌顶，一下子明白了母亲为何不愿意离开老宅，一下子明白了母亲当年为何要对我火冒三丈，也一下子明白了母亲为何不让我招惹这些古怪的精灵。在我眼里，它们是一群惹人烦的"捣乱者"，可在母亲眼里，它们是父亲的魂灵啊！老宅里的那些蟋蟀们日夜陪伴着母亲，白天在她身边蹦跳，夜里为她歌唱。那些嘤嘤哎哎的秋鸣，为独居的母亲带去了欢乐，给孤寂的母亲带去了心灵慰藉。可作为儿子，我哪里用心体谅过老母亲的孤单和寂寞，哪里用心陪伴过耄耋之年的老母亲呢？

一阵自责后，我忍不住起身，借着床头的微光看了看睡梦中的老母亲。母亲还是那般慈祥模样，但她真的老了，再也不会揽我入怀，再也不会轻轻拍打我的后背，为我哼唱"秋虫响，秋夜凉，屋外有只大灰狼"了。

想到这些，我不由得潸然泪下。

白面元宵

　　我这辈子吃到嘴里的第一颗元宵，没有想象中的软糯香甜，硬邦邦的，无滋无味。

　　那年元宵节前，北方恰遇一场罕见暴雪，朔风凛冽，天寒地冻。

　　父亲自远乡归来，一天一趟的班车早已发车离开，空荡荡的候车厅里，父亲茫然无助。县城和熊耳山褶皱深处里的小家，隔着青龙口和几十里崎岖山路，父亲咬咬牙，背起两个鼓鼓囊囊、黄里泛白的旧帆布包，一头钻进了暴风雪里。

　　父亲的旧帆布包里，除却杂物，最金贵的是一包准备捎回家过节的元宵。家里有六张嘴等着分享它。

　　母亲裹着一条红围巾站在院门外小石桥边的那棵老榆树下。我和小妹紧贴着母亲，站在母亲身边。风雪如同鞭子一般抽打在脸上手上，生疼生疼。

围在母亲头上的那条红围巾被风雪吹舞成了一团乱糟糟的红火苗，仿佛母亲释放给远方的父亲温柔狂野的召唤，或者是引导父亲平安归来的神秘信号。

我和小妹在母亲身边站一会儿，冷了，便缩回屋里暖和一会儿，再出来。母亲始终站在那里，一动不动，像一尊雕像。

母亲把炉火燃得旺旺的，嘱我俩看好炉火，安心等待说不定突然就从风雪之中冒出头来的父亲。

天色越来越暗，风雪越来越大。母亲悬在风雪里的心越来越不安宁。母亲决定出门迎一迎父亲。

母亲义无反顾地淹没在了漫天风雪之中。

天，彻底黑透。夜，混沌不清。灯，闪闪烁烁。小妹偎坐在炉火边，熬成了一只磕头虫。

猛听见院子里那条沉寂了大半天的黄狗兴奋地叫了两声，父亲回来了！我三两步跳出门外，激动着想要冲过去拥抱父亲。影影绰绰地，却看到了这辈子刀琢斧刻一般留存脑海永远无法忘却的一幅画面——母亲紧紧挽着两腿泥泞的父亲，佝偻着腰，左肩上一前一后搭着两只鼓鼓囊囊的旧帆布包。

父亲头顶上顶着母亲的红围巾，母亲头顶上堆着一堆雪。

父亲轻轻弹掉堆在母亲头顶上的那堆雪花，深情地凝视着母亲。母亲温柔拂去散落于父亲肩头上的那些雪花，深情地凝视着父亲。他俩彼此默默看着对方，眉眼含笑。

这清苦人间啊。

父亲从帆布包里取出草纸包着的那包元宵。他发现，草纸已经揉得不成样子，元宵已经碎得不成样子。父亲叹一口气，万般沮丧。我们比父亲更加沮丧。

望着那堆乱七八糟的白粉末和混在白粉末里的黑芝麻粒、花生碎，小妹哭得稀里哗啦。

庆幸的是，母亲的一双巧手总能化腐朽为神奇。譬如，秋天菜地里被人丢弃的菜叶能被她变成美味酸菜。譬如，大姐穿不上的花衬衣能被她变成小妹的漂亮花棉袄。母亲哄小妹说："不哭乖，妈给恁变一锅元宵。"

母亲果真变出来一锅元宵。她和了一瓢细白面，包饺子似的，将那些元宵碎末包进白面里。怕它们不好吃，母亲还给每一个白面疙瘩里藏了一点红砂糖。

小妹不懂事，咬了一口白面元宵，说真难吃，甩手将那颗元宵扔进了院子里。看门的黄狗追着那颗满地打滚的白面元宵，像追着一颗蹦蹦跳跳的小皮球。

我勉强吃了一碗。那滋味，唉。

母亲愧疚。她说："等将来日子好了，一定让恁们吃顿热腾腾、软糯糯的元宵。"

母亲果真实现了她的愿望。现在，我们一大家子衣食无忧，各种风味各种馅料的元宵平常也能随随便便吃个够。可是，每当过元宵节，我的记忆里总会飘起那场暴风雪，想起父亲的旧帆布包、母亲的红围巾和那颗满地打滚的白面元宵。

成长之地

在寿安山北坳的一片矿场旁，临着山崖的两座几近废弃的旧窑洞前，我曾侍弄着一座灶台、一块案板、一套供十几个人吃饭的锅碗瓢盆。五十多个炊烟袅袅的日子，与山依偎，以泉为饮，做着最简单的饭菜，和十几个浑身散发着浓烈汗味的工友们一起，共度了一段难以忘记的苦乐时光。

那年仲春时，一场突然而至的腰腿痛折磨得我彻夜难眠。没有发烧红肿，也没有皮破血流，可腰椎间盘突出一旦发作起来，却有着无法描述的难受，让人坐卧不宁，寝食难安。除了卫生院的正规治疗，妻子道听途说来的偏方也被用上了。黄褐色的中药汤、黝黑的膏药，外加牵引、按摩、热敷，折腾了差不多一个月，右腿虽还有一丝隐痛，但基本上可算作痊愈了。

以我的身体状况，出远门务工，妻子根本放心不下。三姐夫在矿场上有个熟人，他那里需要一位做饭师傅，技术要求不高，能将生的变成熟的就行。机缘巧合下，我摇身一变成了做饭掌勺的厨子。

一条勉强通行四轮车的碎石路，坑坑洼洼地从村口往后山蜿蜒。一天上午，顶着头上火辣辣的太阳，扛着一个鼓鼓囊囊塞满了铺盖卷和几件换洗衣服的化肥袋，沿着那条碎石路徐徐向上，差不多一个小时的汗流浃背后，我气喘吁吁地摸到了那两座紧挨着的旧窑洞前。

一面巨大的山体裸露着新鲜的赭红，那是被炸药炸出来的岩石本色。刀削斧劈般的赭红色岩体下，十几个健壮汉子有的抡着大锤犀利地砸向石块，有的正将分量不轻的石块往四轮车上装。

临近中午，十几个汉子回来了，工头正是三姐夫的熟人。之前的印象里，他人很亲切，也很温雅，身上有一股四十多岁男人的阳刚和稳重；可眼前的他，皮肤晒得黝黑，和身旁的十几个伙计一样袒露着宽厚的肩膀。他们古铜色的胸脯上，或稀疏或浓密的胸毛一个比一个恣肆，一个比一个扎眼。

我带来的化肥袋被工头一把拎进了窑洞，估计是怕我受不了窑洞里难闻的气味，我的行李被他铺在了紧挨着洞口的位置。

工头抬手指了指窑洞门外的灶台，大声嘱咐我："炒菜时多放些油，肉块切大点，味道弄得劲些，干活人嘴馋，得吃美。""少搁点盐，省得这些货们一泡尿耷拉着家伙尿半晌。"

"啥话咧！""放屁咧！""哈……"窑洞前一阵哄笑。

第一次端着最大号的洋瓷碗，和一群袒胸露腰的男人们一起在野地里吃饭，即便自己也是男子汉，我依然不大习惯。身边或蹲或站着的这群粗犷人，似乎不是在享用饭菜，而是比赛着往肚子里塞东西似的。我扭捏着刚刚端起了碗，有人已吃了三四个馒头，或者扒拉下一大碗面条了。

"咯"的一声，冷不丁有人打了一个饱嗝，底气十足，怪腔怪调的，恶作剧一般拖着长长的尾音。

"二尿货，饿死鬼投胎咧？差一窝转世咧？"工头扭头调侃了一句。"哈……"窑洞前又是一阵哄笑。

我做饭前必定先洗一下手，菜要洗三四遍，米里的稻壳和不干净的东西也被我挑拣了出去，一贯温和细致的秉性，让一群汉子们很快对我产生了好感。

"这哥们儿，中！""不愧是有文化的人咧！比前几天那货强多了，饭菜弄咧也得劲！"汉子们夸我的话一点儿不绕弯子，简单直接，像极了他们的脾气。

但我却不知道被他们嘴里厌恶着的"那货"是怎样的一个人。在我看来，出力流汗者理应吃上一口舒服的饭菜，不应该马虎。而于他们而言，我作为一名厨子最起码的用心和对他们应有的尊重，似乎却在无意间变成了他们拿来衡量我和"那货"之间人品的尺子，或者比较我和"那货"之间素质高低的参照了。

可一群出力人哪里会知道，我其实特别汗颜被称呼为文化人，在我心底，"文化人"这三个字却像针尖一样地扎心呢！

离开高中校园后，我向往着的大学梦如同戳破的肥皂泡一样，早已消逝得无影无踪。柴米油盐的平常生活，已将曾经怀揣过的凌云志，打磨得一天比一天粗粝。萦纡在心底的文学梦也随之烟消云散，所谓的碧楼高轩阳春白雪，亦离我越来越远了。

夜里，当此起彼伏的鼾声在窑洞里像波涛一样汹涌时，盯着黑黢黢的窑顶，我开始怀疑自己读过的书到底有没有用。我甚至悲观地觉得，现实和理想之间隔，就像这座窑洞和天堂之间的距离。即便胸有点墨，略有文采，但是现在，我不是仍然和躺着的十几个汉子一样，睡在微微潮湿的土窑洞里，盘算着白天挣了多少钱，计划着到手后的钱该怎么花吗？唯一可能的不同是，他们的一个响屁会惊扰到我，让我辗转反侧难以入眠；而他们却一个个无动于衷，翻一翻身，接着又沉沉睡去。

掌握了十几个人的吃喝规律后，我用来准备饭菜的时间越来越短，属于自己的时间却越来越宽裕。我琢磨着应该再干点什么，以打发掉山坳里百无聊赖的时光。

我跟着他们去装了半天车，可矿场上的石头，却好像商量好了要集体戏耍我一样。人家轻松就能搬起来的石头，我使尽了力气，它们却兀自岿然不动。一群人都笑我是"白面书生"，应该去读书或者坐进办公室里整材料，哪里有干活人的样子，哪里有干活人的身板，哪里像个出力人呢？

我知道不能再去矿场被他们耍笑了，我得干点"文化人"能干的事情。天黑后，窑洞里灯泡幽亮，烟雾缭绕，我尝试着跟他们聊起了三国。先从桃园三结义说起，接着侃诸葛亮的草船借箭和关羽的义薄云天。没有想到的是，原本满嘴跑黄段的汉子们，热情地挤挨在我的周围，任凭我东拉西扯地胡咧咧，他们竟听得津津有味，直到夜半更深，他们才一个个意犹未尽地酣然睡去。

我俨然成了山坳里最受欢迎的"另类"。这一群干着最重的体力活的人，开始用他们最朴实和发自内心的举动帮我，譬如顺道挑一担水，譬如顺手把菜洗净，譬如不再恣意地放屁，譬如不再动我的东西……二十几天后，当我决定回一趟家时，他们竟然都有点不舍，一个劲儿地叮嘱我要尽快回来。

再次回到山里时，路遥的《平凡的世界》、萨特的《存在与虚无》和一本简装版《唐诗宋词三百首》被我装在化肥袋里背进了山坳。在那间破旧的窑洞里，除了做饭和晚上接着胡侃三国外，其余时间，我如醉如痴地沉浸在路遥先生的笔端，徜徉在唐诗宋词的意境和哲学的奥妙里。

说来也奇怪，《平凡的世界》高二时我读过一遍，但那时并未真正理解陕北高原上的困苦和艰难。但是现在，坐在山坳里，或者躺在窑洞中，再去品读《平凡的世界》，我竟然觉得孙少平仿佛就是自己了。一样都读过乡里的高中，一样出身在贫寒之家，一样有姊妹几个，一样都有懵懂时心爱的人，我俩身上有太多相似的地方啊！只是孙少平从来没有放弃过改变命运的努力，而我恰恰缺少他身上的那点精气神。

一场突然而至的雨水把矿场上浇淋得泥泞不堪。没法干活，窑洞里成了最好的栖息地，吸着廉价烟，喝着高粱酒，我和一群人云山雾罩地喷到了中午。午饭后，雨住了，天空放了晴，微醺的五哥约我和他一起爬山，我爽快地答应了。

五哥是这群人里最沉默最舍力的一个，平素话不多，靠自己打工养家的五哥，身上有着一种和他年龄不太相符的沧桑。

到了山顶，太阳从厚厚的云层里露了出来，耀眼的光芒一下子铺满了沟沟岭岭，山梁上像忽然被镀上了一层金子一样，亮灿灿的。寿安山挺拔雄健，苍然盈目，叠嶂巍然，高低逶迤，像一道翠屏一样矗立在那里。有一丝灵动的烟岚从青葱的林木和奇诡的山石中逸出，在高高低低的峦岭间萦绕。

"荡胸生曾云，决眦入归鸟。会当凌绝顶，一览众山小。"身边的五哥脱口而出。我着实惊到了，粗胳膊粗腿的五哥竟然先我一步吟诵了这首杜甫的《望岳》。看不出来，憨厚朴实的五哥，肚子里竟也藏有不少墨水呢！

"俺姊妹多，我是老大，家里穷，上完高二，就辍学了。"

五哥的眼圈有点微红，脸上藏着一些难以掩饰的不甘和无奈。山顶上，我俩并肩而立，俯瞰着山下的美丽风景，两个在矿场上出力的年轻人，却彼此无语惺惺相惜了。

"你比我小两岁，负担小一些，不应该在这里浪费时间，要参加一下自学考试，为自己拼一回。"

五哥拍了拍我肩膀，尽管没有再多说什么，但我却觉得好像有一份沉甸甸的嘱托，被五哥重重地搁在了肩膀上。

几天后，矿场上要放大炮了，岩体里囤放的炸药是平日的好几倍。"放炮咧！""放炮咧！"半晌，矿场上响起了连绵的吆喝声，整个山坳都笼罩在了一种紧张和不安的氛围里，所有人的心都在忐忑。

"点炮了！"五哥是放炮手，他的最后一声吆喝，意味着炮捻已被点燃，爆炸即将发生，而他就要飞奔着跑向掩体。

那一瞬间，我的心像被一双手紧紧攥着了一样，压迫得几乎透不过气来。

"轰！……轰！……"几声闷响过后，山谷里的一切都在爆炸的余震里颤抖。

不大一会儿，烟尘渐渐散去。隔着山沟，我突然看见对面矿场上的人都惊慌着往一个方向聚拢，我隐约觉得好像出事了。

果然，山脚下很快响起了救护车刺耳的啸叫。想象一下爆炸时飞起来的巨石块，我不寒而栗，于是扔下手里正择洗着的一把青菜，撒腿便往矿场上拼命跑去。

竟然是五哥！浑身是血的五哥躺在一堆石头旁，脸色和急救医生身上的白大褂一样惨白。他的身子绵软软的，像一根煮熟了的面条。

那天的太阳似乎要特意看清楚人世间的生离死别一样，阳光格外刺目，几乎让人眩晕。缀在西山顶上的残阳血一般殷红。黄昏时，五哥媳妇拉扯着两个懵懂的孩子跌撞着来了，悲痛的号啕和俩孩子稚嫩的哭声，在空寂的山坳里忧伤地回荡着……

那座矿场第二天就被关了。处理完五哥的后事，我们一群人打起铺盖卷，收拾好行李，黯然地离开了那座山坳。

四年后，我拿到了一张法学专业文凭，开启了一段新的人生之路。

酿米花儿

"舀酿米花儿嘞!"

太阳光薄如纸张,天空湛蓝宁静,云朵洁白悠远。卖酿米花儿的老人家站在街角,脚下是和阳光一样的金色大地,他披着一身天空蓝、云朵白、槐树绿,仿佛一尊古老沧桑的雕像。

白槐花、紫桐花已经凋谢,粉色的蔷薇花正爬在土坯墙上招惹着嗡嗡飞来的蜜蜂,院子里、街巷上,一嘟噜一嘟噜石榴花红得正艳。

"买酿米花儿喽!"我撒腿往大门外跑,满心欢喜。

春天仿佛刚刚离手的牌。尝过野小蒜的鲜、山韭菜的香,吃遍肉白蒿、构棒槌、嫩榆钱、洋槐花,肚里的馋虫又被这接踵而来的酿米花儿搅腾得七上八下。

"卖酿米花儿那老头是不是布谷鸟托生的,吆喝得咋恁勤快咧?"隔壁二奶奶手里端了一筐箩才下锅的热馒头,笑眯眯地问。谁都知道,酿米花儿是热馒头它娘,二奶奶发面用的酵母来自酿米花儿。

一根油光扁担挑着两只青灰色陶罐，陶罐上盖着一块厚厚的牛毛毡，掀起一角，一股酒酿特有的香甜，倏一下钻进鼻孔，让人迷醉。

见我们围过来，卖酿米花儿的老人家不慌不忙，从腰间抽出一根和扁担一样油光的旱烟袋，往黄铜烟锅里慢吞吞地填满烟丝，点燃，深吸，晒暖一般悠闲。

多年以后，我在洛河边看人家张网捕鱼，忽然忆起卖酿米花儿的老头，这才一下子回过味来——那年四月，我们一群馋嘴孩子是被两只陶罐深度引诱的"鱼"，老人家根本不用着急，只需守着"钓饵"，自然会将我们"一网打尽"。

我往往第一个冲到陶罐跟前，馋涎在嘴里翻来覆去，口水不知道咽下多少回。盼星星盼月亮，母亲才拎着一只黑瓷碗姗姗来迟。

掀去厚毛毡，酿米花儿丰腻如绵羊膏尾，皙白如一团柔软棉花，轻盈盈地漂浮在一罐清亮的液体上。抿一口米酒，肠胃舒坦，咬一口酿米花儿，满嘴甜蜜。母亲说我特像抢食的小狗，狼吞虎咽，没有规矩。可娘啊娘，瓜蛋、大孬、妞妞他们就有吃相？他们哪一个不是和我一样，将手里的黑瓷碗舔得比猫狗舔过的还干净？

见我们爱吃酿米花儿，二奶奶、三婶子和母亲她们琢磨着搭伙自己酿。

母亲买来新鲜糯米，清水浸泡一天一夜，捞出沥干，在二奶奶的灶头上烟熏火燎地蒸熟，下笼晾凉，装进洗刷了好几遍的酸菜坛子，撒上酒曲，泥上封口，静置进三婶子家的红薯窖里。

　　二奶奶告诫我们："哪个小龟孙敢动坛子，看俺立刻剁了他的小爪子！"

　　那一坛酿米花儿终究没能逃过我们几个小龟孙的几张馋嘴和几双小爪子。不久后的某一日，眼看一坛清水变得混沌黏稠，白米上萌出一层黑毛，二奶奶气咻咻，母亲和三婶子火冒三丈。黄昏时，我、瓜蛋、大孬、妞妞的号啕声杀猪般此起彼伏。

　　晚上，拿来一方热毛巾，敷在红肿紫胀的屁股蛋上，母亲一边心疼地掉眼泪，一边柔声对我说："儿啊，娘管不住别人，但娘得管好自家人，坏规矩的事咱不能干，一定要管着自己的两只手，管住自己的那张嘴啊！"

　　白驹过隙，不经意间，我们一天天长大。终于有一年，卖酿米花儿的老人家再也没有在街角出现，那声悠长的"舀酿米花儿嘞！"仿佛南归燕一般，无声无息地飞进了岁月深处。

　　往后的日子里，不管离家近或远，不管职务低或高，我依旧爱喝那口香甜的酿米花儿。只是，每一次端起碗，耳畔就会响起母亲谆谆叮嘱过的那些话。

穿旗袍的母亲

在以往的生活轨迹里，旗袍与我似乎没有多少关系。

母亲不识几个字，一辈子辛劳，既要操持地里的庄稼，又要操心六个孩子的吃喝穿戴，裙子、旗袍之类的衣服，从来与母亲无缘，用母亲的话讲叫"中看不中用"。

母亲从春忙到冬，从里忙到外，累了烦了，也会抱怨一句："这日子，啥时候能熬到头哩！"

母亲年轻时是个很美丽的女子，高高的个子，匀称的身材，乌黑的头发，白皙的皮肤，眼睛又大又亮。

父亲与母亲第一次见面时，一眼便相中了母亲，母亲也对父亲很中意，两人相濡以沫几十年，直到父亲六十岁时生命戛然而止。

父亲在世时，给母亲买过好几回衣服。

有一年，父亲到苏州出差，为母亲精心挑选了一件中式上衣，圆领、斜襟、浅蓝色，很精致。回到家拿给母亲一试，特合身。

母亲在镜子前端详了好久，能看出来她非常喜欢。但那件上衣母亲只是试了试，就给了大姐，大姐为此激动了好几天。

母亲成天有忙不完的农活、家务，常常穿一身旧衣，像一只陀螺，不停地转，转到我们一个个长大成人，转到我们一个个结婚生子，转到她自己腰弯背驼、满头白发。

妻子很像我的母亲，勤劳肯干。我说："不是一家人，不进一家门。"妻子说："谁让你家穷哩，要不然，就咱这身段，弄一件旗袍穿穿，肯定好看。"

这话一点不假。妻子同母亲一样个子高挑，皮肤比母亲年轻时更白皙细腻，身材也更匀称。

妻子对母亲很细心。给母亲买衣服鞋子，妻子总是亲自把关，亲自试。她试好的衣服和鞋子，母亲穿上合身合脚。

母亲见人就夸自己的儿媳妇有眼光，脸上洋溢着满满的自豪和幸福。

这几年流行汉服，女儿把自己打扮得漂漂亮亮的，在洛邑古城拍了一组照片，美得不像话。妻子一脸羡慕，和我商量："老贾，给我置办一件旗袍吧？"

我欣然应允。

我俩逛了几次街，看了几家旗袍店，又在网上浏览了一家家网店，始终没有找到中意的款式。

六月的一天，我和几个文友参加一个旗袍文化节，得知近在咫尺的安喜门附近有旗袍店，遂约妻子前往。妻子挑中了一件浅绿色镶蓝边的旗袍。端详着漂亮的旗袍，妻子说："给咱妈也买一件吧？"

当然好啊！

我和妻子回了趟老宅。当妻子从包里拿出那件暗红色的旗袍时，母亲先是惊诧，接着乐了："你俩是要把妈打扮成老妖精哩。"

妻子换上新买的旗袍，袅袅婷婷地走到母亲面前，母亲瞅了又瞅，一个劲儿夸妻子好看。

当妻子挽着穿上旗袍的母亲出现在我眼前时，母亲扭捏得像个孩子。那一刻，我由衷地觉得，那是我见过的最漂亮的母亲。

穿着旗袍的母亲和妻子在院子里说笑，成了这个农家小院最美的风景。

高粱红了

有"七山二岭一分川"之称的汝阳，是一片神奇的土地。千万年前，这里是恐龙的乐园。当白垩纪炽热的岩浆从地壳深处沿着地隙喷薄而出时，称霸地球的恐龙随之灭绝，岩浆慢慢冷却，缓缓凝固，渐渐形成了坚硬耐磨的汝阳玄武岩。

蟒庄村是蔡店乡北部的一个小村庄。它虽然名不见经传，但历史久远，底蕴厚重。这里出产的玄武岩，颜色墨黑，剖面盈盈，墨玉一般。

庄稼已到了收获时节，蟒庄一派丰收景象。玉米棒槌似的缀着，沉甸甸的；辣椒、高粱红了脸；谷子笑弯了腰；柿子一串串压在枝头，像过年时挂的一串串红灯笼；棉花开了，仿佛白云落在了大地上，这里一朵，那里一朵……

我来蟒庄是要寻觅一块牤牛般大小的玄武岩。小王领着我在村南的岭上踅摸了一圈，她是村里的支部委员，三十出头，人很热情。见我找寻无果，一脸失望，她似乎有点愧对远道而来的朋友。

我一笑了之。路两旁有密密匝匝的红高粱，一棵挨着一棵，一片连着一片，在蔚蓝的天空下挺着饱满的穗子，像举着一支支热烈的火炬。

"咋会种这么多高粱呢？"我很好奇。

"有一千多亩咧！那您得问我们村支书。"小王很自豪，俏皮地回答。

"岭上土地薄瘠，十年九旱，地下又有矿床，土壤透气性差，过去种的红薯、花生、玉米、大豆丰年歉收，遇上天旱，还白搭工夫哩！"蟒庄村委会里，我和村支书小李相对而坐。小李生于斯，长于斯，对家乡熟悉得像熟悉自己一样。

"蟒庄基础薄弱，村里原来有几家矿石场，挖玄武岩虽然效益不错，可对土地资源的破坏有目共睹，不是长远之计啊！"小李二十多岁，理着平头，眼睛黑亮，眸子里闪着光，显得很精干。

"绿水青山就是金山银山，采石场关停后，被破坏的地貌逐渐恢复。前几年，村里通了水泥路，修了灌溉渠，生产条件改善了不少。这几年，县里乡里引导村集体创业，我们考察了几个项目，比较来比较去，觉得种高粱最适合蟒庄实际。"见我对村外的千亩高粱地感兴趣，小李打开了话匣子。

"当然，理想很丰满，现实很骨感。刚开始时，群众有怨言，干部有情绪，大家觉得种高粱能种出啥名堂，一千多亩土地流转起来困难重重，选种、田间管理、规模化种植更是千头万绪。"提及最初的创业，小李一脸感慨。

"2019 年 12 月，我们成立了股份经济合作社，村集体三千多亩土地全部入股，资产总额三百多万元，有政策作为'靠山'，合作社是'基础'，种高粱也好，谈项目也罢，咱底气硬多了！"小李咧嘴笑了一下。

"南岭上的土属于玄武岩风化土，富含多种微量元素，远离污染，光照时间长，通风好，特别适合种高粱。俺村的高粱被酒厂一化验，各项指标'高人一筹'。品质好，自然有订单，不愁销路，价格也不错。"

尽管小李的话不多，但我能感受到他内心的真诚和欣喜，以及他对这片土地的挚爱。我深深知道，在广袤的河洛大地上，有许多和小李一样朴实的乡村干部，他们期盼着脚下的土地能变成老百姓致富的金饽饽，巴望着眼前的土地能变成乡亲们发财的聚宝盆，他们不遗余力想办法，殚精竭虑找项目，栉风沐雨，不辞辛劳……

将车开到了蟒庄村东的高岗上，摇下车窗，我俯瞰着这一千多亩高粱地，心底莫名升腾起一阵感动。那一棵棵红高粱就是希望啊！它们含着金，蓄着银，孕育着财富，承载着蟒庄人的致富梦。

一阵秋风拂过，高粱地上荡起一道道暗红色的波浪，从高粱地这头，漫到了高粱地那头。

我咋觉得这一千多亩高粱地就是一幅巨大画卷呢！您看，大地如纸，秋风似笔，当画卷徐徐展开，蟒庄人一张张幸福的笑脸，丰收的喜悦，加上这五彩斑斓的田野，还有远处鳞次栉比的农家小院，不正是一幅乡村振兴的美妙画面吗？

金灿灿的致富路

宜阳那片厚重沧桑的黄土地上，有许多热爱泥土芬芳的人。

连昌河蜿蜒曲折，汉山高低逶迤，凤凰岭绵延起伏；山依偎着河，河萦纡着山，它们相互映衬，连成了一幅恬淡优美的山水画。"昌谷五月稻，细青满平水。遥峦相压叠，颓绿愁堕地……"李贺将连昌河两岸的旖旎风光写进了诗句里，一诵逾千年。

凤凰岭出产的粟，色泽金黄，堪比黄金，有"一斗黄金一斗粟"的美誉。李贺是昌谷人，按理说，这样的好物产他焉能不知？遗憾的是，才高八斗的"诗鬼"偏偏没有留下一句赞美昌谷粟的诗。

于是，就有人怀揣梦想，要帮这黄澄澄的昌谷小米闯出名气，带着乡亲们走上一条金灿灿的致富路！

第一次在仁村见到老冯，这位体格健朗、皮肤黝黑的昌谷汉子，必定笃厚踏实、精明能干。

"干事业靠打拼，搞农业离不开出力流汗。没有最好，只能更好。不敢轻言放弃，更不能浮躁，毕竟，咱身后带着几百个老百姓呢！"老冯一边带领我参观他的农业公司，一边谦逊地介绍着。

凤凰岭上视野开阔，远离喧嚣，空气清新，环境清幽。岭上的谷子、玉米、花生等杂粮秸秆，是家畜的天然好饲料。北京来的老板看中了这块宝地，投资上千万在岭腰建了一个大型黑驴养殖场。

头脑活络的老冯意识到，庄稼地里一棵棵不起眼的小谷苗，能变成让乡亲们稳稳致富的金宝宝了。

2019年，老冯注册成立了农业公司，以公司加农户的经营模式，依托专家指导，选育出了最适合凤凰岭种植的谷子品种，公司很快便生产出了优质小米。而原本扔在地里无人问津的谷秆，也被老冯变成了能换钞票的"金草"。

"国家的富农政策这么好，对农业项目扶持力度这么大，县里、镇上又倾力帮助咱，老百姓种植谷子的热情一年比一年高涨，收入一年比一年多。大家对种谷子充满了信心！"老冯笑着说。

老冯的公司带动了周边21个行政村、168户贫困户共同参与谷子种植。凭借色正味醇黏度高的特色，"粟耕源"牌小米如同连昌河水一样，源源不断地流向市场。"李贺故里、千年名粟"的美名已经传到了北上广等一线城市。

老冯的办公室不大，茶桌一角显眼地摆放着一碟丰盈盈的小米。老冯说，每天只有看到黄灿灿的昌谷粟，闻一闻米粒的清香，他才能安心干事情。

电视剧《沧海》里有一句台词："一个人朴实到可以不顾一切的时候，便是一种至高境界了。"李贺故里的小米产业是一部大戏，其核心是党带领群众步入小康生活的坚定愿望，脉络是国家的一项项富农政策，演员是一个个渴望小康生活的老百姓，主角则是一个个像老冯一样有担当，有责任，心里装着老百姓的弄潮人。

秋风渐起，凤凰岭上的谷子在微风中荡漾着绿波，沉甸甸的谷穗低垂着头，仿佛在憧憬着丰收的日子。我站在青青的谷子地旁，用心感受着老冯的幸福，侧耳倾听着他描绘的农家小康生活。

行稳有节

历史浩荡，挟裹时空，携带神秘，铺展悠远，为厚重大地拓印一处又一处鲜明印记。禹分九州，夏兹中国，武王伐纣，秦服四海，楚问中原，汉图西域，三国鼎立，魏晋风流，十六国南北朝粉墨登场，隋唐气象万千……故曰，帝王开疆拓土，英雄各领风骚，仁人志士不安天命，庶农工商熙攘往复。

仰望星空，浩瀚灿烂，熠熠生辉。问苍茫大地，谁主沉浮？

夜色未央。瑶池轻雾，罗帷迷离，神思摇荡，玉指纤笋轻落处，与长安隔函谷关东西遥相呼应的那方河洛山水从此载入史册。一场与恢宏时代对应的巨大变革徐徐拉开帷幕，一番跌宕起伏的风云际会龙流风游。一时间，东都危楼高轩鳞次栉比，勾栏瓦舍无尽风流。

欲知古今兴废事，请君只看洛阳城。

一

光宅元年（684年），皇太后武则天临朝称制，改洛阳"东都"为"神都"，又将"紫微城"改为"太初宫"。"神都"意为神州大地之都，标志着洛阳正式成为唐朝首都。"太初"表示新的起点，象征着一个新的时代——武则天时代正式开始。

天授元年（690年）九月初九，武则天于洛阳紫微城则天门登基称帝，改唐为周，定都神都。她在洛阳紫微城修建了明堂、天堂、集仙殿等建筑。

长寿三年（694年）八月，世界各国元首在梁王武三思的引见下，请求用铜铁铸造天枢，立于神都洛阳皇城外，象征世界中心。武则天制可。各国君臣聚钱百万亿，买尽天下铜铁，历时八个月，天枢建成，高一百五十尺，柱身碑刻文武百官和万国元首的名字，武则天自书其榜曰："大周万国颂德天枢。"

通天二年（697年）四月，武则天铸成九鼎，列于洛阳紫微城明堂内。这是隋唐时期唯一的天子九鼎，是中国古代的国家象征和最高礼制。

岁月悠然，光阴流转。丰功如同烟云，伟业宛若晚霞，绚烂、璀璨、易逝。这片土地钟灵毓秀，每一棵树，每一根草，每一朵花，每一缕风，每一片云，每一滴露珠都沾染过大唐气息，赋神都魅力，令洛阳蜚声，为古城增色。

明堂巍峨，天堂蹉跎，天街旷达，应天门威仪，九龙池
旖旎，定鼎门雄踞。今天，若游历神都，隋唐洛阳城遗址公
园和天街里坊成了绕不开的打卡之地。

陈寅恪先生说，隋唐本是一家，而隋朝对唐的"奠基"
作用，显然是长久的。隋唐洛阳城始建于隋炀帝大业元年
（605年），盛于唐朝，距今已有1400多年历史，曾是中
国隋代大运河中心、丝绸之路的东方起点，拥有成熟的洛
南里坊制度，宏伟壮观的城市中轴线和星罗棋布的名人园
林。而今，依托隋唐城遗址复建的天堂、明堂、应天门、
九州池、定鼎门、天街，已化身为洛阳文旅一张张靓丽新
名片。

越过洛河，目光所及，仿佛有一股浓郁人文气息扑面而
来，独特、绵厚、氤氲。恍惚间，仿佛穿越，仿佛梦回大
唐，仿佛魂归神都。看哪，里坊内房舍俨然，里坊外人来
车往；使节华服正冠，驼队风尘仆仆。其中有蓝颜黄发的昭
武九姓国人，也有带着琉璃、象牙、玛瑙等方物前来朝贡
的使者，还有许多不知名的探险家和旅行者，心怀高贵的
求道者和修行人、诗人等。庙堂上钟鸣鼎食，人世间炊烟袅
袅。天街两旁，一群落在树上叽喳的雀鸟探头探脑打量着眼
前一切，新鲜、好奇、遐思、怅惘，情绪复杂。

武则天虽然将国号改为周，但在历史上，还属唐朝一

脉；虽贵居权力之巅，正史中武周身份依然显得暧昧。武则天既是唐朝的皇后，又建立了新的王朝。这种复杂身份使她不可能被史官浓墨重彩予以歌功颂德。正史偏驳，导致野史泛滥——野史具有野草一般蓬勃顽强的生命力，以最欢娱人心的方式代代流传。几番渲染后，武周秘史风起洛阳，艳史散播里坊巷弄，迄今饶有兴味，成了影视狗血剧挖掘不尽的创作宝藏。

考古发现与复建复现齐头并进，沉寂历史与火热生活融合贴近。短短几年，洛河两岸涌现出一座又一座隋唐风格建筑。在洛阳，煌煌大唐不再只是典籍里的意象，而是实实在在可以零距离感知的具体。着一袭汉服徜徉神都，或定鼎门凭栏，或天街漫步，或隋唐遗址公园内赏花赏月赏灯，或到洛阳博物馆前仰望天枢，总有这样那样的不同体验和新奇感受。

洛阳城里有数不清的贴花黄、梳云髻、别簪花的小姐姐穿梭往来，她们灵动可人，美若天仙。元夕夜，明月高悬天宇，古都靓女如云，宝马雕车香满路，凤箫声动，一夜鱼龙舞。流量时代，洛阳里坊不遑多让，频频出圈，榜居热搜。

一场春风，一场春雨，天街上蛰伏了整整一个寒冬的小草被春风唤醒，被春雨滋润。它们纷纷舒展身姿，吐露浅绿，摇曳芳华。天街此刻显得不再旷阔，被萋萋芳草点染成了一条浅青色的人间仙道。"天街小雨润如酥，草色遥看近却无，最是一年春好处，绝胜烟柳满皇都。"韩愈的《早春呈水部张十八员外》中描绘的天街景象和雨后气息令人迷醉，让人神往。

而今，天街轮廓已显，韵味已成。若春雨绵软，杨柳依依，不妨留驻天街，扔掉那把雨巷中邂逅丁香花一般芬芳姑娘的油纸伞，尽情拥抱酥雨，等待和翩若惊鸿的她演绎一场跨越千年的缠绵。

二

唐天宝三年（744年）杜甫在洛阳。同年三月，李白离开朝廷，四月途经洛阳。诗仙李白结识诗圣杜甫，中国最伟大的两位诗人在洛阳相会。

秋天，李杜一起从洛阳出发，远游梁、宋（今开封、商丘一带）。李杜在开封与诗人高适相遇，三人一起寻幽访古，宴饮赋诗，恣意纵情。《新唐书·杜甫传》载："尝从白及高适过汴州，酒酣登吹台，慷慨怀古，人莫测也。"

杜甫难免尽地主之谊。陪李白游金谷，逛龙门，赏"天津晓月"，沐洛水滨春风，诗酒唱和，其乐融融。

令两位伟大诗人流连忘返的"天津晓月"，是一处让无数文人墨客心动不已的著名风景。天津桥初建于隋大业三年，原是一座浮桥，是洛阳南北交通的要冲，唐时改为石桥，又称洛阳桥。天津桥北与皇城南门端门相应，南与定鼎门大街相接，桥上原有四角亭、栏杆、表柱，两端有酒楼、市集，行人车马熙熙攘攘，络绎不绝。拂晓时分，漫步桥上，举首可见一轮明月垂挂天幕，俯首河面波光粼粼，偶尔又传来洪亮悠扬的钟声，"马声回合青云外，人影动摇绿波里"。

隋唐以来，有不少歌咏"天津晓月"的诗篇传世。可惜，宋以后，战火连绵，洛阳城内建筑物大多被毁，天津桥亦未幸免。民国年间在附近建了一座碑亭，伫立于洛河中央，在亭的西面又建了两座大桥，吸引着无数游客前往凭吊。之后，洛阳再受战火洗礼，很多物象渐渐消逝。

"再次修建的天津桥是一座人行景观桥，我们要结合遗址保护展示的要求和使用功能进行设计。"中国科学院院士、建筑学家、同济大学学术委员会委员常青说。常青之所以这样说，是因为天津桥的复建太牵挂洛阳人的心。打复建消息公开那一天起，洛阳人一遍遍念叨和憧憬着新桥的样子。平桥下拱？一桥飞架？还是……

那份急切巴望，唯有洛阳人最懂。

今人不见古时月，今月曾经照古人，今人不见古时桥，今址曾经载古人。相信不久后的某一天，当施工围挡拆除后，一座蕴含着诸多匠心和大唐风韵的桥梁终将横跨洛河南北，重新定义洛阳的文化天际线。

那将是何等的盛世盛事啊！

三

"洛阳园池多因隋唐之旧，独富郑公园最为近辟，而景物最胜。游者自其第东出探春亭，登四景堂，则一园之景胜可顾览而得。南渡通津桥，上方流亭，望紫筠堂而还。右旋花木中，有百余步，走荫樾亭、赏幽台，抵重波轩而止。直北走土筠洞，自此入大竹中。凡谓之洞者，皆斩竹丈许，引流穿之，而径其上。横为洞一，曰土筠；纵为洞三，曰水筠、曰石筠、曰榭筠。历四洞之北，有亭五，错列竹中，曰丛玉、曰披风、曰漪岚、曰夹竹、曰兼山。稍南有梅台，又南，有天光台。台出竹木之杪。遵洞之南而东还，有卧云堂。堂与四景堂并南北。左右二山，背压通流。凡坐此，则一园之胜可拥而有也。郑公自还政事归第，一切谢宾客。燕息此园，几二十年，亭台花木，皆出其目营心匠，故逶迤衡直，闿爽深密，皆曲有奥思。"——北宋李格非《洛阳名园记》之《富郑公园》。

与南方园林的小巧精致、移步易景、取山水形胜于方寸之间不同，北方园林雄浑大气，巧妙蕴含天人乾坤诸多元素以园明志，譬如，富弼的"富郑公园"，司马光的"独乐园"，吕蒙正的"吕文穆园"等。邵伯温《邵氏见闻录》卷十九云："富公（富弼）未第时，家于水北上阳门外，读书于水南天宫寺三学院……公致政，筑大第于至德坊，与天宫寺相迩。"遗址在今天的洛龙区安乐镇安乐窝村东二里许。

"夫洛阳，帝王东西宅，为天下之中。土圭日影，得阴阳之和；嵩少瀍涧，钟山水之秀。名公大人，为冠冕之望；天匠地孕，为花卉之奇。加以富贵利达，优游闲暇之士，配造物而相妩媚，争妍竞巧于鼎新革故之际，馆榭池台，风俗之习，岁时嬉游，声诗之播扬，图画之传写，古今华夏，莫比观文叔之记可以致近世之盛。"古文晦涩，译为白话是夸："洛阳乃中国古代帝王的东都和西都，为天下的中心。用土圭测量日影，日影与土圭的长度相等，得到阳气和阴气的调和，最适合作国都。"又夸："由天工的巧思所创造，由大地的精心所孕育的洛阳牡丹花为世间花卉中的奇葩。"还说："洛阳自古以来的习俗习惯是，每岁到花开时节，全城的人都喜欢到名园去游玩观赏。再加上乐歌的传播，图画的辗转描绘，那种盛况是从古到今中国其他地方都不能相比的。"

唯慨叹岁月蹉跎，浮云望眼，"忆昔开元全盛日，汉苑隋宫已黍离。覆辙由来皆在说，今人还起古人悲。"唉！洛阳的繁华、兴盛和绮丽，一时之间已成过往，一个个朝代的背影如同深埋在皇宫门前的落寞铜驼，飘散在洛河两岸北方民族的牛羊腥膻之气，似近实远。但一方胜地的脉动不竭，生活在这片土地上的人们前赴后继，不断创造着新的历史和新的惊喜。

隋唐城遗址植物园和从政坊游园是每一个洛阳人的心头好。

"嘿！小伙伴们，隋唐城遗址植物园喊您赏牡丹了。"

"嘿！小伙伴们，隋唐城遗址植物园约您观夏荷了。"

"嘿！小伙伴们，隋唐城遗址植物园邀您看红叶了。"

"嘿！小伙伴们，隋唐城遗址植物园等您踏雪寻梅了。"

一年四季，隋唐城遗址植物园的卡通人嘴里的宣传口号随季节转换而变换。

"嘿！小伙伴们，从政坊游园唤您看天鹅、喂鹈鹕了。"从政坊游园不甘其后。

当然，园内风景随季节转换而变换，各有千秋，异彩纷呈。也有各种动物等着游客去宠爱，和孩子们互动嬉戏。

仲春。千姿牡丹园内九大色系、一千二百个品种、三十余万株牡丹竞相绽放，一丛丛一簇簇牡丹花开胜日，姹紫嫣红，赏心悦目。或淡或浓的花香在空气中涟漪一般氤氲荡漾，眼随花动，心旷神怡，意伴花摇，令人沉醉。

盛夏。野趣水景园内荷花婀娜，莲叶田田。这清瘦美人，有着几分宋词小令的婉约，斜晖脉脉，倩影朦胧，波光潋滟之中，或露娇羞一抹红，或显玉洁一抹白，香远益清，别有风韵。几条锦鲤在莲梗周围缠绵，让夏日的隋唐城遗址植物园多了几分生气，添了几多妩媚。

深秋。宛若画家的调色盘打翻在了隋唐城遗址植物园，醉红为主色调，金黄为辅色，一树树红叶幻化为一支支火炬，诠释岁月轮回，张扬生生不息。遐思伴落叶纷扬，惆怅随鸿雁南飞。

冬日。那就踏雪寻梅吧。梅喜欢和雪纠缠，飞舞灵动成唐诗宋词。雪和梅一旦融合，便在天地间缠绵出了一个清幽的世界。

园子里有诗墙，有题石。竹叶瑟瑟里，树影婆娑里，蝉鸣鼓噪里，读那些唐诗，更觉隽永。山水入眼，诗书入心，觉得世上一切都是美好，人间值得。

孩子们更喜欢从政坊游园。人工湖碧波荡漾，鹈鹕、天鹅、鸳鸯……掌拨清波，优哉游哉。人工林绿意盎然，孔雀、羊驼、川马……闲庭信步，与人为乐。

我最喜欢从政坊入园口内侧的那片西府海棠。每年海棠花开，常驻足树下凝望一树灿烂，缅怀一代伟人周恩来。海棠林前竖着一块宣传板，图文并茂述说着人民好总理和西府海棠之间的点滴往事。也给孩子念叨过解说词里的那句话——今天的中国如您所愿，富强，民主，自信，祥和。

四

大同坊、顺义坊、宜人坊……林林总总。文献载："里坊东西南北各广三百步，内有十字街，四面坊墙居中开门。各坊之间以街道相隔，每坊建有围墙，留有坊门，昼开夜关。唐代103坊，其中洛河北29坊，洛河南74坊。"

唐代东都有丰都市，东西南北居二坊之地，四面各开三门，"邸凡三百一十二区，资货一百行"。来自各国的商品堆积如山，世界各地的商人们操着不同的语言在这里进行贸易。史载，为了炫耀大国的富庶，在外国使者逛丰都市时，隋炀帝曾命"不取其值"。市周围的里坊内住着大量的外国人和胡人，并有许多胡寺、袄寺等不同信仰的寺庙。都城外围的邙山和原野还散落着许多外国人的坟墓，他们把这里当成了永远的归宿。

神都之盛大，大唐之丰盈，被不断出土的一方方墓志铭和其他各类文物鲜活记录了下来。

今天，生活在隋唐里坊区这片土地上的人们无疑是幸福的，古人有古人的惬意，时人有时人的怡乐。瓜瓞绵延。

洛龙文化双创产业园占地180亩，地处牡丹桥南，毗邻隋唐遗址植物园。古色古香的街区内店面林立，各种河洛地区文创产品、地方特产、非遗展示、研学体验等业态琳琅满目，令人应接不暇。通过挖掘展示河洛地区要素禀赋、资源优势和文化内涵，延续历史文脉，坚定文化自信等方面，洛龙文化双创产业园正发挥着越来越明显的作用。

李学武牡丹瓷形象店也在洛龙文化双创产业园内。小小瓷盘，别有玄妙。盛开在白瓷盘里的一朵朵惟妙惟肖的牡丹花抓人眼球——白瓷凝雪如脂，瓷土烧制的叶脉清晰逼真，花朵栩栩如生。牡丹的典雅端庄和雍容华贵真就盛开在了瓷盘里。不禁感慨，唐风唐韵真是洛阳艺术鼎盛的源泉啊。

安乐花卉市场里花香扑鼻。蝴蝶兰姹紫嫣红，杜鹃浓烈鲜艳，金橘叶翠果靓，还有蕙兰挺拔，瓜叶菊俏丽，那一盆盆绿萝更像一抹浓得化不开的绿云。花农们劳累而收获满满，每一天都是幸福感爆棚的一天。

明义坊邻里中心紧挨着产业园。听说有作家来采风，社区书记助理早早等候在一场纷扬的大雪里。书记助理身材高大，嗓门洪亮，一看就是干实事的人。他一边走一边介绍："我们有社区服务站、文化活动站、微型消防站、卫生服务站、生鲜超市，还有聂湾文创园、奇石城、花木市场。邻里中心引进有马建国牛肉汤、老洛阳水席、特色小吃、菜鸟驿站等业态，保证我们的居民有便宜菜买，有可口饭吃，有花木点缀生活……总之一句话，我们要让居民体验到真真正正的幸福美满，哈——"

笑声伴着纷纷扬扬的雪花落在身上，爽朗朗的，晶莹莹的。每一片雪花恍若来自隋唐，来自大宋，饱满、丰盈，不疾不徐，行稳有节。

安 安

　　龙门山南边的村镇管喝牛羊肉汤叫喋汤。"喋"是俗语，家长里短、乡村风物，沾带些土腥味，也接地气。"喝汤就是喝汤，为啥叫喋汤？"我问娘。娘不稀罕这话题，摇一摇头。问爹，爹正为我们的学费发愁，没好气，他说："齐整整的牲畜不好好将养，非搁汤锅里熬得骨肉分离，喝汤吃肉能咋地，一顿胖二斤？作孽咧。"

　　黑瓷碗跟着我爹不可避免地受了场腌臜气，被重重顿在木桌上，咚一声。我吓一跳。再看那只黑瓷碗，摇摇晃晃的模样和局促在爹面前的我一样，惶恐、不安，丈二和尚摸不着头脑。

　　"喋念 dié，动词，左口右枼。"代课的李老师腮帮缩一下，略顿，元气积蓄，"喋"字遽然从稀疏黄牙缝里喷薄而出。我低矮，坐在李老师眼皮子底下，几巴掌远，瞅得清亮。

李老师那天大约在何厨子汤馆打过牙祭，"喋"字带着一股羊汤膻香，又浓又冲。校园里长着一排高大蓬勃的白杨树，绿荫匝地。李老师站在树荫下给我们讲课文，他说："喋血，形容血流遍地，指杀人很多，典自《史记·淮阴侯列传》。"

天朗、云淡、气清，远山青翠，太阳悬在空中，不燥，像盏明灯。顺阳河挨着古镇流淌着，蜿蜒如一条细长飘逸的丝带。河水把青草滋养得姑娘一般鲜嫩，嫩得让人想躺下，拥吻，尝一口。姑娘俊俏漂亮，招惹了十里八乡的好小伙，你来我往，顺阳河有了生气，沾了喜气，淌得日夜欢实。

青草喂肥的牛羊大多卖往外地。最胖的每每被古镇开汤馆的何厨子拿刀捅了，剔骨剔肉，变成一锅又一锅香喷喷的汤。何厨子选牛羊的尺模藏在一对肿眼泡里，先摸背，再摸臀，最后掰开嘴巴看牙口。被他选中的牛羊一身好膘，也健硕，那汤自然贼香。

"寂寞遥天战玉龙，板扉人不到，掩寒松。路迷樵径断孤踪，修竹里，一缕炊烟浓。"乡人喜爱自己周围的一房一屋，一草一木，说连乡村上空的袅袅炊烟都像一朵朵盛开的牡丹，好看，姿韵。偏偏熬汤升腾起的黑烟在古镇上空左突右撞，煞了风景，仿佛何厨子对牛羊白刀子进红刀子出的那股子嚣张蛮横。

何厨子杀牛宰羊通常搁在傍晚时分。杀羊自个舞弄，手起刀落，干脆利索。宰牛唤上几个帮手，场面很大，血淋淋的。这给胆小的我造成极大恐惧，总觉得红彤彤的夕阳仿佛牛羊拼命挣扎时布满绝望血丝的大眼珠子，西山顶上的绚烂晚霞像是被牛羊喉管里喷溅到天上的鲜血晕红的。

这种幻觉导致我八岁之前根本没胆量喝一碗牛羊肉汤。

从何厨子汤馆前过一回，瞅见被牢牢拴定在木柱上的待宰牛羊，小心脏便不受控制地哆嗦颤动一回。那些牛羊可怜巴巴地望着我，哀嚎凄厉刺耳，这让我更加心惊肉跳。

可是，那些牛羊也不知道咋想的，如何敢眼巴巴地指望单薄如纸的一个孩子能拯救弱肉强食的世界？改变早就进化为直立行走的高级同类为它们安排好的一场又一场屠戮？

我从未向任何人说过这些事，包括爹娘和那条天天围着我摇尾乞食的黄土狗。那是藏在岁月深处和浅浅光阴一起走远的一段记忆、一段酸涩，和萦绕于童年里的一段无可奈何。

我暗暗和何厨子较劲。一个小孩子，除了兀自跟认定的所谓坏人较劲之外，还能咋地？偶尔也使坏，给何厨子制造不大不小的麻烦。有一次，趁周围人不注意，我偷摸着解开木桩上的绳结，朝着咩咩哀嚎的那只黑脸公羊屁股上狠狠踹了一脚。我想那只黑脸公羊肯定渴望自由，这一脚必然使它撒开蹄子夺路狂奔，获得新生。甚至，我还在脑海里想象了一番何厨子气急败坏、捶胸顿足的恼火劲儿。

但令我万万料不到的是，那只黑脸公羊竟然一动不动呆愣在原地，根本没有逃遁的意思。再踹一脚，依旧一动不动。又踹一脚，这一回，它似乎是明白了。可惜晚了，忙完手头活计的何厨子终于察觉，从汤馆里一阵风似的卷出来，一只脚啪地踩住羊缰绳，支棱着的两只手一把搂住了羊脖子，死死的。

黑脸公羊天黑前被何厨子宰了。羊头和骨架挂在汤馆外面的木桩上，一阵风拂过，羊头和骨架随风晃动着，像一缕幽怨的魂。我很失望。一个孩子试图努力改变的东西，绕一大圈，又重新回到了原点。那种感觉特别沮丧，甚至气馁，更无语。

很多年后，我去东南亚旅游，在泰国看训大象。驯兽师手里拿着一根短棍指挥着两头四五吨重的长鼻子巨兽做着各种动作。大象笨拙而灵巧，对驯兽师言听计从。我很好奇，也诧异，想知道驯兽师是如何做到这些的。驯兽师解释训象要从幼象开始，第一步戴脚链，第二步控制食物……他说，动物比较容易形成肌肉记忆和定向思维，脚链戴久了，即便放开脚链，大象也会一动不动。我一下子想起了那只被自己踹了几脚愣没逃跑的黑脸公羊，它死得一点儿不冤，定向思维能让一头庞然大象麻木，当然也能让一只渺小的羊麻木。

"娃精明，替俺保住了一只羊，不然，老子亏死尿了。"何厨子拎来一罐羊汤奖赏我。接过何厨子递过来的烟卷，点燃，爹笑吟吟的。

躲不过，推不掉，我极不情愿地喝了何厨子用那只没被我放跑的黑脸公羊熬的羊肉汤。滋味不错，肥腻、鲜香、抓口。从那天起，我决定不再怜悯任何一只羊。谁让它们那么笨，那么蠢呢，活该被何厨子宰。

娘生下小妹后奶水不足。外婆心疼闺女外孙女，支使我爹说："恁老姨家有头母山羊，买回来饲喂着，母羊奶水好歹能将养一下母女俩。"爹揣上一个月工资赶大早去了老姨家。午后，还没看到爹的人影。娘不乐意了，嘴里嘟嘟囔囔："办事不牢靠，七八里路嘛，背也背回来了呀。"

后来才知道，姨奶奶家的那只母山羊是头抵羊。哺乳期的母羊往往性格温顺，抵羊不同，护犊的抵羊战斗力爆棚，靠近羊羔的很容易被它当作敌人，轮番攻击，不依不饶。我爹猝不及防，先被母羊冲髋骨重重抵一下，嘴啃泥；踉跄着爬起来，再被抵一下，狼狈不堪。爹一下子灰了心，盘算着打道回府。可扭脸想到襁褓里的小妹，咬咬牙，爹买下了老姨家的母羊。

爹前边拽，姨奶奶后边推，费尽九牛二虎之力，好不容易把母山羊弄出村。"往后是你的事了，羊若跑窜了，不许赖俺！"姨奶奶急于脱手母羊，说话不留情面。

"区区一只挨刀子货，放心，收拾不下它算俺笨。" 爹对姨奶奶的话不以为然，胸脯拍得啪啪响。

偏偏爹遇上的是一只心机羊，个子也大。那只母山羊索性一屁股坐在地上赖着不走，身子如下坠巨石。我爹两只手拼命拉扯羊缰绳，浑身关节嘎嘣作响，胳膊上高高绷起的青筋仿佛一条条吐着毒信子的蛇。母羊的斗志没缘由地被爹撩逗起来，它毫不掩饰自己的韧性，任性而英勇地与爹僵持着，没有丝毫的退缩和示弱。一人一羊斗得昏天黑地。尘灰和土坷垃被爹踢得轰隆乱飞，窄窄一条土路成了人与羊争勇斗狠的角斗场。

路人把看到的搞笑一幕捎话儿给了姨奶奶。姨奶奶一跺脚，慌忙抱起刚刚断奶的小羊羔赶到爹和母山羊对峙的角斗场。有羊羔做饵，那头母羊不再恋战，跟着姨奶奶进了俺家大门，也不情不愿。

母羊的两只奶子鼓胀胀的，乳汁充盈在乳腺内。奶子若是山，乳汁就是山峰孕育的旺泉。母羊的两座乳峰被姨奶奶几根干瘪手指揉捏了一小会儿，乳汁汇成两股细流，准确而生动地落进盛奶的黑瓷碗内。娘接过黑瓷碗，将奶煮沸，凉凉，加点白糖，端到小妹嘴边。羊奶气味明显与母乳不同，襁褓里的小妹抗拒羊奶，咧着小嘴哭。娘很有耐心，手指饱蘸些羊奶，轻轻滴在小妹粉嫩嫩的樱桃唇上，哄着她。娘很期待小妹慢慢接受一滴羊奶，继而，大口吞咽母羊源

竹影流年

源不断的丰盈奶水。

这个世界上的每一个婴儿大约都无法抗拒来自乳汁的诱惑。即便乳汁并非来自母亲，而是来自一只性格鲜明的抵羊。羊奶香甜，吃饱了羊奶，小妹也睡得香甜。笑容挂在娘脸上，久违，开心。

姨奶奶交代俺娘："母羊倔，莫往跟前凑，谨小心。"姨奶奶临走前让小羊羔美美占了我家一顿便宜，顺手掂了一包白砂糖。姨奶奶说她念情谊，不然，绝不舍得卖掉奶水贼旺的母山羊。我心说，呸！除了我爹不识货，谁会乐意掏高价买一只抵羊呢。

娘不会挤奶，围着母山羊左看右看，无从下手。爹在一旁急眼了，一把抱起母羊，将两只奶子对准黑瓷碗。他说："挤啊，快点挤啊。"第一次挤奶，娘慌得一头汗，爹累得一身汗。

我对挤奶饶有兴趣，老想试试。娘骂我："男孩子家，摸羊奶子干啥？不着道，滚一边去。"可好奇害死猫，娘不让干啥，我偷摸着干啥。也犟。不听话的结局可想而知——我被母羊欺负得像孙子似的，抵在墙角动弹不得。哀号声招来母亲，先救我，后揍我。

小妹哭闹，娘腾不出手，让我哄。我抱起小妹摇啊摇，摇着摇着摇到了母羊身旁。母羊支棱起两只耳朵，警惕地望着我。小妹刚被娘喂过羊奶，身上散发着淡淡的羊奶气息。

安 安——————————————

估计是小妹身上的羊奶味唤醒了母羊内心深邃的母爱，它缓慢而谨慎地走近我，羊头轻轻蹭了蹭我小腿。感觉到了母羊的犹豫善意，我踌躇着蹲下身子，一只胳膊仍护着小妹。母羊嗅了嗅小妹，伸出舌头，舔了舔小妹的手，温柔、细腻。那一刻，不可思议的神奇一幕出现了，小妹忽然止住哭闹，一下子安静下来，两只乌黑小眼珠滴溜溜地盯着母羊，温顺得像一只小羊羔。

娘很诧异。反复实验几次，结果一模一样。一高兴，娘给母羊起了个昵称——安安，安稳，安心的意思。

母羊安安和我们越来越熟悉，我们和安安也越来越亲密。娘说我实在，宁愿多跑一段路向水草丰茂处挥动镰刀，稚嫩肩膀磨出几道印痕，也要汗流浃背为安安背回最鲜嫩的青草。

我偶尔也牵着安安在顺阳河边吃草，让它撒欢。远山、近河、闲云、青草、田野、村庄、棉花一般洁白的羊，仿佛一幅田园画。我在画中走着，躺着，玩耍着，安逸、洒脱、无忧无虑。那是伴随着自己走过整整少年时代的一段美好时光。

娘给安安缝了奶兜，不大不小，刚好严严实实兜住那两只硕大奶囊，还给安安熬艾草汤洗奶子，摇着蒲扇驱赶讨厌的蚊蝇。娘说："安安健康结实，恁小妹才会健康结实，安安是咱家大功臣咧。"

竹影流年

黄土狗是我的好玩伴。黄土狗忠贞、机灵，一直跟屁虫似的跟着我。现在有了安安，黄土狗显得落寞。可狗毕竟是狗，脑仁拳头一般大，和安安的脑仁差不离。狗和羊的世界里没有那么多是非纠缠，不像人的世界错综复杂、钩心斗角。黄土狗守在街口等我放学，远远瞅见我，它飞奔而来，摇着尾巴往我身上扑，亲热极了。安安焉肯让一条狗抢了风头，有狗打样，安安模仿得很快。一狗一羊你追我赶着跑来接我，我被狗扑被羊舔，羡煞一帮小伙伴。

可安安毕竟是一只羊，脑袋瓜明显不如狗聪明。安安有时候自己跑到街口东张西望一会儿，看不到我，很快没了耐性，要么抽身回家，要么卧在墙根反刍。反刍的安安眼睛眯成一条线，嘴里嚼得有滋有味，晃动着头，神态悠然自得。

安安胃口极好，青草、杂粮、果皮、菜叶来者不拒。安安贪吃，黄土狗护食，狗和羊之间的冲突在所难免。娘宠爱安安，我罩着黄狗，各有给自己撑腰的主人，羊狗大战互有胜负，有时东风压西风，有时西风压东风。安安输的那几次和娘抱着小妹回娘家关系莫大，看不见小妹和娘，安安往往无心恋战。

小妹一岁多断奶后，抱她抱累了，常常将小妹放在安安背上让安安驮。安安脾气变得出奇的好，小碎步轻盈而有节奏，一起一伏的像摇篮。小妹坐多久，安安驮多久，这让我们更加喜欢安安。

一转眼，小妹学会了走路，蹒跚如一只脚跟不稳的小鸭子，摇摇晃晃。再一转眼，小妹五岁了，到了上幼稚园的年龄，活蹦乱跳。安安孕了几胎，被羊羔反复吮咂过的奶子肉眼可见地松弛了许多，奶囊上星星点点散布着浅褐色的斑，奶水也越来越稀薄。

爹有卖掉安安的念头，碍于娘念旧，没敢多说。我已经上高中，割草喂羊的活能推就推，怕同学笑话。去河边放羊越发不愿干，大了就是大了，胳膊腿粗了，嗓门粗了，底气也粗了。黄土狗和安安还来街口接我，跑起来气喘吁吁，也都老了。

安安成了若有若无的存在。它的去留，爹娘之间起过争执，我们兄妹之间斗过口角。那天，哥哥无意中说了一句过头话，话音刚落便招来娘一顿臭骂："再敢说卖安安，撕烂你嘴，没良心的！"娘表面骂俺哥，捎带着指桑骂槐一大家子。娘一张脸赤红，很生气，明显替母羊抱不平，也憋屈。

安安最终死于肚胀。一只羊一辈子最常遇到的问题是肚胀，算病，也不算病。娘之前遇见过，通常几包兽药就能解决。但这一回，老迈的安安挨不过去了。安安肚子鼓胀得吓人，那张厚实坚韧的羊皮仿佛要被撑破，五脏六腑内的东西造反似的翻江倒海。

兽医把能使的招数都使了，能用的药也都用了，不管用。估计得了某些信息，闻到了某种味道，何厨子也来了。

兽医救命，厨子索命，何厨子的出现意味着安安这辈子行将终结。

"谁把何厨子招来的？"娘质问我们。爹说不是他，哥哥不是嫌疑对象，姐姐和妹妹打死干不出这事。"你吗？"娘咬着牙问我。我说："不是，喊！"

这个谜题至今没有答案。

"不就一只死羊吗？哭泣泣的，像啥。"何厨子手里捏着一沓钞票，花花绿绿。钞票崭新，哗啦作响。

"俺卖羊不卖皮！"娘很执拗，没得商量。拗不过我娘，何厨子从我爹手里抽回一张大钞，扛起安安头也不回地大踏步走了。安安脑袋低垂，眼睑紧闭着，也安详。安安离开我家时的模样永远定格在了那年那天的那个寂寥黄昏。

爹请城里最好的皮匠将安安的皮去杂去脂熟硝后，裁缝成了一件羊皮袄。那件羊皮袄爹只穿到六十岁。哥哥和我接着又零零星星穿了几年。再往后，哥哥和我都在城里买了房，我们离娘越来越远，也离那件羊皮袄越来越远了。

岁末，和小妹结伴回家看望老母亲，在老屋里蓦然看见了那张羊皮。羊皮铺在老母亲身子下面，变成了一块褥子。老母亲说她和安安睡在一起能勾起许多事情，安稳、安心，挺好。

看一眼白发苍苍的老母亲，再看一眼那张承载着无数过往的老羊皮，不觉一颤，五味杂陈。

湖山圣域间的美好生活

嵩县山多。白云山、天池山、木札岭、西岩山、九皋山、三涂山……罗列匍匐在旷阔沧桑的大地上。从高空俯瞰，一座座大山仿佛一头头狂野巨兽，脊梁高耸，体健肢硕，身披青绿，蓄势待发。

那些岭峦巍峨峻拔，蜿蜒起伏，层峦叠翠；那些沟壑幽深迂回，藏奇纳巧，气象万千；那些山花幽谷暗香，绝壁吐芳，卓尔不群；那些树木藤蔓自成风骨，缠绕依附，别具雅趣。

嵩县水秀。伊河、白河、汝河、九龙瀑、玉女溪……蜿蜒妩媚在青峰翠岭之间。溪流舒缓叮咚，涓声琴瑟，穿石凿壁，浅吟低唱。瀑布飞流而下，玉珠落盘，龙吟虎啸。更有落霞孤鹜齐飞，秋水长天一色，一泓碧水千年影，潋滟湖光纳风流。

唐代诗人祖咏感慨这方好水好韵，赋《陆浑水亭》一首予以褒赞："昼眺伊川曲，岩间雾色明。浅沙平有路，流水漫无声。浴鸟沿波聚，潜鱼触钓惊。更怜春岸绿，幽意满前楹。"

嵩县人杰。前有商初伊尹，以高超之烹调术游说于汤，汤王礼聘之，拜为相。伊尹甚明本草药性，汤浸药草，火炼药力，被传为"汤液之祖"。后有北宋程颐程颢兄弟，同胞二人开宗立派共创"洛学"，世称"二程"，著《遗书》《外书》《文集》《易传》《经说》《粹言》，合为《二程文集》流世惠人。

大儒在左，先贤于右，大道其光。徜徉嵩县，我的脚步很轻很轻，生怕一不小心打断了先贤思绪，惊扰了大儒谋篇。

嵩县因嵩山起脉而得名，位于洛阳西南，大约一个小时车程。炎帝时称伊国，春秋为陆浑戎地，夏时为豫州伊阙地。商代称有莘之野，又名空桑。春秋时秦晋迁陆浑之戎于此。战国为韩之高都，汉置陆浑县，属弘农郡，晋改属河南郡。东魏改为陆浑县，属新城郡，又置北荆州、宜阳郡及南陆浑县。隋开皇初改置伊州，大业初改为陆浑县，属河南尹。唐分置伊阳县，与陆浑县并存，俱属河南府。五代时并陆浑入伊阳，宋绍兴九年（1139年）升为顺州。金改名为嵩州，属南京路。明洪武二年（1369年）降州为县，始名嵩县。清代因之，民国无改。嵩县属北亚热带向暖温带过渡气候，常年平均降水量600毫米，伊河、汝河、白河三条河流分别注入黄河、淮河、长江，一县跨三域。

五月末，田野麦浪翻滚，大片金黄预示着丰收即将到来。这时节，沉甸甸的麦穗成了主角，绿肥红瘦沦为陪衬。我和一众作家先往南，再回北，探寻湖山圣域，触摸人文之魂，感受美好生活。

天池山的空气，纯净绵软得让人忍不住大口大口呼吸。矗立峰巅，一边被翠绿山景迷得七荤八素，一边沉醉在天然氧吧里不能自拔。总之，这满目美景，这扑面清新，令人流连忘返。

我对嵩县作家说："真美呀，不想下山了。"她笑吟吟回复："舍却人间留恋，山涧结庐煮茶，如何？"

对视莞尔——山水之乐，彼此懂得。况且，还有天蓝云悠，鸟鸣啁啾，蝴蝶翩飞，山花烂漫。

沿玉女溪而下，每每和碧水幽潭不期而遇。清泉石上流，掬一捧入口，水清凉，味甘甜；洗一把脸，面色红润，精神抖擞。想停下来戏水弄波，又不敢长时间驻足，幽谷深处不时传过来的一声声欢叫不断提醒着我，前方还有更好的风景在静候品味。

环顾四周。山有灵，石有魂，水有性，竹有节，每一块石头都不能被亵渎，每一棵竹子都值得被尊重，每一缕清风都有涤荡尘埃的力量，每一颗水珠都蕴藉着奔赴远方的梦想。

"坐酌泠泠水,看煎瑟瑟尘。无由持一碗,寄与爱茶人。"忍不住向溪流深处躬身一揖,目光一越千年。真想邀约躲在岁月流年里的香山居士移步此谷此溪,一同忘情山水,多一分留意,多一分清明,多一分自在,多一分人间清醒。

玉皇山在陆浑水库东南侧,山顶建有高阁。莅阁俯瞰,陆浑水库的旖旎尽收眼底。这个宏大而充满灵性的深邃湖泊渺渺万顷,碧波荡漾,渔舟唱晚,岸芷汀兰,莲叶碧天。

车行陆浑水库东岸,见大道整洁,旅游公路飘逸如一缕彩带,白墙黛瓦亦是风景。有人忍不住羡慕湖边人家,说这里山水形胜,宜居宜业。随行的嵩县文联主席应声答复:"是的!环湖区域正成为嵩县打造高质量业态圈的首善之区,未来,这里山将更绿,水将更清,景将更美,业将更丰,人将更富。"

忍不住一阵啧啧。

两程祠在程村。阎连科说:"走进'两程',使人如仰望星空,感受到嵩县虽偏,却星辰明亮,不仅在历史上曾照过中国大地,而且至今还在繁星备至的中华民族的上空闪烁着明丽深邃之光。"

肃身静立于"道学堂"前,我的心是沉静的——水一般沉静。在这样一个地方,唯有放下心里所有浮华喧嚣、尘世繁芜，让心灵彻底清澈下来，才有资格隔着时空与两位伟大的思想者对话。

楹柱悬联一副。上联"春风和气纯乎纯矣"，下联"烈日秋霜正者正也"。"春风和气"是说程颢性格温和，使人有如沐春风之感。"纯乎纯矣"的"纯"代指程颢在宋宁宗嘉定十三年（1220年）所得谥号。"烈日秋霜"形容程颐平素刚毅冷峻，像烈日秋霜一样无情。"正者正也"的"正"同样来自宋宁宗嘉定十三年所得谥号。兄温润如碧玉，弟纯粹如精金，两位大儒齐肩并进，各领风骚。

院子里一株株高大蔽日的侧柏，庇护着青砖铺成的行道。茵茵滋生的苔藓隐在砖缝里，无声地诉说着院落的幽静和沧桑。先贤和求知者们的履痕，仿佛就深深地印在那一块块浅浅凸凹的青砖上。

碑廊列立，一座座石碑彪炳着圣人功德；翠竹修修，一丛丛秀竹彰显着鸿儒涵养。那方古井还在，不用说，井水甘甜凛冽，沁人心脾。抬头便见耙耧山，山上松柏苍翠挺拔，宛如昂首不屈的生命。

祠堂内有一方小池塘，周遭用嶙峋石头围成雅致小景，鲤鱼游弋，睡莲朦胧。站在池塘旁看流水潺潺，品细流涓涓，我想，逾越千年后，两程理学已被升华，绵延不绝的，唯有传承。

介绍程颢从政经历和程颐民本思想的第三展室门楣上高

悬有一块"视民如伤"匾。"民"字头上额外多了一点。导游指着匾额说："多这一点,代表着爱民多一点,怀着一颗爱民悯农之心施政,程颐自然受到了老百姓爱戴。"理学发轫伊河,翻越千山万岭,在关中平原落地生根,化作"横渠四句",让手无缚鸡之力的文弱书生从此豪情万丈,恒念坚定,竖起精神擎柱,以"为天地立心,为生民立命,为往圣继绝学,为万世开太平"挥斥方遒,家国天下,万里浮云卷碧山,青天中道流孤月。

此刻,我已化身为程颢、程颐最虔诚的门徒。奢望天知我愿,扑簌簌下一场纷扬大雪,如此,我也能如杨时、游酢一样,肃候小院,待先生小憩之后,近至身旁,细细聆听那穿越千年的谆谆教诲,一定如雷贯耳,醍醐灌顶。

年轻的宣传部长为我们的采风活动精心准备了《理学圣地两程故里》《古代咏嵩诗文选注》《少年两程》等书籍画册。她说:"人文厚重的嵩县热情好客,我们爱你宠你。"

又一阵感动。

离开嵩县时,恰遇几台联合收割机迎面而来。恍惚间,我仿佛置身麦田,看引擎轰鸣刀镰闪亮,看一颗颗饱满肥硕的麦粒和一张张满意称心的笑脸互相映衬,看人们在这方山水圣域间恣意收获,尽情享受着美好幸福生活。

生生不息

一

和许多血气方刚时倔强离开家乡的男孩一样，除了心比天高的憧憬和一厢情愿的盲动外，母亲的依依不舍和外婆的千叮万嘱在我的行囊里几乎没有一席之地。那时候，我把自己幻想成了向往自由的风，肤浅地以为，只要离开束缚自己的乡村、庄稼、田野，离开苛教严律的母亲，便可以鸟一样翱翔长空，飞越关山，鹏程万里。

诗和远方是所有野心勃勃者的精神图腾。我是那些野心勃勃者中的一员，豪情万丈，纯白如纸，无知无畏。

多年之后，疲惫不堪成为现实写照。年轮无情，一圈圈堆叠，凋零危机依附低垂于秋天的一片金黄里，说不定哪一刻倏忽落下，零落成泥。我的脸上堆满沧桑，身上背负着无法卸载的冗庸负累，还有挥之不去的碌碌无为。此时，

"原乡"两个字仿佛冬夜炉火，温暖憔悴，烘干徘徊，剥离伤感，让当初的野心勃勃顷刻间稀里哗啦，一文不名。

中年人的命运仿佛被上帝端在手掌间的一只高脚玻璃杯，透明、复杂、心事满腹。积淀在岁月里的五味杂陈一旦打捞而起，酸甜苦辣争相溢出，水银似的倾泻一地，波涛汹涌。于是，一次又一次被熟悉的乡土气息唤醒记忆，化身一条游向原乡的鱼，趁着月色挥动尾鳍，往最初出发的河流拼命回溯。

原乡早已幻化为一缕乡愁、一剪窗影、一抹茱萸，客地反倒成了日夜消磨的家长里短。每一个游子概莫能外，即便尊卿，拜相，列士，营工，经商，务农。

我的原乡原本极其普通。灰扑扑的一条条街道，凌乱中不失规矩的一座座瓦房，杂七杂八生长却盎然勃发的花草树木，猪马牛羊鸡鸭狗鹅与人并行不悖的逼仄巷弄，包容万千条炊烟、像牡丹一般绽放诗意的旷阔天空，围绕乡村四周、随季节转换绿了又黄黄了又绿的一茬茬庄稼，铁锅里炖煮的嫩玉米、老红薯，黑瓷碗里盛的糁子汤、手擀面，邻居大嫂们嘴里长着翅膀的家长里短，挂在土坯墙上的钯镂、镢和一串串的蒜辫、红辣椒、玉米棒，深夜雪落的安静寂寥，以及东岭下的那片竹影流年……它们几十年似乎未曾改变过。

是的，原乡被我固化在了脑海深处了啊！我像一个贪婪的守财奴，恋守着自己的那片精神家园，不愿接受所有熟视无睹的日新月异，沉溺于曾经的那些点点滴滴。

如果硬要从普通中找寻一些不普通来，让我想想。噢！母亲站在家门口高一声低一声的召唤，昏黄油灯下外婆摇啊摇的嘤嘤纺车和梦呓般的絮叨，父亲弯着腰往画布上构图或涂抹颜料的一丝不苟，哥哥搂着我缩在被窝里你一个我一个分吃炒黄豆的香脆，小伙伴在一地月光里跳皮筋、躲猫猫、玩老鹰捉小鸡的朗笑，顺阳河蜿蜒着淌向远方的静水流深，躲在树梢唱歌的喜鹊、黄鹂和盯着池塘目不转睛的翠鸟，河里静静游弋的鱼虾，简陋校舍里传出的琅琅书声，树荫里小摊贩抑扬顿挫的长短叫卖，缱绻在坍塌了雕梁画栋、沉默了朱漆金彩的花戏楼前懒洋洋晒暖的老人，贩子在牛马市上手指伸进衣襟下讨价还价的夸张表情，雪霁后冰花一般玲珑美丽、让人心花怒放的村庄，还有一棵棵倔强的白杨、绿柳、泡桐、国槐……

那些普通得不能再普通的点滴琐碎，平凡得不能再平凡的熟视无睹，恰恰是原乡的独有符号和印记，足以让我将他与北方大地上星罗棋布的无数村庄加以甄别，候鸟似的一次次准确无误地回到搭建在那片土地上的小小巢穴。

离多远，走多久，有些东西仿佛穿透生命的白月光，清晰，斑驳，潋滟，摇曳。

宁肯让自己在岁月深处一次次无端惆怅，一次次莫名感慨，也不舍得腾空记忆，清空过往。妄想一把揪牢时光抽身离开的那截短尾巴，祈求岁月不要转瞬即逝，留下一丢丢美好，一丁点甜蜜。

很长一段时间，我都不愿提及那些让我快乐的快乐和那些让我不快乐的不快乐。但那些快乐像一颗颗睁着亮晶晶眼睛的红枣，缀满压弯枝头的石榴、苹果、酥梨、红柿子，让我无法漠视。留存于舌尖的余韵悠长，掩盖不住一粒青杏的酸涩，一枝高粱的低垂，一杆玉米的羸弱，一朵棉花的轻盈，一阵蛙声的鼓噪，以及乡村一天天平实桀骜的生长。原乡如同陈酿，由五谷杂粮和许多事物发酵而成，堆得愈厚重，醇得愈纯粹，历久弥香。

那些不快乐的起由、堆积、郁结往往与身在异乡密切相关——关山难越，谁悲失路之人？萍水相逢，尽是他乡之客。一叶、一尘、一云、一人、一骑的悲欢离合，旁逸斜出。

二

我像先辈一样深情耕耘过那片土地，期冀那片土地带来衣食无忧、富足幸福的生活。我攥着锄头在烈日下将汗水和种子一并播进先辈祈祷过无数遍的希望土地，又在密布天幕的浓稠乌云即将扰动这片土地之前，不顾镰刀割破手指的疼痛，与父亲一起佝偻腰身奋力抢收被暴风雨侵袭的、摇摇欲坠的一垄垄金黄麦穗。可是，后来的发现让我变得迷茫，纠结。

我从那片土地上得到的每一粒粮食、每一车收获都得付出成倍代价与艰辛，偏偏我的付出没能与回报画等号，流的汗水没能与期盼画等号。

这让我格外痛苦，莫名怀疑那片土地哄骗了先辈，耗光了他们的青春，接着哄骗我，试图继续耗光我的青春。

父亲滴落到那片土地上的指血殷红殷红，汗珠噼里啪啦。高粱吮吸了我和父亲的指血，粒粒饱满，颗颗沉重，渲染夕阳，染红西山头，晚霞因此绚烂无比。父亲却在那片霞光里渺如虮蚼，微似蝼蚁，仿佛某种古老仪式的献祭品。父亲的双腿双臂裸露天地之间，被太阳磨砺成最低沉含蓄的古铜色，和那片古老的土地浑然一体。

父亲说，谁让我们是这片土地的儿女，我们无可选择。

我不怕流血流汗，但害怕流得不值当。耕耘土地的血汗被一抔黄土接纳、吸收，转换成物产的一部分。这些物产离开土地，被五彩斑斓虚实变幻的霓虹钟鸣鼎食，被流光溢彩的水泥森林分解消化，渐渐化为乌有。如同我一点点被稀释在光怪陆离里的原乡。我不知道，沉醉在阳春白雪里的人会不会留意这个世界上曾经有一捧麦粒浸润过一个乡村孩子的血？滋润在象牙塔的人会不会想到这个世界上的微小麦粒是否沾染过一个乡村孩子的汗？我的那些麦粒没有被珍惜，它们被抛弃在觥筹交错的餐盘里，遗留在谈笑风生的餐桌上，浪费进了大大小小欲壑难填的泔水桶。假设那些麦粒会哭泣，来自乡村的它们在水泥丛林里一定比我哭得更伤心悲愤，更撼天动地，更捶胸顿足。

要么像父母亲一样面朝黄土苟且一生，要么靠自己仰脖长啸逆天改命。离开原乡的理由缘此气势汹汹——匹夫百亩一守，不遑启处，无所移之也！

那是那时的我的呐喊。

我的呐喊声音微弱，小得只能自己听见。

擦肩而过的风有意无意地轻轻拍打了一下我的肩膀，像安慰，又像嘲讽。风有风的归宿，不会为一个乡村孩子停留片刻。仰望星空，许多星星正眨巴着眼睛打量我。我想，那些星星未必懂我，但一定好奇我，心疼我。

可即便如此，我对原乡的爱还是要比对原乡的"憎"多得多。

爱是由无数小小欢喜一点点堆积起来的日常，来自毫不经意的一片落叶，一簇默默盛开在篱笆外的繁花，一条护在主人身前冲冒失闯入者龇牙咧嘴的黄毛狗，一张揣在胸口用体温悉心孵化的小小蚕纸，一只探头探脑自由行走于田埂的蚂蚁，一个村野丫头有意无意抛过来的秋波……都是我对原乡爱侬挚侬的一部分。

"憎"则是由无数小小沮丧积攒而成的叛逆。于我而言，所有的憎几乎可以忽略不计。我和咬过我的那条狗早就握手言和了，它咬我时的痛和跟在我屁股后头摇尾乞怜的乐大抵相互抵消。我和骂我没出息的刘嫂、何婶之间的芥蒂也已烟消云散，我的虚荣心在后来衣锦还乡看望母亲时，被她们羡慕的目光予以了足够多的补偿。

当然，还有许多复杂情绪被我在逃离乡村后的快感中一点点消磨了，丢弃了，淡漠了，麻木了。他乡的风雨霜月孕育繁花，蕴生孤寂，也生忘我。

逃离原乡的我成了不折不扣的伪君子。至少，那片土地会这样认为。我对我的乡村呵呵尬笑，衣锦荣归只是逃离乡村后用来自慰的一个借口或一块遮羞布罢了，像小丑为了表演往脸上涂抹的那层油彩，滑稽可笑，掩饰失落。

天空云卷云舒，原野阡陌纵横，远处熊耳山逶迤耸峻，如烟如黛，近处房舍俨然，炊烟袅袅，庄稼蓊郁，此情此景，宛如一幅魅力无限的恢宏画卷铺陈眼前。它们离我很远，远到虚无缥缈，又离我很近，近到触手可及。一眼一念，不依不饶。

我问原乡几时老，原乡问我何日闲？

归去来兮。

三

感谢蜿蜒于身边的这条长河。

长河发源于陕西东南，傍熊耳山余脉一路向东，挤开逼仄，流过旷阔，最终归纳于黄河。长河以丰沛温润滋养万物，岸畔蒹葭苍茫，杨柳依依，荻花如雪。宛在水中央的窈窕女子荣曜秋菊，华茂春松，活在《诗经》中，灵动在《洛神赋》里，令人流连。

岁影飞逝，一日可作千年，千年也只是一瞬。长河浩荡，无数风流人物此消彼长，为长河留下浓墨重彩的一笔又一笔。或挥斥方遒，或雄韬伟略，或诗文风流，或指点江山，或青灯著史，或笔墨春秋，十三朝啊，那些帝王将相、士农工商、诗客骚人繁星一般熠熠璀璨啊！

昔三代之居，皆在河洛之间。华夏先民被长河岸畔的这方沃土吸引，停止跋涉，在这里燃起古老中国的一堆希望之火，东亚核心文明由此肇始，长河边升腾起一条屹立世界民族之林的东方巨龙。

遥想当年。烽火狼烟中，多少中原儿女背井离乡，衣冠南渡，从此漂泊异乡，谋生他处。

遥想当年。水流汤汤，春潮涌涌，大运河宏阔旖旎，舟舸竞渡，猎猎风动，秋水流长。河面樯橹帆张，漕运繁忙，一粒米的南北之旅，关乎国祚，维系国运。

遥想当年。夜色未央，瑶池轻雾，罗帏迷离，神思摇荡，玉指纤笋轻落处，与长安隔函谷关东西遥相呼应的那方河洛山水从此载入史册，一场与恢宏时代照应的巨大变革徐徐拉开帷幕，跌宕起伏的风云际会从此龙流凤游。

遥想当年。"洛阳名园，凡十有九处""帝王东西宅，为天下之中。土圭日影，得阴阳之和；嵩少瀍涧，钟山水之秀。

名公大人，为冠冕之望；天匠地孕，为花卉之奇。加以富贵利达，优游闲暇之士，配造物而相妩媚，争妍竞巧于鼎新革故之际，馆榭池台，风俗之习，岁时嬉游，声诗之播扬"。

遥想当年。"东西南北居二坊之地，四面各开三门。邸凡三百一十二区，资货一百行。"来自各国的商品堆积如山，世界各地的商人们操着不同的语言在"丰都市"易货交易，大国富庶，外国使者甚至"不取其值"。

遥想当年。"招提栉比，宝塔骈罗，争写天上之姿，竞摹山中之影；金刹与灵台比高，广殿共阿房等壮。"寺庙之盛，即使如《两京赋》中所说的"岂直木衣绨绣，土被朱紫而已哉"。那是何等的盛景啊！"在木上披上丝织绣衣，在土上绘上红紫二色"的奢华也不能与之相提并论啊……

古都让人趋之若鹜。我亦坚定步趋前人后尘，客居古都。日日与先贤心灵交融，夜夜听长河淙淙吟诵，幸甚！幸甚！

那天参加"世界客属33届恳亲大会"，与来自东南亚的几位客属攀谈，寥寥几句，已晓窥他们心事——根在河洛，心系原乡。河洛郎，多么自豪，多么深情的称谓啊。

长河的子女啊！

四

总有一种滋味勾住远方，让原乡在舌尖百转千回。譬如，母亲的手擀面、父亲的烤红薯、爷爷的麦芽糖、奶奶的豌豆糕。

心心念念的，当属母亲亲手炸制的麻花。

母亲制作麻花的面坯选用最优质的头道石磨面，加入鸡蛋、精盐、味粉，再加入些许酵头，出剂、抹油、静饧，待面性柔和，发酵均匀，将两根面剂分别揉搓上劲成二三十厘米的长条，巧妙借用劲道让两根面条自然而然地顺势铰链缠绕，一根生麻花即大功告成。

搓好的生麻花往冒着青烟的菜籽沸油里轻轻一丢，快速翻身定型，滚上几滚，金黄酥脆、香味扑鼻的油炸麻花新鲜出锅啦。

母亲炸的麻花要品相有品相，要滋味有滋味，嚼一口，颊齿舒坦，香死个人哩。那些年，离家出门前，除了母亲烙的葱油饼，父亲往往再带上几根麻花。咱家的麻花硬扎，美得很！父亲说。

许多年后，无数次回忆父亲，他手拿麻花、一脸陶醉自豪的模样恍惚如昨，誊印脑海。

母亲炸制的麻花若保存得当，不使麻花受潮，这些尤物伴着父亲的脚步颠沛十天半月依然酥脆似刚出锅，失手跌落于地，啪嗒一声，碎掉的麻花宛若黄金屑抛撒一地。父亲有老式文人的书卷气，矜持内敛，轻易不夸人夸物，麻花是他的心头好，如同挂在他心尖上的母亲。

纳采、问名、纳吉、纳征、请期、亲迎，三媒六聘一样不少，依家乡风俗，行礼系娶亲前的最后一步。此刻，麻花派上大用场。两人抬的礼盒里装满五谷杂粮、米花团、各色点心。扁担用红绫包裹，一头悬酒壶一只柏枝一束，寓意百事就位；另一头挂带骨肋条猪肉一块、孪生大葱两棵，寓意骨肉从此分离。麻花寓意小两口拧成一股绳，往后日子闲散富足。

迎亲队伍吹吹打打前脚走，娘家爹紧跟脚出门往闺女家赶。婆家宴请宾朋，厨子、大办、照应……一个比一个辛苦，娘家知礼仪识大体，扎一篮麻花一表谢意，二显和谐。亲朋好友欢聚一堂，兴高采烈，其乐融融。

街坊邻里闹了一点儿小龌龊，谁也不肯低头认错，推摆到了德高望重的长辈面前。长辈一听原委，抿嘴乐了，买一兜麻花吧，我亲自登门，不信拿捏不下他。果不其然，真应了长辈的话，在咱乡村，就没有一兜子麻花摆不平的事。

现在，儿孙满堂的老母亲一个人独居乡下老宅享清福。时不时有儿孙拎着大包小包看望她老人家，当然有麻花。母亲的悠闲日子羡煞一帮老姐妹，她们打趣：环子（母亲名），日子舒不舒坦哪？母亲笑得合不拢嘴，脸上的褶子仿佛一下子消失了。

"纤手搓成玉数寻，碧油煎出嫩黄深，夜来春睡无轻重，压扁佳人缠臂金。"苏东坡也钟爱麻花，寥寥数语，妙趣横生，似有佳人正手拿麻花笑吟吟地眉眼勾逗。我坐在外滩的临江咖啡馆里，喝一口拿铁，咬一口母亲托人寄来的麻花，厚重滋味、深沉历史、万千风物，连同母亲沧桑的脸一并汹涌而至，在口腔里左冲右撞。曾经头也不回的我，如今被一根麻花羁绊困囿，成了一个不折不扣的精神囚徒。

几年前，在泉州街头和一位炸麻花的商贩闲聊，细问，客家人，便觉亲切。吃着客家人炸的麻花，仿佛回到了自己千里之外的原乡。

"我所记得的故乡全不如此。我的故乡好得多了。但要我记起他的美丽，说出他的佳处来，却又没有影像，没有言辞了。"鲁迅先生在《故乡》里说。

我的感触和先生一样。常常，旅途经过的原野并非梦境里的那一片，却又何其相似啊？都是一样的密匝，一样的翠浪起伏，一样的瑟瑟有声，一样的苍劲冷峻纤削拔立，连雨丝穿透庄稼的声音听起来也几乎一模一样，叶脉瑟瑟，枝叶婆娑。那些绿影弹奏出的古老歌谣破空而来，厚重悠扬，让人轻易想起原乡和母亲那满头银发。

五

长河岸畔的人物，似乎都是以一首华文或千秋功业开篇的。而后，各自汲汲营营，凡尘奔走，各有所得，各有所失。不得不提他们的名字——贾谊、玄奘、郭象、赵匡胤、李隆基、长孙无忌、司马炎、苏秦……长长一大串啊。

哪一个不是如雷贯耳？哪一个不是震古烁今。

司马光说："若问古今兴废事，请君只看洛阳城。"王湾说："乡书何处达，归雁洛阳边。"王昌龄不是洛阳人，倒也委婉，干脆借送辛渐含蓄惦念："洛阳亲友如相问，一片冰心在玉壶。"还有李白、杜甫、韩愈、欧阳修、刘希夷、朱敦儒、张籍、陈子昂、陆游、孟郊……又是长长一大串啊。

驻足长河，目光所及，仿佛有一股浓郁人文气息扑面而来，独特，绵厚，氤氲。恍惚间，仿佛神游夏商周，梦回魏晋隋唐，看房舍俨然，人来车往，使节华服正冠，驼队风尘仆仆，庙堂上钟鸣鼎食，人世间炊烟袅袅。我和一群落在树上叽叽喳喳的雀鸟探头探脑打量着眼前一切，新鲜、好奇、遐思、怅惘，情绪复杂。

山高水长，舟车劳顿，但这座城魅力独具。孔子不远万里，问礼老子；李白、杜甫互慕才华、在此相会。流量时代，这座城更不遑多让，频频出圈，屡屡上榜热搜。

这座城里有数不清贴花黄、梳云髻、别簪花的小姐姐穿梭往来，她们灵动可人，美若天仙。元夕夜，明月高悬天宇，古都靓女如云，宝马雕车香满路，凤箫声动，一夜鱼龙舞。

几场春风，几场春雨，蛰伏了整整一个寒冬的小草被春风唤醒，被春雨滋润，纷纷舒展身姿，吐露浅绿，摇曳芳华。天街此刻显得不再旷阔，萋萋芳草将天街点缀成了一条浅青色的人间仙道。"天街小雨润如酥，草色遥看近却无，最是一年春好处，绝胜烟柳满皇都。"韩愈《早春呈水部张十八员外》中描绘的天街景象和雨后气息令人迷醉，让人神往。

而今的天街轮廓已就，韵味已成。若春雨绵软，杨柳依依，不妨徜徉天街，合起那把雨巷中邂逅丁香花一般芬芳姑娘的油纸伞，尽情拥抱酥雨，等待和翩若惊鸿的她演绎一场跨越千年的缠绵悱恻。

我在天街深情款款，凝你，等你。

六

思绪很容易让一匹马载着南北游走，或者让一只蚁牵着漫无东西。我把所有过往装进行囊，沉甸甸的，成为我一次次回眸长河、麦田、玉米地、柿子树，蓝天白云、童年牧歌和青史油灯的一部分。

我是行走的泥土，广袤大地是我桀骜不驯的根，微微涟漪是我存在过的痕迹，丛丛野草是我不甘落寞的朵朵生命之花。我若化为一粒尘埃，风，拜托您，一定要把我捎回原乡，落在郁郁青青的原野上，听风过长河，睹一城繁华，眺远山近畴，揽悠远文脉，让灵魂伴着脚步，在这一方好山好水的光影流年里，须臾，碎念。

寄蜉蝣于天地，渺沧海之一粟。终究是这方土地的血脉，脚步从一个地方到达另外一个地方，微如野草，一样蓬勃、旺盛、柔韧，生生不息。

我们曾经一起登过那座山

磨钟山会一直矗立在我们的记忆之中吧。

譬如，它伟岸遒劲的身姿。譬如，它山顶上飘过的那一片一片流云。譬如，它身上生长的一棵棵翠柏苍松。譬如，径道旁那一丛丛迎风招摇的梭梭草。譬如，岽梁上那一束束从春天开到秋天的野花。

也许，这座大山会依稀记得那年春天来过这里的四个莘莘学子。

那时候的天真蓝，那时候的草真青，那时候山坡上的野花真香。掬一捧在手心，就有了梦和远方，就有了和自己的影子私奔的冲动，就有了拥抱天空和日月星辰的胆量。

是否还记得他们从哪里来，又去往何处？

请保留好他们迎风飞翔的姿态吧！也请保留好他们向山谷呐喊时的身影，还要保留好他们埋在草根下的一小堆碎鸡蛋壳、半个没有吃完的馒头，还有那些干净清朗的笑声。

在那片苍茫山影和斑斓色彩背后，一定有一种声音召唤过他们。我漫山遍野地寻觅，可时间啊，您把它们藏哪儿了？

恰同学少年，意气风发，挥斥方遒。之后，我们一起蹦跳着离开，一起蹦跳着拥抱阳光，一起蹦跳着走进岁月长河。

磨钟山还在，依旧朝霞暮晖。

龙兴寺还在，仍然暮鼓晨钟。

幽深山谷里，依稀有一片从我鬓角飘去的芦花白。

被交通工具改变着的生活

"一条龙，铁丝拧，晴天龙驮鳖，雨天鳖驮龙。"这首小时候念叨过无数遍的儿歌，流露出我和小伙伴们对自行车无法掩饰的羡慕。当然，这也流露出我和小伙伴们对骑车人无法掩饰的揶揄和嫉妒。

二十世纪七十年代，自行车可是一件实实在在的大物件。每到逢集，我和几个小伙伴喜欢聚在山陕会馆门口的廊檐下瞧热闹，当熙攘的人流里出现一辆自行车时，我们就像打了鸡血一样兴奋，全然不顾飞扬的灰尘，追在自行车后边扯着喉咙吆喝着。而骑车人每每一笑了之，任由我们这群半大小子闹腾。

何时能拥有一辆自行车呢？上高中前，我们生产队一百来户人家里，只有区区几辆自行车。

我第一次上县城，借的是刘叔家的自行车，那一年我刚刚十五岁。记忆里，天蒙蒙亮我便动身了，到达县城时，已近中午。办完事情，一刻不敢耽误，匆忙返回，当我一身疲惫回到家门口时，天已经完全黑了。

让我难以忘怀的是，母亲手里拿着一盏马灯，一个人站在家门口望眼欲穿地等着我。夜色里，母亲的身影孑然而坚定，像极了村口那株岿然不动的皂角树。

那时候，一辆自行车就是一家人的骄傲和希望。父亲在县城上班，隔上十天半月，他的身影就会出现在家门口的那条土路上，自行车上绑扎的，往往是油盐酱醋之类，东西虽然不多，对一家人的生活却很重要。

二十世纪九十年代，自行车渐渐成为普通之物，"旧时王谢堂前燕，飞入寻常百姓家"，摩托车摇身成了新潮物品，来古镇赶集时，摩托车渐渐成了主要的交通工具。

家门口的那条土路早已变成了柏油路，路面虽然不宽，却很平展。一辆辆摩托车在柏油路上飞驰而过，在路旁绿树的映衬下，摩托车和田野上生机盎然的庄稼、湛蓝的天空、洁白的云朵一道，构成了一幅乡村生活的美丽画卷。

摩托车后座上的物品也悄然发生着变化：一块肥瘦相间的肉，几斤应季的新鲜水果，几件时髦的衣服和包装精美的化妆品，或者是用纸箱包装着的电视机、影碟机、音响，或者是从新华书店买来的书本、碟片。老百姓的日子在一辆辆摩托车的承载下，幸福地向前飞奔着。

有了摩托车，我的脚步开始行稳致远。1996年国庆节时，我和发小各骑了一辆摩托车去栾川，生意谈成后，我俩顺道到鸡冠洞看了看。

当伏牛山的旖旎风光映入眼帘时，当一根根嶙峋奇特的石笋、一幅幅百态千姿的石幔在眼前渐次出现时，我第一次强烈地感受到了大自然的神奇。我贪婪地领略着自然造化的瑰丽变幻，我的心里对祖国山河的壮美和妖娆有了最直观的感受。

2012年，我买了第一辆小轿车，车不贵，小巧的样子跑起来很萌。开着这辆车，我一年行了四万多公里，郑州、南阳、济南都去过，我的生活一天天变得丰富多彩起来。

2013年，我又买了一辆轿车，有了这辆性能更好的轿车之后，我和朋友们开始结伴自驾游。几年时间里，我和家人北上南下，在山西壶口看过壮观瀑布，到安徽黄山观赏过云海日出，在西湖边任迷蒙烟雨氤氲，闲坐成都街头涮火锅、喝香茶。开上自家车，来一趟说走就走的旅行，对我和周围的朋友而言，这已经不再是奢望，而是一件非常轻松、非常惬意的事情了。

不久前，我岳母意外受了点伤。听到消息，大姐一行数人从南疆上了飞机，山水间隔，烟云迢迢，下午五点左右，大姐她们便现身在了洛阳的病房里，依偎在了自己牵肠挂肚的老母亲身旁。

前几天，我早上从龙门高铁站出发，一个多小时后在西

竹影流年

安街头吃完一碗羊肉泡馍，再转乘高铁前往上海出差，傍晚时分，我已徜徉在外滩旖旎的灯影里。

现在的中国，一日千里、朝发夕至已不再是梦想！一日尝遍东西美味不再是奢望！一日看遍南北风景已不再是痴人说梦了！

今天的中国，正被一辆辆家庭轿车、一列列高铁、一架架飞机等交通工具承载着向前飞驰，老百姓的出行变得越来越方便，越来越迅捷；而伴随着交通工具的更迭，人民的日子也正变得越来越美好，越来越幸福了！

幸福桃乡

　　上观的水蜜桃熟了！一个个饱满的桃子缀在枝头，隔着粉嫩嫩的果皮，仿佛就能咬到里面蜜汁一般的甜水儿。

　　四月里，我们一行人曾到宜阳县上观乡参加桃花节。那时，草长莺飞，空山春雨，"红入桃花嫩，青归柳叶新"，岭坡上的一树树桃花正开得妖艳，黄色的花蕊藏在粉嘟嘟的花瓣里，娇羞地打量着周围的一切。一片片桃林如同绯红彩霞一般铺在坡岭上，与金黄的油菜花、紫色的丹参花争春斗艳，把小山乡装扮成了色彩斑斓的世界。

　　"这地方真美！"我们忍不住赞叹。

　　"桃乡中原、魅力上观。"老段趁着兴头幽默地编了句广告词，被他逗乐后，我们不顾泥土沾染裤腿，随着老段进了桃园。

　　老段成立了一家种植合作社，是桃乡有名的专业户。麦收前，老段从微信里给我发了几张图片，杏般大小的桃子藏在细长的桃叶下，像个羞涩的孩子。我瞅着毛茸茸的小青桃，开始想象它们熟透后的样子。转眼便是八月，那一片片桃园里该是怎样一幅丰收场景呢？

去往上观有一段迂回盘旋的山路，风越过山梁徐徐而来，晴空飘着朵朵白云，山乡的空气格外清新，当地人亲昵地称家乡是"宜阳小西藏"。您听听，多骄傲，多自豪，多自信哦！

万寿菊在道路两边恣肆地开着。山里的风雨将万寿菊滋养得艳丽，花萼被修长挺直的茎托举着，在油油绿叶的衬托下，像衣袂飘飘的婉约女子，摇曳成了醉人的风景。

最惦念的当然还是老段的水蜜桃。那些挂在枝头上的水蜜桃勾逗着味蕾神经，让肠胃里的馋虫早已不愿潜伏，蠢蠢欲动。

桃园门口搭建的彩钢棚下，新摘的桃子一筐筐摆放在地上，几摞纸箱堆得半人高。老段一边不停地接着电话，一边催促着十几个人装箱发货，还要招呼我们这些远道来的客人，忙得不亦乐乎。

"抱歉啊！自己动手，尽管敞开了吃，管饱！"老段顾不上和我们寒暄。

当然要大快朵颐一番。置身在氤氲着甜香的桃园里，我们兴奋得像个孩子，从绿叶间摘下最大最红的一颗，急切地嘬上一口，夸张的表情，定格在了手机相册里。

我提着满满一竹篮桃子，浑身汗津津地回到彩钢棚下。老段问："今年的桃子味道咋样，美不美？""美得很咧，真得劲！"见我竖起了大拇指，老段的幸福感瞬间洋溢在脸上。

　　"山上通风向阳，昼夜温差大，桃子品质本来就不错。乡里又专门请了专家，手把手传授咱技术，还有县委书记和乡长为我们代言。我自己也开了直播，在美团、京东、淘宝和拼多多里接订单，今年桃子价格不低，也不愁卖。"刚给我装好一箱桃子，老段的电话响了，又有一批摘桃人到了上观。

　　不忍再浪费老段的时间，我把水蜜桃装进后备箱，带着桃乡的甜蜜，捎上桃乡人的幸福，满怀喜悦地离开了上观。

1985 年的中秋节

中秋是中国人非常重要的一个传统节日。

"好时节，愿得年年，常见中秋月。"一轮皓月既寄托着人们阖家团圆的幸福憧憬，也寄托了无数游子的家国情怀。北宋神宗熙宁九年（1076 年），苏轼"欢饮达旦，大醉"，挥笔写下了《水调歌头·明月几时有》，从此"人有悲欢离合，月有阴晴圆缺，此事古难全"流传千古，将人生缺憾的一面，表达得淋漓尽致。

1984 年，一个凄雨冷风的秋日，我们姊妹六个泪眼婆娑地送别了父亲，12 岁的我依稀能听见街坊们的一声声叹息。

失去父亲这棵大树的庇护，家里的状况变得一团糟。缺钱成了我们家的烦恼，也成了母亲最大的烦恼。因为缺钱，我们难得看见母亲露出笑脸，一如作家莫言在《母亲》一文中写的"让我难以忘却的是，愁容满面的母亲……"

父亲生前时常出门，每次回家，总要带回来一些好吃好玩的东西。凭借着父亲一手创造的不错的家庭条件，我在小伙伴们面前挺有面儿。但这一切，因为父亲的离开改变了，年少的我被动地接受着命运的变故，伤感而又无奈。

　　学校的围墙上有个很小的角门，出门走上一小段土路，再攀上一道长满酸枣树和杂草的土寨墙，往远处的东坡上眺望，能看见父亲的坟茔。埋葬父亲的那堆黄土在冬日萧杀的原野上格外扎眼。那段时间，我常常一个人站在寨墙上伤心地望向东坡，一遍一遍地回忆着父亲的样子，幻想着父亲根本没有死，他只是像往常一样出了一趟远门，说不定哪天就会回来，重新扯起我的手然后拥我入怀，像从前一样讲一些他在外面的见闻和有趣的事。但一切只是幻想啊，唯有眼泪一次又一次模糊了自己的双眼。

　　转眼到了1985年的中秋节。

　　往年这个时候，父亲总要早早买上几斤肉，顺手从供销社里掂回几斤用红油纸包着的月饼。之后，我们一家人围坐在院子里，一起吃着香甜的月饼、枣糕，还有脆爽多汁的苹果和梨，有说有笑地听父亲讲一些关于月亮的神话故事，一直到月色深沉，一家人才幸福地睡去。

　　可1985年的中秋节对我家而言注定是一个刻骨铭心的心酸日子，看着愁云满面的母亲，我们姊妹几个心里都很清楚，这个美食飘香的节日基本与我家无关了。

十五的月亮慢慢爬上了天空，亮晶晶的月亮宛如银盘一般又大又圆，月辉一如以往洒满了小院。我们姊妹几个闷头坐在一堆玉米旁撕扯着苞叶，谁也没有吱声。母亲不让我们出门，我们自己当然也不愿意出门。这样的夜晚，别人家都有月饼飘香，我们如何能出门去艳羡别人家的幸福呢？母亲显然看出了我们的委屈，除了心疼，母亲却无力安慰自己的孩子们。我们的沉默反倒令母亲更加心痛和难过。

　　实在受不了院子里的压抑，起身离开家，我去了学校。

　　夜很静谧，静得能听见自己的心跳和笔尖在纸上划过时的沙沙声。我忽然有了辍学的想法，想一想未来渺茫的日子和陡然贫寒的家，我的眼泪不争气地涌了出来，一滴一滴落下，将眼前的作业本浸湿了一片。

　　不知不觉间夜已经深了。蓦地，我听见教室门"吱呀"响了一声，抬头一看，一头白发的殷老师走了进来。

　　殷老师是隔壁二班的班主任。二班是初二最难管的一个班，调皮捣蛋的学生基本都在这个班里。我们都替殷老师捏了一把汗，心想，殷老师慈眉善目的样子实在难以震慑到二班的那一群混小子们。可结果让人意外，原本班风涣散的二班很快变得让人刮目相看。二班最让人头疼的孬学生"铁塔"搂着我的肩膀悄悄告诉我："殷老师比我爹都关心俺，再捣乱真有点对不起他。"我相信壮实如小牛犊一般的"铁塔"说的是真心话，要不然整天迟到的他绝不会被校长破天荒地表扬。

我也在心里尊敬着殷老师。每一次上语文课，殷老师似乎特意提问我一些问题，只要回答正确，殷老师便微笑着点一下头，一脸赞许地望着我。在刚刚失去父亲的那段日子里，他的一脸微笑和赞许成了划过我心灵天窗的一道最温暖的光。

"乖，这么晚了，该回家了。"走到跟前，殷老师伸出一只手摩挲了一下我的头。

殷老师的手像极了我那隐藏在思念深处的父亲，轻柔而温暖。

我知道殷老师一定特别关注过我，要不然，他也不会这么晚了还过来催我回家。可面对慈爱和善的殷老师，我能向他倾诉一肚子的无奈和难以言说的委屈吗？我能说出自己打算辍学的想法吗？

送我到学校门口时，殷老师好像想起了什么，他扭身往宿舍方向快步跑了过去，一小会儿工夫，手里拎着一包东西转了回来。

是月饼！没错，殷老师手里拎着的是一包月饼！

月光下，一股月饼特有的香味悠然钻进了我的鼻子。那是一股让人垂涎的味道，那是一股让我纠结了一个晚上都不能释怀的味道，那是我的母亲和我为之伤心的味道。看到月饼的一瞬间，我的眼眶一下子湿润了。我忽然明白，善良

竹影流年

细心的殷老师一定看透了我内心的卑微、困惑和挣扎。但殷老师却没有向一个心底里隐藏着些许自尊的小男孩说一句怜悯的话，他只是将一包原本应该拿回家和自己孩子们分享的月饼给了我，无声地慰藉了一个孩子渴求关爱和温暖的心，悄然维护了一个孩子卑微的尊严。

直到今天，我依然清晰记得那晚从老师手里接过月饼时的情形。月光皎洁，树影婆娑，老师消瘦的身影被月光拉得很长，像刻在地上的一幅剪影……

考上高中后，我去看过几回殷老师，他又讲了许多鼓励我的话。每一次分别，他都会用手再摩挲一下我的头，或者轻轻拍打一下我的肩膀。

后来，殷老师被调到嵩县的一所乡村学校，没有打扰任何人，他一个人悄悄离开了。这一别，直到他离世，我和老师再也没有见过面。

车尔尼雪夫斯基说过："要想把学生造就成一种什么人，自己就应当是什么人。"桃李不言，下自成蹊。作为一名传道授业者，殷老师无疑是一个高尚和值得尊敬的人。如同一棵树开花了，为的是结它自己的果实，不承想，它也灿烂了一个春天。

马湾人的笑脸

马湾村位于宜阳连昌河东岸，与五花寺塔和汉山隔河相望，这片土地曾经萦纡过唐代大诗人李贺的悠悠乡愁。

洛河从马湾南边蜿蜒而过，河水丰盈；凤翼山连绵起伏，像卧龙一样拥揽着马湾。有山有水的马湾，是一处环境清幽的好地方。

我到马湾，一是为了玩，时髦话叫美丽乡村游，二是为了体验，想身临其境感受一下新农村的变化，体验一下新农村人的幸福生活。

一条笔直的水泥路从村口直通村庄，尽头有一座鲜艳的党旗雕塑。高耸在绿树白墙之间的党旗，如红色绶带高高飞扬，仿佛要引领起一座村庄的希望。

"我们村基本都姓马。"村党支部书记老马四十多岁，他的话听起来简单朴实，幽默风趣。听老马介绍，清雍正年间，马氏九世祖从陕西扶风东迁昌谷，在凤翼山下扎根，

竹影流年

一代一代繁衍下来。

"村里现在统一供水，统一回收生活垃圾和污水。白天有人打扫街道，夜里灯火通明，人们在村边小广场上看书、跳广场舞，美得很！"老马笑吟吟地说。

村东翠竹摇曳，村西绿植养眼，通往后山的水泥路平坦宽敞，可以在山顶俯瞰洛河，感受满眼的阡陌风光。

"俺村流转了一百多亩土地，种有苹果、冬枣、樱桃、甜柿、水蜜蟠桃，还有一百多亩苗圃，里边有好多我叫不上名字的花草，一年四季都有果，春夏秋冬都有花咧！"说起村里的变化，老马滔滔不绝。

一片郁郁苍苍的柏树虬龙般矗立在崖头，紧紧抱住了身下的黄土。崖下的竹子修长绰约，那是一个个桀骜不驯的生命。柏树的苍劲和翠竹的绰约相映成趣，各领风骚。

"马湾后山有塬，背靠土崖，非常适合发展窑洞经济。下一步，我们打算引进资金，借助唐代大诗人李贺的名人效应，打造窑洞民居，让来李贺故里参观的游客有一处安稳身心的好去处。"老马指着村后的黄土塬，话语里满是憧憬。

一座座整洁的院落，一条条干净的街道，彰显着马湾村的文明。从花木扶疏的农家庭院里走出来的村民，一个个从容淡定；从街道上跑过来的孩子们，一个个天真烂漫。幽静的环境，闲适的日子，让人一下子感受到新农村的美好生活。

　　散落在村里的几棵老柿树也是一道风景。斑驳的树皮，象征着马湾的过往，红灯笼一样压在枝头的一串串红柿子，像马湾的日子一样红火。一棵棵老柿树，将根深深地扎进这片土地，栉风沐雨，和马湾人一道滋养着属于自己的甜蜜果实。

　　我想，已经是新农村建设市级示范村的马湾，在党委和政府的带领下，在马湾人的努力下，未来更值得期待。

　　离开马湾时，我特意从果园里摘了一箱苹果。苹果散发着浓郁的果香，红彤彤的，像极了马湾人一张张幸福的笑脸。

古沉船见证大运河昔日辉煌

　　大业元年（605年），隋炀帝动用百万民众疏浚河道，大业六年（610年），修成了大运河。大运河如同一个大写的"人"字，以洛阳为中心，一脚踏进北方涿郡，一脚伸入南国余杭，纵贯中国最富饶的华北平原和东南沿海地区。

　　洛阳隋唐大运河文化博物馆坐落在瀍河、洛河交汇处的西北角。远看，博物馆如同一座宫殿群的天际线，外形端庄典雅，雍容恢宏；近前，周围绿草如茵，草坪如畴，一湾人工湖水波涟涟，几座喷泉吐珠漱玉，左右花木扶疏，前后曲径通幽。从高处俯瞰，博物馆气韵卓尔，状貌似帆，形似卷本，外挂的浅黄色唐三彩瓷片，裸露的青砖灰墙，处处彰显着洛阳地域鲜明的盛唐风韵和丰富的文化特征。

　　水流汤汤，春潮涌涌，大运河宏阔旖旎、舟舸竞渡；猎猎风动，秋水流长，河面上樯橹帆张、漕运繁忙。可岁月如梭，白驹过隙，奈何日子薄如纸张，斗转星移，终究是南柯一梦，留下一地的苍凉。

"洛阳一号"古沉船出土于隋唐大运河的淤泥之中，见证了大运河昔日那段辉煌历史。现在，它洗净铅华，重焕英姿，正在隋唐大运河文化博物馆里深情地凝视着你，仿佛千年之前，你站在岸边深情凝视它一样。

洛阳隋唐大运河文化博物馆，置身空间开阔的大厅，阳光正透过巨大的玻璃幕墙静静地照射进来，一派厚重清朗静怡肃穆的气氛。一条青灰色步梯被一根根金属管吊着螺旋而上，营造出"时光隧道"之感。

一楼展厅共分"天公国运，一统中华""千年运河，万物通济""隋唐盛世，国运繁华""古今辉映，源远流长""百年考古"几个部分。用一件件实物、一幅幅场景，再现了隋唐大运河带来的都市繁荣和文化交流，讲述了洛阳在隋唐大运河中心的城市地位及大运河开凿的背景和技术成就，展现了大运河这一人类的杰出创造和所蕴含的独特价值，以及洛阳考古从无到有的丰硕成果。

置身"国运泱泱"主展厅，高约十五米、总面积约一千平方米的浮雕作品《国脉》让人眼生敬畏，心生震撼。斑驳浮雕中镶嵌有一块 LED 电子屏，动画制作栩栩如生，运河上千帆竞渡、漕运繁忙的景象如在身侧，晃动眼前。

"诗画运河"惟妙惟肖，"南市街景"让人身临其境。置身二楼展厅，恍惚间，依稀觉得自己就站在新潭码头，听笙歌燕舞，逐开埠物丰，随人流熙熙攘攘。

一粒米是如何从江南辗转到洛阳的？南方的丰富物产是如何快速摆放上皇帝餐桌的？漕运是如何运转的？所有疑问，可以到三楼展厅寻觅答案。沿着脚下的运河走向，打开时间密码，真切地体验"一粒米的漕运之旅"，与古老的运河来一次千年邂逅，沉浸其中，真的妙不可言。

考古是打开大地这本无字天书的最直接方式。一把洛阳铲解开了无数历史疑问和迷雾，也让历史一次次鲜活起来。鲜活起来的历史仿佛有了温度，成了实实在在触手可及的有趣灵魂。

一座天桥将洛浦公园和博物馆"无缝"衔接。桥南端是朱樱塔和晴望阁，目光越过洛河，远眺龙门和万安，苍苍山色隐没在鳞次栉比的高楼大厦之后。回目北望，潞泽会馆的飞檐挑角和铜驼暮雨文化园区的亭台楼阁，掩映在一片柳烟花翠之中，与水边的蓼草、河堤上的绿柳一道，构成了一幅隽永的园林长卷。

岁月在洛阳隋唐大运河文化博物馆外鲜活起来，历史在洛阳隋唐大运河文化博物馆里灵动起来。追寻诗和远方的心，伴着流连的脚步，按捺不住，一次又一次飞扬了起来。

肩扛税徽的人

　　那时候，税所在镇上临街的一座四合院里，除了任叔，还有三个税管员、一辆摩托车和一台绿篷的北京吉普。

　　陡峭绵延的锦屏山将县城和古镇隔成了两个世界。翻过锦屏山，往北一路下坡，地势渐渐平缓，脚沾着平原，就到了县城边上。锦屏山以南，地势忽高忽低，起起伏伏，一道岭连着一道岭，一道洼接着一道洼。

　　"在县城上班叫当差，来镇上当官叫发配。"这话是我父亲说的。

　　"当差"是家乡的俗话俚语，端公家饭碗的意思。教过私塾的老刘头，巴望着他儿子能穿上公家衣，吃上公家饭，为儿子"当差"这事，让东关算命的瞎子诓了一回又一回。瞎子装模作样地伸出一只黑黢黢的左手，大拇指与其他四个手指轮番触碰着，嘴里"子丑寅卯"地念叨着一些模棱两可的半截话，忽然，白眼珠一翻，两只混沌的眼珠子里仿佛有了光芒："成了！成了！孩子"当差"这事成了，下月初八一准进城，委任状在路上走着呢。"老刘头真是睁眼瞎，瞎子的话也信，活该被人诳！我大学毕业那年，他家的傻儿子还撵在我屁股后头要糖吃，给他几颗，就欢天喜地跑开了。

"咱这兔子不拉屎的地方，穷乡僻壤，交通不便，条件和县城没法比，但凡有点门路，谁愿意来这种地方，不是发配是什么？"

那一次，吴老师带着我和几个同学去县城参加竞赛，精疲力尽爬上锦屏山，气喘吁吁地回望掩藏在烟岚深处的家乡时，再仔细咂摸父亲的话，真是贴切。

按我父亲的意思，任叔算是被"发配"到古镇上的。任叔拎着行李走进税所那天，他正好在伙房里盛泔水拎回家喂猪。第一眼看到任叔，父亲觉得他是个实在人，是那种张嘴一说话就知道要干啥的直脾气。

"你任叔一辈子不会哄人，不会骗人，屙屎或者放屁，都在脸上摆着呢。"我家在税所隔壁，任叔和我父亲好得像亲兄弟。

"任所长，刚杀的猪，膘肥肉美，给您来一块臀尖？"卖肉的胡屠户站在肉架旁，大声招呼任叔。

"恁都听听，卖肉这货嘴真甜，长着五大三粗的身子，干着刀刀见红的营生，人家不赚昧良心的钱，棒小伙哩！"

任叔一只手搂着胡屠户的肩膀和他说笑，有一些猪油蹭到了任叔衣袖上。

"任所长，地里刚薅的芹菜，水灵得很，您捎一把呗！"卖菜的何婶扯住了任叔。

"老嫂子，谢谢了！可不敢惯恁家那俩愣小子了，富养闺女穷养儿，得让他俩帮你，千万别一个人把一家人活全干喽，累着了可没人心疼你。"

"是咧，是咧，俺那俩小子最听您话，全指望您调教咧！"何婶乐呵呵地和任叔说着话，一家人似的。

税所有伙房，任叔既当所长也当厨师。大清早，他拎着菜篮子上街，从东头踱到西头，一边不紧不慢地走，一边和大伙开玩笑。

"任所长，把恁户口迁到俺镇上算了，别回县城了，舍不得您咧！"

"可中！我回去就和媳妇商量商量这事，回头给您准信儿。"

"哈哈……"大伙笑得开心。

"哈哈……"任叔笑得灿烂。

古镇离县城四十多里山路，周围十里八村庄户人家的日常所需都得到镇上采买，逢到集日，五里长街上挤满了摆摊做生意的人。任叔穿着一套蓝制服，头戴大檐帽，肩上扛着两枚亮闪闪的税徽，在集市上一家挨着一家收税，热得

竹影流年

一身汗，脸抹成了大花脸，遇上雨天，裤腿溅满泥点。

"别人当领导，坐在办公室里喝茶看报，县太爷似的。你这所长当的，隔三岔五弄个大花脸，遇见难说话的人，还和你吵架，骂爹骂娘的，憋屈不？"父亲和任叔喝得酣畅，端着酒杯奚落他。

"老百姓挣点钱不容易，可咱收税是为国聚财，一头连着小家，一头连着大家，不能便宜了小家亏大家，也不能只顾大家不顾小家，两家都得顾，受点委屈算啥，是不？"瞧瞧！我任叔就是任叔，道理从他嘴里讲出来，就像吴老师板书的数学题，清清楚楚，明明白白。

四叔办了个化工厂，他知道我父亲和任所长亲近，精明的四叔想少交点税，在任所长那里碰了一鼻子灰后，如意算盘打到了我父亲这里。夜里，备下酒和菜，酒过三巡，菜过五味，父亲壮着胆子把四叔托付的事情说了出来，不承想，原本微醉的任叔一下子清醒了："老贾，摆鸿门宴呢？公是公，私是私，喝你酒冲的是咱哥儿俩的感情好，要再提减税那事，你家这门，往后，我不进了。"

四叔的事情没办成，父亲被自己夸下的海口砸了脚趾，闪了老腰，弄得灰头土脸。我以为父亲会生任叔的气，没承想，老哥儿俩的关系一点儿没受影响。"你叔那人，讲规矩，讲原则，做人光明磊落，做事不徇私情，腰杆硬气得很咧！"父亲伸了伸大拇指。

任叔的儿子光明和我是发小，小学到高中，我俩形影不离。任叔时常下乡收税，一走两三天，光明就来我家，和我吃住在一起。高考前，光明问我报啥专业，我想学法律，扭头再问他，却听见一声叹息："财税呗！我爸选的。我也想学法律，他不让，说是老子干啥儿干啥，子承父业。"

大学毕业后，我分配到了司法局，在城里上班。光明分到了税所，兜兜转转绕了一大圈，从哪里来，又回到了哪里。

那时，任叔已经是副局长，按理说，他的儿子不应该下到山南税所，光明可是他唯一的心肝宝贝啊！礼拜天夜里，我和光明在税所喝酒，空寂的院子里，秋风吹着残月，冷冷清清的。光明闷闷不乐，我劝光明回家，光明瞪我一眼："回去干啥，听那老顽固上政治课吗？"

光明在税所一待就是五年。不知道是古镇人爱屋及乌，还是光明和他爸一样接地气，反正光明在古镇的口碑特别好。这小子搂草打兔，顺带着还把胡屠户家闺女娶了。胡屠户五大三粗，闺女却天生丽质，漂亮端庄得像一朵牡丹花。局里公开竞选办公室主任，光明凭真本事拔得头筹，离开古镇时，送行的人从税所挤到了大街上，赶集般热闹。

我开车接的光明。除了生活物品和几大捆书，没有其他东西。"你小子，受贿的赃物提前转移了？"我把车停在锦屏山上问光明。

"轻轻地我走了，正如我轻轻地来，我挥一挥衣袖，不带走一片云彩。"看着远处的古镇，光明一脸坦然，一副玉树临风的模样。

光明调到市局那年，任叔走了。消息传到镇上，胡屠户非要让儿子拉着他到县城看任叔最后一眼，送亲家一程。老胡颤巍巍的，走路很费劲，我和光明搀着他的老岳父，胡屠户哭得稀里哗啦，老泪横流。

办完任叔的后事，光明要回市里上班，分开时，我俩紧紧握了握手，谁都没说一句话。

我耐不住寂寞，办了离职手续，和几位律师合伙开了一家事务所。挂牌那天，光明悄悄来了，坐在所里等着剪彩的魏总瞅见了光明。"贾律师，你和任局长很熟吗？"魏总低声问我。

"一起长大的铁哥们儿，发小！"我实话实说。

魏总有一家房地产公司，他喜欢开奔驰，喝洋酒，身边围着几个美女和一群狐朋狗友，但他的公司纳税不积极，与律所签协议时，魏总和我打哈哈："贾律师，税局那边，请你务必和任局长通融通融哟！"

"放心吧魏总，一定尽力而为！"我当然明白他的叵测居心，就像当年父亲看透四叔的叵测居心一样。

但我竟然毫无底线地答应了，并且夸下海口。我太了解光明的性格了，他是一个守规矩的人，可"人在江湖，身不由己。常在河边走，哪能不湿鞋？"光明贵为局长，在宦海里沉浮了这么多年，耳濡目染，有些潜规则应该驾轻就熟了吧？况且"水至清则无鱼"，这道理他焉能不知？像魏总托付的这些区区小事，哪会拂我的面子呢！

我给自己找了一个冠冕堂皇的借口，或者给自己找了一个冠冕堂皇的理由。

一天上午，魏总气急败坏闯进了律所。

"贾律师，你到底能不能办事？"

"咋了魏总？"

"咋了？税局这是要把我往死里整咧，说公司偷税，开一张罚单就是二十万！"

我赶紧给光明打了电话。光明答应和我见一面。

我坐进副驾驶座，光明踩了一脚油门，车子出了城区，往县城方向驶去，拐了几个弯，最后停在了埋着任叔的那片土坡前。

我这才猛然想起，今天是任叔的祭日。

光明开了一瓶酒，拆了一盒烟，将一束鲜花摆放在了任叔的墓碑前。酒是普通的二锅头，光瓶，一斤，简装，不贵，烟是红旗渠，十块钱一盒。

我好像看见了任叔。在他老人家面前，我没有胆量替姓魏的说情，而光明已经用一瓶二锅头和一盒红旗渠，清楚地表明了自己的人品。

光明还是光明，和过去一样。自己呢？我惭愧地低下头，不敢看光明的眼睛。

　　那是一双不容亵渎的眼睛，藏着光，藏着剑，凌厉地看着我，还有周围的一切。

锦屏水街热烈而灵动

锦屏水街位于宜阳县城。东西走向的这条蛮腰小街，与山为邻，与水相偎，坐拥满目苍翠和一渠清水的灵动，古风古韵；长虽不足三千米，却是感知昌谷悠远历史的一扇窗，触摸古寿安厚重积淀的一扇门。

和风煦煦，天空像被洗过一样蔚蓝。南环路上的一树树樱花将要谢了，萎落的花瓣散漫树下。谷雨前的一场清露，将几株蔷薇滋润得别样艳丽，粉的、红的、白色的花枝，一簇簇招摇在水街黛色的青砖墙上。水岸边的几丛紫罗兰宛如这个季节的主角，迎风怒放的一朵朵紫色花朵，像是一个个热烈而灵动的生命。

水街里的水从洛河来，沿小街绵延而去，纡绕了半个县城，再入洛河，然后扭头往东，蕴纳古都洛阳的朝云暮雨后，一路奔流，过虎牢关，穿越邙岭，最终涌进了浩浩汤汤的黄河。

锦屏山突兀在水街的南侧，山虽不高，但浑拔雄健，苍然盈目，叠嶂巍然，高低逶迤，像翠屏一样矗立在那里。朝晖夕阴里，偶尔有一丝灵动的烟岚抑或浅云，从青葱的林木和奇诡的山石中流出，在高高低低的峦岭间萦纡。锦屏山揖拱着不大的县城，舒缓的洛河水滋养着小街，被苍天格外眷顾的这块弹丸之地，似乎抢了一城的风头，独有一番虎踞龙盘之气，钟灵毓秀之相。

走在小街上，我的脚步很轻很轻，脚下是被千年文化熏陶过的古老土地。我生怕一不小心就惊扰了哪位先贤的行吟，或者一不留神就踩断了哪位智者的思绪，毕竟，这片土地上驻留过太多震古烁今的人物啊！

"拖蓝染翠玉嵯峨，纵有王维画不过。草砌岭头青作绶，花填凹处锦成窝。"成化年间进士出身的赵英，曾授任昌谷知县，单单这首《咏锦屏山》，绝对称得上文采斐然。但在众多染笔昌谷风物的雅士里，赵英绝算不上"大咖"。历史风烟里，作为曾经的昌谷首善之区，唐朝的李贺、杜牧、白居易、元稹，北宋的邵雍、司马光，赵英之后的廉吏王邦瑞，都在这里留下了一篇篇璀璨的美文佳作。

《伊川击壤集》中载：宋治平丁未年（1067年）八月，邵雍出洛阳游历洛、伊二川，六日晚出洛城西门宿奉亲僧舍，七日溯洛，夜宿延秋庄上（此处有邵雍的一处庄园），八日渡洛，登南山（即锦屏山）观喷玉泉，十日西过永济桥，到达洛河北岸，西行从韩城到达福昌，游览了三乡、女几山（称花果山）后，沿洛河南岸折回寿安，后经寿安城东的牵羊坂到达伊川，十九日游览龙门后返回洛阳，历时十三天。"渡洛南观喷玉泉，千峰万峰遥相连。中间一道长如雪，飞入寒潭不记年。"据考证，这首《八日渡洛登南山观喷玉泉，会寿安县张赵尹三君》，是邵雍游历途中，在寿安县城里即兴所写。

司马光与邵雍是好朋友，这俩好哥儿们常到昌谷游玩，来得多了，司马光干脆效仿邵雍，也在昌谷建了房子，以便随时休息。邵雍之子邵伯温在《邵氏见闻录》中载："多游锦屏山，买瓷窑畔为休息之地。"让司马光乐不思归、让邵雍流连忘返的"喷玉泉"，为古寿安八景之一"龙湫喷玉"所在地。

自西向东，夕阳峰、左狮峰、双壁峰、文笔峰、栖云峰、书带峰、香山峰、玉柱峰、老人峰、烟霞峰、奎壁峰、桃花峰依次罗列在水街南侧，十二座山峰姿态不同，各领风骚。"锦屏奇观"四个字出自女皇武则天之手，如今被放大镌刻在香山峰一片裸露着的峰腰上，遒劲有力的字体，成了网红打卡的最好背景。古今辉映的锦屏山，是这座豫西小城最耀眼的地理标志，而锦屏水街则成了品味这座小城文化的绝佳去处。

一块块青石牌碑被镶嵌在水街的石雕栏里，石牌碑上刻有历代名人吟诵昌谷的诗。俯身品读着这些文字，恍惚间似乎穿越了时空，看到了一张张隐在深处的脸，这些灵动的文字让冰冷的石头忽然有了温度和灵魂；那些高贵或者桀骜的灵魂，也仿佛再一次复活了一般。

香山寺隐在栖云峰的浅山腰里，和复建后的通贤门隔河相望。香山寺的建造年代无人知晓，但程颢、程颐的弟子张思叔曾在此读书讲学，可见其年代之久远。通贤门内原有一座文庙，毁于近代，残垣早已没了踪影，成为一件憾事。

亲近水街，一定要细细地看一眼河渠里的青荇。青荇像流苏一样优柔，如同蕴满了诗意，在水里静静地漫游。河渠上的双壁桥、香山桥倒映在水波里，与水街上的青砖黛瓦、盈盈绿植、天天繁花一道，共同构成了一帧帧亮丽的画面。

府前坊、香山坊、新开坊连通着三条小巷，立于坊口，张望着巷内，我竟然憧憬和希冀着一场蒙蒙细雨了。那样，在锦屏山脚的水街小巷里，我也许会像戴望舒一样，逢着一位举着油纸伞的姑娘，但姑娘不是从江南的雨巷中来，而是从北国的坊巷里出了。

小街的前身是一条逼仄的僻巷，连着宜洛煤矿和李沟煤矿的窄轨铁路和小街仅仅隔着一道河渠。拉煤的小火车一天到晚轰隆隆地驶过，飞扬的煤灰和哐哐当当的撞击声曾经是小街居民的梦魇。当"绿水青山就是金山银山"的理念深入人心后，煤矿关了，小火车停了，铁轨拆了，南环路通了，山脚公园建了，锦屏湖游园开放了；现在，又多了一条别具魅力的小街。

水街雕梁画栋的檐角斗拱下，有一扇扇暗红色的木门。木门内的人家临水而居，日日山色可餐，夜夜水声潺潺。朱门未启，端坐于家中即可享有满目美景，小街上的人家该是怎样的幸福啊！

东城今日更胜昔

　　瀍河区是一片历史悠远、底蕴深厚、风情浓郁的土地，它扼守着古都洛阳东大门，习惯地被称为东城。

　　孔子入周问礼的目的地在东城，宋朝皇帝赵匡胤出生在东城，关羽勒马听风在东城，隋炀帝国家粮库回洛仓在东城，铜驼陌在东城……这片土地历史厚重，瀍洛蜿蜒，人文荟萃，邙山逶迤；这片土地有风景有故事，既有名人趣味，也有雅士轶事，既能凭古临怀，也能大快朵颐，是一处让人流连忘返的好地方。

　　两千五百多年前，孔子一路风尘从鲁国赶到周邑。老子谦谦迎立，孔子向老子深深一揖，毕恭毕敬地向老子问起"礼"来。孔子入周问礼石碑就矗立在东关大街与华林路交叉口不远处。

　　大宋开国皇帝出生在甲马营八孔窑，《水浒传》引首的"甲马营中生下太祖武德皇帝"中说的那个甲马营即是也。

赵老仙儿（洛阳土话对赵匡胤的称呼）在这里留下了太多的故事和传说，"火烧街""香孩儿""赌棋输华山""为一文钱打滚"等，至今仍被人津津乐道。

"洛阳碧水扬春风，铜驼陌上桃花红"，缥缈在诗词里的铜驼陌格外灵动鲜活。它西傍瀍河，南临洛水，弄堂瓦屋，莺鸣柳烟，燕剪碧浪，景色别致。当暮色苍茫，炊烟袅袅，蒙蒙烟雨下的铜驼陌，更有无法形容的韵味。几缕烟雨涤荡了多少红尘痴梦？几缕轻烟浮生了几许尘世奢望？走一走铜驼陌，淋一淋暮时雨，才有望解开这些谜一般的万古愁。

"洛阳城东桃李花，飞来飞去落谁家？"早在唐宋，东城已是桃李遍地。孟春时节，桃红李白，杨柳如烟，人流熙攘，从北头的含嘉仓，到南边的承福门，踏青寻芳者的履痕从容叠加在同一地脉上。"洛阳花柳此时浓，山水楼台映几重"，岁月荏苒，流年如飞，但隔着时空，那一片芬芳，仍然氤氲于东城的深巷古道。

"绿水青山就是金山银山"的理念深入人心后，瀍河区政府治理了瀍河东西两岸和洛河北堤，新植了不少樱树。几年过去，复盘后的"瀍壑朱樱"压过昔日的"东城桃李"，成了东城的新景致。不信您看，风雨桥下的那几株樱花开得最烂漫，一树盛花压得枝头低垂，花枝颤颤，几只蜜蜂在花间飞舞，嘤嘤嗡嗡喧闹了花事，扑棱棱的翅膀触落了几片

　　　　　　　　　　　　　　竹影流年

花瓣。湛蓝的天空下，有微风拂过，更吹落了一阵花雨。

金顶巍峨的晴望阁和朱樱塔耸在瀍河和洛河的交汇处。转过朱樱塔，过廊桥，登上晴望阁，凭栏眺望，潞泽会馆的亭台楼榭飞檐琉瓦，掩映在一片繁花烟翠之中，与水边的蓼草、河堤的绿柳，还有横跨在瀍河上的风雨桥一道，构成了一幅隽永的园林画卷。

一泓清水从壑底潺潺流过，在晴望阁下汇入洛河。河面在这里一下子宽阔了许多，粼粼波光里，有几群野鸭在水中悠闲觅食，它们忽而追逐嬉戏，忽而钻入水里，野鸭子们的萌态和可爱，惹得洛浦公园里的游人久久不愿离开。

从洛浦往北，沿着瀍河步道慢行，过九都路拾级而上，就能进铜驼暮雨文化园区南门。穿牌坊，轻轻踏过一块块青石板，徐徐穿行于朱门雕窗的回廊厅堂，耳边似乎能听到丝路商队中驼铃的一声声悠悠回响。

凝碧楼的北墙上贴有整整一壁的老洛阳话。"隔意人""冰凌疙瘩""保吭气"等河洛方言读着拗口，看着费劲儿，但一字一句却蕴含着熟悉的乡音。双燕楼对面的一副楹联很是晃眼："人生自有真情境，河洛从来大舞台。"恁瞧瞧，只因积淀了几千年的底蕴，东城人才会有如此豪迈的底气。

东城还是河洛名吃荟萃之地。这里有久负盛名的牛肉、驴肉、羊肉汤馆，有最地道的米气儿面、浆面条、炸油香、糊涂面、羊蝎子火锅，这些家乡美食萦纡在多少河洛儿女的梦里啊！

美丽的东城宛如一位稳重大方的少女，期待着与有情人邂逅；厚重的东城如同栉风沐雨的行者，期盼着与同道人相携。瀍河的一泓柔波里蕴满风景，洛浦的柳烟里轻扬风情。此刻，东城正徐徐展开一幅宏大画卷，画卷里描摹的幸福场景，令人何等向往和期待啊！

风兮昌谷

昌谷，现称三乡，宜阳与洛宁接壤的一块钟灵毓秀之地，它背依汉山，毗邻洛河，南望女几，北接崤函。洛水自西向东，连昌河由北往南，两河日夜奔流，经年不息，捎带的泥沙慢慢沉积，日积月累，使得这片土地平坦肥沃，既有山水形胜、古柏森然，又有桑竹掩径、鱼米飘香。

"宜阳文化半三乡。"北魏建五花寺，隋代造连昌宫，唐朝设三乡驿，加上"诗鬼"李贺生于斯长于斯，昌谷以人文荟萃蜚声，以风物灿烂闻名，雅集采风，诗海拾珠，昌谷既是好去处，也是绕不开的话题。

风从连昌河来。这条不宽的河流，拂过北魏晨风，飘过隋朝暮雨，氤氲过盛唐浮世繁华与夕阳西下；千年之后，依然波澜不惊，像孩子奔赴母亲温暖的怀抱一样，它欢喜着融入洛河，再一路向东，归向大海。

连昌河畔的那座行宫，始建于隋炀帝大业二年（606年），可一手缔造它的隋炀帝从未临幸过这座皇皇宫殿，倒是后世的唐高宗李治、女皇武则天、唐玄宗李隆基趋之若鹜，多有驻跸。

连昌宫里楼阁峥嵘，花团锦簇。据说唐玄宗携杨玉环在这里通宵行乐，邀琵琶高手贺怀智现场演奏，唤著名歌女念奴唱歌助兴。宴罢舞毕，行将老迈的唐玄宗登阙楼远眺，遥望洛河南边的女几山，夜梦登上仙山，一众仙女夹道迎接，回銮长安，遂依梦中印象，谱写了《霓裳羽衣曲》。十年之后，刘禹锡作《三乡驿楼伏睹玄宗望女几山诗，小臣斐然有感》一首，其中"开元天子万事足，唯惜当时光景促""天上忽乘白云去，世间空有秋风词"等句，暗讽唐玄宗纵情声乐，引来安史之乱，将盛唐伟业付诸秋风的昏庸无道。

风流总被雨打风吹去。北宋邵雍寻幽昌谷时，连昌宫早已断壁残垣，殿倒屋塌，人去楼空，荒草满园，于是喟然一声长叹："行人徒想象，往事皆陈迹。空余女几山，正对三乡驿。"

风从三乡驿来。连接盛京长安和神都洛阳的驿道上，明君贤相、达官权贵、文人骚客、才子佳人、名伶歌伎、贩夫走卒等熙来攘往，他们或春风得意、踌躇满志，或愁绪萦纡、失意他乡。一条驿路，喧嚣过无数红尘往事，虚幻过多少森罗万象、南柯一梦。

那座高高的驿楼上，矗立过几多厚禄之人，逗留过几多名利之辈？晨钟暮鼓，潇潇雨歇凭栏；长夜更漏，寂寞白雪淋头。去者如是？来者几人？反倒是驿站里的几匹良驹见惯了尔虞我诈、浮浮沉沉。它们仿佛大智若愚的精灵，一声嘶鸣刺破清夜静怡，一阵马蹄驱散黎明薄雾，纵身一跃，矫健影姿深深镌刻在三乡驿前的照壁上，任人反复嚼呷、三省三悟。

风从五花寺塔来。高耸入云的五花寺塔，成于唐，工于宋，密檐八角，九级浮屠，高 37.2 米，底部周长 31 米。高塔的每层斜角处向外伸出一根木头，柱头挂有铃铛，风起之时，铃铛摇曳，清脆作响，声传悠远。

奈何风雨催人老，岁月琢光阴。延至近代，塔顶已毁，木头已朽，铃铛亦不复在。几年前，五花寺塔被三乡镇人民政府再次修葺。新貌新颜的五花寺塔高高挺立在连昌河畔，仿佛一幅剪影，延续着绵延不绝的丝丝文脉；恍如一幅图腾，播撒着涤荡心灵的缕缕梵音。

风从中唐来。"细瘦，通眉，长指爪"的羸弱诗人，一人一驴骑行昌谷，苦苦寻觅佳句，锦囊里常有惊世诗作。徘徊在天地山水之间的孤独诗人，满腹似有道不尽的千秋怨，笔端似有写不完的万古愁。

"镜中聊自笑，讵是南山期。"少年白头仍乐观自嘲的诗人如一道霞光，划过万里长空，像一颗流星，掠过浩瀚银河，以短促生命闪耀中华诗坛，留下的不朽诗篇，让后人代代传诵。

李贺郁郁不得志，一度困为书客。何谓书客？元代杨维桢写过一首《主家词》，大意是说，主家在豪宅里宴请宾客，来者非富即贵，还有书客，富贵者尽情畅享着美食美酒，书客只能候在门外，"弹铗歌朝饥"。但幸运的是，李贺这位天涯沦落人最终遇见了伯乐韩愈，一首《雁门太守行》让自己成功突围，从此步入心心念念的仕途。

李贺一生以悲剧收场，文采斐然，却官卑职冷，未成大器即衔恨而终，成为中国文学史上最为典型的高才薄命者之一，令人扼腕叹息。

逝去后的李贺彪炳史册，不但与李白、李商隐齐名，并称"三李"，享"诗鬼"美誉，且千年之后，依旧是宜阳最靓丽的文化名片。昌谷能获得"中华诗词之乡"殊荣，诗人功不可没。今天，一尊高大的汉白玉李贺塑像昂然挺立在汉山脚下，与依原样复建的三乡驿前后呼应。头戴纶巾，身穿长袍，手拿诗卷，目视远方的诗人一副沉吟模样，似乎正在为这四海升平的盛世，构思着新的篇章。

踏足这片被千年文化熏陶过的土地，我的脚步很轻很轻，生怕一不小心惊扰了哪位先贤的思绪，或者一不留神打断了哪位大家的沉吟。我仿佛看到了张九龄、韩愈，仿佛遇见了白居易、岑参、元稹、杜牧、元好问……毕竟，这片土地上驻留过太多震古烁今的人物啊！

————————————竹影流年

登上汉山，天空云卷云舒，原野阡陌纵横，远处洛水蜿蜒，近处房舍俨然，炊烟袅袅，连昌河一路欢歌，此情此景，宛如一幅巨大的美丽画卷铺陈在眼前。

　　秋霜正浓，秋露正凉，叶脉草尖上挂满了晶莹的露珠，风一摇，它们啪哒啪哒坠落于地上，似有雅颂一篇。

　　我深深呼吸一口昌谷清风，刹那间已诗情满怀了。

大美洛阳，梦想之城

李公是一名工程师。认识他，缘于建党 100 周年的一次采风活动。

那天天气特别晴朗，一朵朵白云在碧空里悠然浮动，阳光灿烂温暖，微风拂弄着岸畔的一棵棵柳树，张扬着满堤浓绿。洛河向东蜿蜒流淌着，一泓清流银练似的铺陈在大地上，宛如一幅美丽的山水画。耸立在河湾边的朱樱塔唐风唐韵，塔刹闪着金光，让人有莅阁舒怀，畅想诗和远方的冲动。

朱樱塔对面就是建设中的隋唐大运河文化博物馆，尽管主体尚未封顶，但远远望去，依然能感受到这座建筑的典雅恢宏之势。

李工头戴一顶黄色安全帽，一边招呼我们，一边侃侃而谈。

"建一座博物馆，修半城文化人，我们建筑工人也跟着沾光哩。"您听听，幽默风趣的几句开场白，瞬间便拉近了彼此距离。

我对这个身材不高、皮肤黝黑的工程师一下子产生了浓厚兴趣，一来二去，我俩成了好朋友。

李工是浙江人，本科读的土木工程，毕业后入职北京一家建筑公司，不久后来洛阳工作，在洛河边一待就是两年。

"洛阳咋样？"我问李工。

"不错哦！很喜欢！"李工每一次回答得都很认真。

闲暇时，我和李工去龙门看大佛，到白马寺听晨钟暮鼓，还去黄河湿地感受落日余晖，品尝蜜汁似的孟津酥梨。三伏夏夜，我俩跑到万安山上露营，李工饶有兴趣地仰头数星星，手机那端，是他远在南疆戈壁滩的美丽妻子。

"想不想在洛阳安家呢？"我逗李工。

"当然想啦！洛阳对年轻人很有吸引力，况且我还有这么多好朋友呢。"

我根本没把李工的话放在心上，权当他开玩笑。这些年，"孔雀东南飞"几乎成为潮流，李工这只东南沿海长大的"孔雀"，焉能反过来飞往洛阳？

元旦前，李工邀请我们小聚，到了酒店才知道，他妻子也在。酒酣耳热，李工突然宣布："我和媳妇儿要在洛阳兴业安家啦，从今往后，洛阳是我家，大家都是亲友了。"

我们面面相觑。

"真的，他没骗人。《洛阳市建设青年友好型城市行动方案》一实施，他就催我来洛阳找工作。我原本不想来，可洛阳市对年轻人实在太友好了，我决定留在洛阳发展啦！"李工妻子的话音刚落，房间内便响起一阵热烈的掌声。

李工的新家就在瀍河东岸，一百多平方米的房子面向洛河，家居温馨舒适，外面风光无限，打开窗，清新的河洛风热情地满怀扑来。

"没有不可能，那是力量之神，有梦想的人，有信仰灵魂，拥有改变世界爆发宇宙的潜能……"李工嘴里不时就哼唱起罗中旭的《梦想之城》。

我知道，李工一直很喜欢这首歌，我也知道，他心中的梦想之城，除了东海之滨的家乡，一定还有洛河边的这座十三朝古都吧。

竹影流年

麻　雀

雪落了一夜。大清早，母亲吱扭扭推开上屋那扇被雪虚掩过的厚实木门。刚一探头，从屋檐下黄灿灿的玉米垛上扑棱棱飞起来一群麻雀。

吓得一激灵的母亲定了定神，旋即在清冷的空气中挥舞起手臂，呱斥呱斥地大声作势，夸张地驱赶着剩余几只赖在玉米垛上左右腾挪着死活不肯离开的贪嘴麻雀。"早起的雀儿有食吃，哪像你们，一个个烂柿饼模样。"轰走了麻雀，母亲扭身进屋，絮叨起缩在热被窝里磨叽着不愿起床的我们。

在母亲眼里，麻雀勤奋、伶俐，哪儿哪儿都好，比我们强无数倍。而被母亲指责的我们中，当然包括她的丈夫——我爹。

被母亲贴上"烂柿饼"标签的父亲，其实恳勉得像一头老黄牛。老黄牛干得多，说得少，任劳任怨。秋分后，母亲牵着老黄牛顺垄走，父亲扶着犁把紧脚跟。老黄牛脖颈上的木锁头被肌肉挤得咯吱闷响，胡萝卜粗的麻绳被老黄牛拉成了两根直线。父亲的两只胳膊青筋绷露，死死地按着那张铁犁，额头上沁出的汗珠，一颗接一颗滴落在犁铧翻开的新土上。

多年后，每每从记忆里检索父亲，跳出脑海的总有他犁地时的那副沉稳身影。老父如牛啊。

走路一阵风，遇事脾气急，一天到晚爱絮叨，母亲与生俱来的性格很像麻雀。

"麻雀虽小，好歹带着两只爪哩。指望不上你们，我还指望不上自己？"这句能让耳朵结茧子的抱怨话，母亲唠叨了一辈子。

尽管母亲时常抱怨摊上了父亲这头嗜书闷牛，摊上了这个穷家，可谁都看得出来，母亲深爱着父亲，深爱着我们，悉心呵护照料着她的家。

母亲出嫁那天，扎满红绫条的马车在外婆家门口停着接新娘子。送亲人一大把敬奉天地的五谷粮食刚撒下，呼啦啦飞过来一群麻雀。那群麻雀一点儿不惧瞧热闹的人们，它们围着婚车吵闹个没完，争抢着散落在马车上的五谷粮食。放铳的眼疾手快，一通冲天铳吓跑了麻雀，接亲队伍一路敲敲打打地接回了新娘。

雀儿送娘出嫁呢！说起往事，母亲脸上洋溢着幸福。小小的麻雀，宛如影子黏着母亲。它们奋力追赶着母亲的红绫条马车，像陪伴母亲出嫁却不舍得母亲出嫁的闺密和伴娘。它们一头扎进母亲的新房屋檐，住在了母亲身旁，让母亲欢喜了一辈子。

窝——井井有条，羽——齐齐整整，声——呢呢喃喃，住在门楣上的燕子很有淑女范。翱翔蓝天的燕子，漂亮尾羽在碧空里剪出一道道优美弧线，容易让人想到远方起伏的山峦、芬芳的稻田、清澈的池塘。

麻雀窝乱糟糟的，一团杂草蓬松在檐角里，丝毫没有章法。它们很轻易就会因为一点儿小事吵架，奓着翅膀支棱着毛，从窝里吵到枣树上，再从枣树上吵回窝里，互不相让，谁也不服谁。它们还动不动炸窝，很像日子过不到一块儿的两口子。

喜欢小燕子的优雅，讨厌麻雀的吵闹。我和小伙伴捉来菜青虫丢进燕子窝里喂可爱的小燕子，反过来，费尽心机地琢磨着如何端掉雀窝、掏空鸟蛋、撵走麻雀。

与我们不同，父亲似乎并不讨厌麻雀。麻雀偷吃了他辛苦收获回来的芝麻、绿豆、麦粒，还往晾晒的洁白棉花上点点滴滴地拉屎，甚至，麻雀一点儿不讲武德，两只爪子拼命扒着父亲的黑瓷碗，用喙一根一根贪婪地拉扯碗里的面条……凡此种种的恶劣行为，换作我，父亲的大巴掌恐怕早就落在我屁股蛋上了，可对待麻雀，我爹居然和颜悦色，从来没见他发过脾气。

"麻雀和你娘一样爱叽喳，咱能和她一般见识？"父亲笑眯眯的。我看看父亲，似懂非懂。但我知道父亲心疼母亲，和母亲心疼他一模一样。

母亲宠着，父亲护着，屋檐下的那些麻雀活得无忧无虑。而被我和小伙伴反复酝酿过的报复计划，随着我们一天天长高、一年年长大，渐渐变成了躲进日记里的一段文字。

有一天，忽然想要认真梳理一下母亲、父亲和麻雀之间的那些旧事，却无奈而惆怅地发现——父亲已去世多年，母亲也已耄耋，老宅屋檐下的那些麻雀，早已飞得无影无踪，离开我的生活很久很久了。

岭上种下摇钱树

　　熊耳山是秦岭的一条支脉，《水经注》载"双峰竞秀，望若熊耳"《尚书·禹贡》上有"导洛自熊耳"。它西望秦岭，东望嵩山，延伸有一百五十多公里。这座巍峨的山脉，奇峰耸立，峡谷幽涧，青障翠屏一样横亘在广袤的豫西大地上。

　　涧河口位于河南省洛阳市宜阳县锦屏镇境内，是熊耳山余脉的一个隘口。从涧河口往东，山势趋缓，丘陵绵延，自高空俯瞰，一道道陵峦多被厚厚的黄土覆盖，峁梁崖塬高低错落、纵横交织，那景象，宛若莽莽苍苍的黄土高原。

　　星星点点的一座座小山村掩在山坳里，藏在沟梁边。原本毫不起眼的马窑，就是这些小山村中的普通一座。

　　造访马窑，缘于一袋花椒。朋友知道我嗜食麻辣，喜欢做水煮鱼，对花椒情有独钟，特意趁着新鲜送至家里。将一把红艳艳的嫩花椒放入热油烹炸，一股麻香旋即扑鼻而来，那醇厚悠长的香味令人迷醉，让我有了到马窑看一看的冲动。

马窑在洛阳近郊，去路略显陡峭，爬了几个坡，车子终于停在村委会门口。去时刚刚入秋，居高北望，远处邙山逶迤，气象万千；低头凝视洛河，一泓清流萦纡蜿蜒，像银练似的。往南一瞧，成行的花椒树沿着岭头铺陈开去，盈盈绿绿的，一片连着一片，枝头硕果累累，一派旖旎的田园风光。

一株株花椒舒展着身姿，仿佛一个个仪态曼妙的少女。一嘟噜一嘟噜的红花椒压在枝头，宛如一串串色泽艳润的红玛瑙。空气中氤氲着一股淡淡的清香，那清香从细尖尖的花椒叶面弥散，从圆滚滚的花椒果里弥散，沁人心脾。

沟岭交错、干旱缺水的马窑咋会有这么多花椒树呢？我很好奇。

"您可千万不敢小瞧俺马窑！俺村种花椒三千多亩，2002 年以后，俺村逐渐不再种植其他农作物，成了不折不扣的中原花椒第一村。"说起自己祖辈居住的马窑，皮肤黝黑的村支书脸漾笑意。

"俺马窑还是黄河流域最适合种花椒的一块宝地，土壤里富含硒、钾等微量元素。岭上虽干旱，但从洛阳盆

竹影流年

地里升腾起的水汽，补充了花椒生长需要的水分。加上这里海拔高，光照时间长，昼夜温差大，成熟后的花椒皮肉厚，油脂多，色泽好，香气浓郁。专家们说，俺马窑出产的花椒，品质超过了陕西韩城的，名头比山西运城的花椒还响亮哩！"提及花椒，村支书如数家珍般打开了话匣子。

村口的加工车间里，刚采摘下来的花椒才出地头，就被送进机器里烘干，再分拣包装，然后装箱发送。随着物流链的延伸，过不了多少日子，这里的花椒也许就会漂洋过海，到达欧洲大陆或者北美洲的西海岸。

"真了不起！"我忍不住伸出了大拇指。

好一副让人喜悦和羡慕的丰收景象啊！花椒园里，一根根手指在飞快地舞动；村边的交易市场里，一个个身影在忙着收款过磅；一捧捧、一袋袋花椒很快便变成了一张张花花绿绿的钞票，充盈着马窑人的腰包，幸福着马窑人的生活。

"这是俺马窑的摇钱树咧！"指着眼前的一棵花椒树，身材健壮的村支书非常自豪。

可是，这世界上哪有什么摇钱树啊？摇钱树只不过是一个美丽的神话罢了，幸福生活是靠马窑人自己奋斗出来的，生活幸福也是靠马窑人自己干出来的，这道理我当然懂得。

扭头看了一眼身边的村支书，仔细品味着他话语里的意味深长，再瞅瞅漫山遍野的花椒树，我为这片土地感动不已，竟然觉得那一棵棵毫不起眼的花椒树，真的就是能结金结银的"摇钱树"了。

瘦西湖半日

扯西湖一绺，搁到扬州，取个动听名字——瘦西湖。

运河逾城而过。扬州因水而兴，慢悠悠的，逍遥、自在、富足。好风物好景致的扬州人擅点化山水，长于营造玲珑透巧的湖山胜景，久负盛名。

烟花三月下扬州——想来，三月的扬州必定是一年中最好的。

"天地本无私，春花秋月尽我留连，得闲便是主人，且莫问平泉草木；湖山信多丽，杰阁幽亭凭谁点缀，到处别开生面，真不减清閟画图。"瘦西湖上的座座园林，原由私家别墅组成，"旧时王谢堂前燕，飞入寻常百姓家"，今日来游，何须再问园林旧属？来者都是这片湖山的主人。唐代宰相李德裕在洛阳西北郊造了一座平泉庄——台榭百余所，天下奇花异草，珍松怪石，靡不毕具，自制《平泉山居草木记》。想不到，路远水迢，平泉庄和瘦西湖联系如此"紧密"，从洛阳来的我便轩昂着走进了瘦西湖。

瘦西湖瘦且长，湖光十里，平湖涟漪，山水空蒙，移步易景，徜徉其中恍如画中穿行。扬州朋友告诉我，瘦西湖最好朝气满露时入，日薄西山时出，不慌不忙地走，气定神闲地游——可我却只有半天时间。

岸边垂柳依依，枝条蔓蔓。长堤满目苍翠，杨柳笼烟——扬州宜杨，旧有"绿杨城廓"之称，这话一点儿不假。去过杭州，"苏堤春晓"冠压西湖十景。家住洛阳，洛浦的"金风消夏"也是十三朝古都的一道风景线。也曾到过济南，被大明湖的新柳陶醉过。但和瘦西湖一比，苏堤柳逊几分柔，洛浦柳逊几分娆，大明湖柳逊几分雅。

北方园林规模宏大、气势雄浑、景象雄伟，南方园林叠石理水、诗情画意、玲珑小巧；扬州园林兼容并蓄自成一派，这种独特，五亭桥最为明显。乾隆六下江南，如何让皇帝记住扬州，流连扬州，考验着扬州工匠的智慧。

北海、清漪园、什刹海的景致乾隆必定熟悉，那好，将北海的白塔、清漪园的连廊、什刹海的长桥糅到一起如何？乾隆二十二年（1757年），原本通往莲性寺的堤埂被打通了，扬州巡盐御史高恒特意横跨瘦西湖修建了五亭桥。果不其然，长桥卧波，水映楼台，一幅好景迷醉了皇帝，也迷醉了无数的后来者。遥想当年，乾隆皇帝从御码头入湖，早莺暖树，浅草没蹄，春花养眼，鱼游虾潜，煦风与他撞个满怀，那种惬意和舒畅，岂是区区几个文字所能描述穷尽的？

凫庄不大，小巧的这方园林隔着浅浅绿水与五亭桥相望。坐在凫庄的临水廊下，近距离观看五亭桥，宛如观看一幅设色浓郁的水彩画——12块大青石砌成大小不同的桥墩，桥身由三种不同的券洞连成拱券形，共15孔；桥平面呈"艹"形，正中一亭，重檐琉璃瓦顶四角攒尖；四角各有一亭，单檐四角攒尖顶；从高处俯瞰，仿佛一朵莲花绽放在碧波之上。驻留桥上，手抚石狮，刹那间目光一越千年，看不完来往熙攘，阅不尽氤氲浮华。

二十四桥是瘦西湖备受推崇的网红打卡地。"青山隐隐水迢迢，秋尽江南草未凋。二十四桥明月夜，玉人何处教吹箫。"杜牧笔下的二十四桥早已塌圮在荒烟衰草之中。现在的二十四桥是重修的，黄石做底，汉白玉桥栏浮雕着图案"彩云追月"，桥与水衔接处巧云状湖石堆叠，周围遍植馥郁丹桂，体现云、水、月、花，与杜牧诗中的意境相映。

只一眼，便记住了瘦西湖的荷花。

这清瘦美人，有着几分宋词小令的婉约。斜晖脉脉，清风徐来，水天一色，那"红粉少女"变得更加妩媚。芙蓉出水，那朦胧的倩影，于十里湖光之中，或是娇羞的一抹红，或是冰清玉洁的一抹白，水中伊人，香远益清。几条锦鲤在莲梗周围缠绵，让夏日的瘦西湖多了几分灵动和生气。

画舫摇曳在烟雨蒙蒙中。掌橹的女子端坐船尾，着汉服，梳云鬓，簪花摇翠——她们的名字叫船娘。荡一叶画舫，在瘦西湖上品一壶绿茶，听一曲评弹，让吴侬软语像诗和细雨一样飘向远方，这一刻，快意人生啊！

洛阳和扬州原本分据在大运河两端。可惜，大运河在元代翻修时弃洛阳而取直北京，若不然，摇着瘦西湖的画舫，一路向北，无论如何也要把一湖美景载回洛阳。

莲叶田田

家门前有一口小池塘。

小池塘里的莲尖什么时候露出羞涩脸蛋，什么时候在绿盈盈的水面上铺开一团圆润浮叶，什么时候举起一支支箭镞般的绿柄，什么时候开出第一朵妖娆妩媚的粉红莲花，什么时候结出莲蓬……我和小伙伴们一个个心底门儿清。

池塘不大，荡漾在眼皮子底下，你追我跑着疯一圈，也就分分钟工夫。

七月，一塘荷花开得热闹。花香将暑气晕染得别有一番滋味，清雅中裹挟着一股淡然，沁人心脾。一塘绿叶消减了流火带来的酷热，风过荷塘，<u>莲叶田田</u>，<u>丝丝清凉</u>。大人们喜欢坐在池塘边那棵大柳树下的青石板上，端着黑瓷碗狼吞虎咽。小孩子黏人，有样学样，一碗家常饭往往咀嚼出别样滋味。

这时节，荷花是主角，这清瘦美人，有着宋词小令的婉约。至于躲在枝丫间高一声低一声的鸣蝉、藏着荷叶下顶着朦胧月色呱呱鼓噪的蛙、停在池塘边静静盯着我们若有所思的游鱼、倏忽收了翅膀立在花骨朵上精灵古怪的蜻蜓、轻松奔跑于水面而不会沉溺的水黾等，无一例外沦为配角。

我们也是配角。只不过，因为我们的嬉闹调皮，主角的戏份在夏日里越发丰满、灵动，更加活色生香。

男孩子淘气，不懂怜香惜玉。采莲叶撷莲花只为好玩，玩腻了随手一扔，再去采撷。也被长辈骂过，骂得挺难听。那时候，我们像野草一样野蛮生长，缺乏对花草的同情，觉得莲叶就是莲叶，莲花就是莲花，和墙头上摇曳的牵牛花、凌霄花没有区别。还在心里不服气地念叨，一年一生，春发冬灭，周而复始，绵延不绝，有啥可主贵的呢？

母亲不允许我糟践莲花，瞅见一回，斥我一回。我不解，梗着脖子问母亲："我是您儿子不，犯得着为它呵斥我吗？"母亲正在气头上，没理我，缓了缓，说："莲花出污泥而不染，濯清涟而不妖，藕皮粗糙，内里细腻，打断骨头连着筋，拉扯不断，你眼下不明白里面的道理，慢慢就懂了。"

如母亲所言，稍大一些，我果真就懂了。

拉着邻家小妹采莲，将一朵硕大娇嫩的莲花别在小妹鬓角，看她扭扭捏捏的娇羞模样，像画里走出来的小公主，煞是好看。我应承说来年还给她别荷花，她也答应了。可答应着答应着，她就变成了大姑娘，我也长成了大小伙子，那些天真无邪的俏皮约定，隐没在了岁月深处，如同悄悄流逝的光阴，无声无息。

八月底，莲蓬由青变黄。莲子渐渐硬实，滋味也丰盈鲜甜粉糯。从池塘里撅几朵莲蓬，莲子被母亲一个个剥出来，肥墩墩地在指尖欢快腾挪。母亲将白嫩嫩的莲子和红枣、冰糖一起熬煮半个时辰，稍凉后啜饮，甜蜜滋味从喉管一直舒坦到肠胃。

那时候，觉得天底下最好吃的美味就是母亲亲手熬制的那碗莲子红枣银耳汤了。直到现在，依然留恋。

母亲手巧心慧，炮制的荷叶茶别具风味。八月半，折取叶面展阔脉络清晰的敦实莲叶，阴凉之处晾上一天，蔫了，上屉大火猛蒸一阵，摊开晒干，剪成细丝；混合药店买来的决明子、商店买来的茉莉花茶添水煮沸，茶汤金黄，茶香四溢，喝一口舌尖生津。

中秋夜，明月当空，清辉如银，池塘边成了我们玩游戏的好地方。几个孩子围坐一圈耍"传莲蓬"——"传莲蓬"和"击鼓传花"的规则大同小异。莲蓬在我们手上传来传去，落在谁手里了，站起来，唱几句儿歌就可以重新加入游戏。那一夜，我们欢声笑语，闹腾到月到中天，才依依不舍地各回各家。

挖莲藕的日子最快乐。大人们定好时间，备好工具，放干塘水，打着赤膊下泥塘，不大一会儿，一根根又粗又长的莲藕宝贝疙瘩似的被抱上岸。我们围着莲藕看稀奇，母亲和婶娘们稀罕那些莲藕的细嫩。午饭时，你家端出来一碗排骨炖莲藕，他家端出来一碗炸藕盒，那家又端出来一碗烩莲片，大家围坐一起共享美食，其乐融融。

后来，镇子北边开了煤矿，地表水很快消失不见，小池塘日渐干涸，先是攒满杂草，后来被填平，变成了一所宅院。

可那些田田莲叶、亭亭莲花，那些欢声笑语依稀还在，不时在脑海里活灵活现。

琅琊深秀

　　滁州西南是琅琊山，山坳怀抱着醉翁亭。琅琊山不高，亭子不大，偏偏欧阳修大笔如椽，一篇《醉翁亭记》让琅琊山蜚声海内外，助推醉翁亭名列全国四大名亭榜首。

　　琅琊山林木茂密，层林披翠，溪流潺潺，山泉淙淙。沿琅琊古道徐行，吸一口山里清新的空气，甜丝丝的，温润润的。置身山中，恍若世外桃源，刹那间心情平静，豁然于喧嚣尘世之外。

　　醉翁亭檐角高挑，明廊立柱，四面通透，玲珑小巧。静坐亭中，听鸟鸣山涧、松涛阵阵，感微风拂面、竹影摇曳，那一刻，仿佛与醉翁神交，弯腰向文豪深揖一躬，目光一越千年。

　　古梅是山中胜迹——树干如虬，树冠若盖，枝丫舒展，暗香浮动。攀一枝在手，嗅悠悠梅香，叹高洁清骨，慨名士志远。

昏鸦笑对古道西风，石桥迎送游人如织。琅琊寺宛如一位耄耋老人，历尽沧桑，在流年里晨钟暮鼓。深山古寺，佛音悠扬，诵经声在山谷间绵延回荡，恍若天籁之音。

那天一下高铁，灰蒙蒙的天空忽然云开，一缕阳光明晃晃照射下来，将滁州这片钟灵毓秀之地装点得金光灿灿。远远望去，琅琊山宛如一位温婉女子，在煦风里披一领金纱，美丽端庄。

名寺伴名山，名亭依名泉，名士留名篇，琅琊山魅力独具。一头扎进琅琊山，尽情享受彻心彻肺的幽山静谷，恨不得化身力士，将好山好水悉数裹入囊中，不顾路远水迢，竟贪婪地想把这一山深秀背回洛阳。

北宋庆历五年（1045年），欧阳修被贬滁州，不久，他和琅琊寺主持智仙和尚熟识，二人一见如故，遂成知音。庆历七年（1047年），智仙特意在泉溪曲间的山脚处建亭，便于欧阳修来琅琊山游玩。欧阳修作《醉翁亭记》答谢智仙，"太守与客来饮于此，饮少辄醉，而年又最高，故自号曰醉翁也"，醉翁亭由此得名。

庆历八年（1048年），《醉翁亭记》初刻于宝宋斋石碑；元祐六年（1091年），因原石刻字小且浅，难以久传，由苏东坡改书大字重刻。

一座楼，因一首诗、一副联、一篇文而声闻于世者比比皆是，比如鹳雀楼、黄鹤楼、北固楼、大观楼、岳阳楼；然一座亭因文而蜚声者却凤毛麟角，醉翁亭独领风骚。

过冷水涧石桥，便到醉翁亭院大门前，门额镌刻楷书"醉翁亭"三字。醉翁亭院总面积约一千平方米，内有九院七亭，院亭风格各异，互不雷同。醉翁亭、宝宋斋、冯公祠、古梅亭、影香亭、意在亭、怡亭、览余台、二贤堂，人称"醉翁九景"。亭院布局精巧，曲折幽深，水中有亭，亭中有水，亭水相映，移步易景，江南园林风格浓郁。

入院门左行向北，拾三级进二重院，院门额刻有"有亭翼然"。院内环视，东向门额"酒国春长"，西向门额"山水之乐"。立壁砖墙镶嵌明代石碑和花窗，刻石记载着醉翁亭的兴衰过往和赞颂诗文，笔势雄浑，行云流水。

醉翁亭全木榫卯结构，中间四根立柱，悬挂着著名书法家吴伯初书写的两副楹联。十六根盆口粗的笔直立柱支撑着亭盖，亭顶为歇山式，飞檐挑角，青瓦覆面，吻兽伏脊，檐柱粉彩描金，装饰"八仙过海"等故事浮雕。南北框门，青砖铺地，四周立柱间设置木栏供游人歇息小憩。亭东面有南宋时"醉翁亭"三个巨大篆书石刻和"二贤堂"隶书石刻两方，斜卧在山崖上。

"醉翁亭""二贤堂"两方石刻间空隙宽展，我斜靠在凸凹不平的石头上，飞扬不羁的想象里，左手牵着欧阳醉翁，右手拉着东坡居士，相谈甚欢。大概过于沉溺虚幻吧，竟然久久不愿回到现实中来。

醉翁亭正北面为二贤堂，"二贤"指滁州知州王禹偁和欧阳修。堂内左右两侧的玻璃橱窗内，陈列着极为珍贵的欧阳修手稿及《朋党论》等部分著作。看着那些泛黄的文字，仿佛亲耳聆听到了大儒的谆谆教诲。

醉翁亭西侧是宝宋斋。宝宋斋毗邻冯公祠，滁人为纪念和感谢冯若愚、冯元彪父子保护欧文苏字《醉翁亭记》碑刻有功，建了这座冯公祠。出院门西侧放置有一块奇石——菱溪石，石呈菱形，表面九孔，孔孔相连，欧阳修作《菱溪石记》一篇，专门行文记录此事。

冯公祠外门正对意在亭和"曲水流觞"。亭内有石桌石凳，内外地面由鹅卵石铺就。亭四周按《兰亭集序》意境建"曲水流觞"一处，溪宽一尺，深一尺八寸，溪水蓄满，放纸杯于内，三五好友围坐，那情景，恍惚穿越到了东晋永和九年（353年）三月的那场旷古雅集。

古梅亭与冯公祠一墙之隔。古梅亭园门外有四棵古龙柏，树干弯曲，如同青龙守卫着园门。园壁上镶嵌着两方碑刻，上方"翠积清香"，下方"寒流疏影"，系清代知府王赐魁书立。园内的梅树据传为欧阳修亲植，数千年弹指一挥，古梅仍挺拔茂盛，让踏雪寻梅的文人墨客流连缱绻，留下了数不清的轶事佳话。

惊蛰之前，正值梅开。那棵古梅繁花重叠，绰绰约约，红白相间，色艳无比，难怪古人说："向来脂粉流，睥睨谁敢当?"

枝头梅花大蕾如豆,白色的花萼已被撑破,裂隙四散,点点浅绛裹不住花萼内微弱的点点明黄,半开半启的梅花,像是刚刚醒来打着哈欠的懵懂婴儿,携几分慵懒,沾几分娇嫩,惹人爱怜。

沾染过一身梅香,继续向琅琊山深处踱去。

琅琊寺藏在主峰下,依山而建的古寺已有一千二百多年历史。天色近晚,山寺里冷清了许多,灯火依次点亮,寺庙更显肃穆庄严。有僧人进进出出,一个个慈眉善目,与世无争的释然和坦荡流露在脸上。

出琅琊寺偏门,沿"二九径"拾级而上,至南天门共425级台阶。琅琊阁高耸眼前,莅阁眺望,有"会当凌绝顶,一览众山小"之慨。可惜暮色四合,远望长江已不可能。庆幸山下灯光璀璨,四周群山起伏如朝拜,滁州的夜景美得像一幅画。

归途中遇到几个滁州学院的学生,见我落单,他们主动与我结伴。边走边聊,话题全是欧阳修其人其事。行至醉翁亭院前,有人提议大家复诵《醉翁亭记》全文,于是乎,我们一起大声复诵起来,场面很像电影《满江红》里全军复诵岳飞《满江红·怒发冲冠》的情景。

"……若夫日出而林霏开,云归而岩穴暝,晦明变化者,山间之朝暮也。野芳发而幽香,佳木秀而繁阴,风霜高洁，水落而石出者，山间之四时也。朝而往，暮而归，四时之景不同，而乐亦无穷也……"

泉涧幽鸣，松风徐来，竹林瑟瑟，草在轻摇，花在绽放，朗诵声与各种天籁混合一起，如同一曲交响乐，在琅琊山深处悠然回响。

那年，山花烂漫

黑山位于熊耳、伏牛两大山脉延伸交会处，在宜阳县城西南方向，隶属赵保镇，是一座被烈士鲜血浸润过的"红山""英雄山"。

人间五月天，是爱，是暖，是希望。我出发的城市，此刻正花团锦簇，粉嫩色的蔷薇爬上墙头攀上篱笆，盛开如瀑；月季姹紫嫣红，化身一位位汉服小姐姐，摇曳生姿，千娇百媚；还有举着火炬急匆匆赶来的石榴花、热烈的夹竹桃、探头探脑的凌霄花……

那座远山，可否让人心动，令人遐思？

溯洛河而行，过船城，越锦屏，一路奔赴目的地——黑山。

山路，曲折蜿蜒。岭苍翠，峰满绿，郁郁葱葱。侧耳倾听，山风仿佛在轻轻吟诵一首英雄赞歌。

流水，缠绵悱恻。武坟水库宛如一颗明珠，晶亮亮地镶嵌在黑山脚下，潋滟旖旎。侧目细看，水光里仿佛倒映着一尊巍峨的英雄雕像。

1944 年，日寇侵入宜阳。1945 年 3 月下旬的一天，时任八路军十八团连长的王丙君带领二十多人在黑山巡逻时，与近百名敌人遭遇。王丙君带领战士据守山顶，子弹打光了，就用石头砸向敌人。掩护同志跳崖撤退后，年轻的王丙君毁掉枪支，拉响最后一颗手榴弹，和战士陈富堂、赵富林一起，与冲上山顶的敌人同归于尽。

山有灵，石有魂，树有节，草有性。我们的脚步很轻很轻，在这片英雄浴血过的地方，每一块石头都不能被亵渎，每一棵草木都值得被尊重。

突兀而起的山顶，东、西、南三面凌空，北临悬崖。山脚至山顶，新修有一段阶梯，阶梯陡峭，攀缘而上，双脚仿佛踩于云端，步步惊心。

"瞧见没，战士就是从这儿跳崖撤退的！"指着悬崖边一处犬牙交错的山石缝隙，同行的老书记告诉我。

我探身往悬崖下看了看。崖下沉寂幽深，杂木丛生，几乎没有一只鸟的立足之地。一棵棵野酸枣和藤蔓、荆棘、矮灌木拉拉扯扯，交织成一张密不透风的绿网，野酸枣树上的刺像钢针一样尖锐，于枝丫间锋芒毕露，令人不寒而栗。当年，身陷重围的战士背水一战，绝境求生，那是何等壮烈的举动啊！

"这里是'黑山三烈'就义地！"指着山顶一块卧石，老书记神色凝重地说。

卧石呈赭红色，半个牛身大小，与大山牢牢连在一起，远看就像一名忠诚战士紧紧拥抱着怀里的党旗。风雨侵蚀使卧石表面显得凹凸，几处明显缺损很容易让人想起当年那天崩地裂的一瞬间。一圈野草和几株山花簇拥着卧石，野草青青，山花灼灼，它们与卧石不离不弃。

恰好是晴天。白云悠远，阳光耀眼，藏在岭脉褶皱里的小山村恬淡娴静，屋舍俨然，鸡犬相闻。块块梯田绵延层递，大地苍茫如画，几群牛羊散落在远处的山坡上安然吃草，一派田园牧歌。我不禁感慨：烽火岁月隐入历史，英雄憧憬的幸福生活已经实现，现在的黑山，岭峦锦绣，生机勃勃。

山顶上有一丛丛野花。几场春雨将圆叶锦葵、绣线菊、黄刺玫滋养得茁壮，白色的、黄色的、浅紫色的花瓣在油油绿叶的衬托下，摇曳成醉人的风景。我伸手采撷几朵，缚成花束，郑重地摆放在卧石前，崇敬之情油然而生。我们并步垂手，弯腰鞠躬，深深致敬心目中的英雄。

"黑山艾气味浓郁，药性平和持久，艾中上品呢！"提及山里特产，生于斯长于斯的小关如数家珍。空气中氤氲着一股浅浅艾香，我细看，路边和山坡上果真生长着不少高高低低的艾草。

"除了艾草，春天的头茬野酸枣芽、茵陈、蒲公英、柿子芽都是好东西。农民只管采，我负责加工，公司加农户，电商直播营销。'赵保艾草''赵保山茶'形成了品牌，效益还不错咧。"站在小关的山茶加工车间门口，一扭脸，远处便是我们刚刚攀登过的黑山。

小关瘦高个，皮肤黝黑，是归家创业的乡贤。他的加工厂离赵保烈士陵园不远。小关说："我们赵保是'红赵保'，烈士陵园里安葬着 120 位烈士，有名烈士 45 位，无名烈士75 位。我从小听着'黑山三烈'的英雄故事长大。每年清明，只要在赵保，我都会到烈士陵园祭奠他们，因为咱们现在的好日子是烈士用生命换来的，我们青年一代要懂得回馈和感恩！"

烈士纪念碑高耸，苍松翠柏肃立。走进赵保烈士陵园，我的心久久无法平静，巡视每一块挺立着的墓碑，仿佛看到一张张坚毅果敢、刚硬不屈的脸。

围墙根生长着几簇丹参，一束束蓝色的花悄然绽放，给幽静的陵园平添了一抹亮色。我不禁又想起黑山顶上的那些山花，它们栉风沐雨，笑迎晨曦斜阳，拥抱繁星明月；它们默默无争，甘居山野，以芬芳回馈人间。

但愿，山花烂漫时，他在丛中笑！

走进湘西

湘西，宛如一幅图腾，遥远而神秘，铺展在彩云之际。

湘西，仿佛一颗明珠，美丽而璀璨，点缀在高原之侧。

那里有苍郁的山，叮咚的泉，茂盛的竹林，干净的天空，轻舒的烟岚。

那里有靓丽妩媚的苗家姑娘，百灵鸟一样，唱着婉转多情的山歌；那里有豪放英俊的侗族儿郎，山鹰一般，延伸着桀骜坚强的生命。

那里有日夜欢腾的沱江水，流淌着亘古的浪漫；那里有风情万种的吊脚楼，缥缈着甜蜜的爱情。

那里有浴血疆场的英雄、顾全民族大义的头领、执念的少女翠翠、文字如玉的沈从文、才华横溢的黄永玉、文韬武略的熊希龄……

那里的石板路上写满了故事，那里的山水里氤氲着乡愁。

湘西，一个令人心驰神往的地方。

湘西，一个令人魂牵梦萦的地方。

仲夏，黄昏，简装，驭车，我从中原腹地出发，一路逾山越水，走进湘西，邂逅边城。

芷江之魂

浓浓的夜色包裹在车子周围，一束灯光犁开夜幕，将明亮和黑暗划成两片清晰又模糊的区域。车轮碾过高速路面，发出沙沙的响声，它和车外的风声混成了一首夜的摇篮曲，而我却在轻微的颠簸和持续的摇晃里慢慢睡去。

天亮后，忽然醒了。车窗外，湘西的青峰翠峦猝不及防地闯进了眼帘，一瞬间，我惊诧了！那连绵不断的绿色，翠生生的，如同婴儿肌肤般鲜嫩；水灵灵的，仿佛绸缎般丝滑。峦岭挤挨着簇拥着向远方逶迤，高高低低，绵绵不绝。

风不管不顾地扑进车窗，撞我个满怀，洒脱地张扬着湘西的热情。

近乎贪婪地深深呼吸了几口湘西的清新空气，我才将双足落在芷江的土地上。

屈原《湘夫人》载："沅有芷兮澧有兰。"《方舆胜览》亦载："沅水两岸多生杜蘅白芷，故曰芷江。"

抗战期间，芷江空军基地、湘西会战指挥中心、陈纳德将军和他的飞虎队，让芷江成为一座名闻遐迩的抗战名

竹影流年

城。蜚声海外的世界反法西斯战争胜利的标志性建筑——芷江抗日受降纪念坊、盟军远东第二大机场——芷江机场、中美空军联队俱乐部、红军长征在芷江陈列馆、湘西剿匪烈士纪念塔等一大批纪念性建筑，在芷江境内闪烁着耀眼的光芒。

1945 年 8 月 21 日 11 时 15 分，在中美空军联队第五大队 P-51 野马式战斗机押送护航下，侵华日军降使今井武夫一行八人乘坐的洽降专机在芷江机场降落。机场上，一辆悬挂着白旗的军用吉普车静静地等候在跑道一旁；4 时 50 分，日本降使起身向中方受降代表鞠躬，退出会场。那一刻，正义终于战胜邪恶！对中国人民犯下滔天罪行的日本侵略者被永久地钉在了历史的耻辱柱上！曾经趾高气扬的侵略者，在芷江垂下了他们罪恶的头颅。"八年烽火起卢沟，一纸降书落芷江。"作为中国人民夺取抗战胜利的受降城，芷江名垂青史，芷江彪炳千秋！

芷江和平文化园位于芷江县七里桥村，紧邻 320 国道，毗邻芷江机场，水从它不远处蜿蜒流过。园内树木郁葱，楠竹掩翠，曲径回廊，鸟语花香，是一处缅怀先烈、回顾历史、重温烽火岁月、感知和平正义的绝佳处所。

受降纪念坊正南北向，通高 8.5 米、宽 10.46 米、厚 1.15 米，四柱三拱，青砖水泥衣，嵌沅州紫袍玉带石，整体造型如同一个"血"字，象征着中国人民力量如山，经过八年多的浴血奋战，用三千五百多万同胞的鲜血换来了胜利，同时教育国人永远不忘血的教训，永远不忘"落后就要挨打"的教训。

中国人民抗日战争胜利受降纪念馆位于受降坊西侧，灰白色的大理石外砖使整栋建筑肃穆大气，庄重典雅。纪念馆共上下两层，中间是序厅，序厅迎门有一组青铜雕塑，叠加在一起的两个"V"字代表着中国人民和世界人民反法西斯斗争的双重胜利；雕塑上方悬挂着一块水晶板制作的时间牌，红色的"1945.8.21"数字铭记着中国人民胜利的那一刻。"正义的胜利""历史选择芷江受降""芷江受降""全国各地受降""彪炳青史的受降城"五个展题，分别陈列着国家一级文物29件，二级文物30件，三级文物89件，重要文献资料一千余件。

步出中国人民抗日战争胜利受降纪念馆，抬眼就能看见文化园的标志性建筑——太和塔。太和塔建成开放于2015年8月21日，塔高56.19米，基部为方形，中央向上隆起一座三层、五檐、八角形屋顶的传统风格高塔建筑。塔身外观为五层屋檐，上为三重檐，象征天；下为两重檐，象征地。门窗采用雕花榫卯式木格栅，典雅厚重之中，隐隐显出"和平"两个汉字与英文单词"PEACE"。

湖南抗日战争纪念馆在太和塔的一、二层。步入展厅正门，"中流砥柱血肉长城"8个金色楷书大字，将展览主题醒目地标识在一方乳白色的展板上。纪念馆所展出的历史照片、文物文献、场景、多媒体及油画、国画、雕塑等，全方位、立体式、多角度再现了三湘儿女同仇敌忾、共赴国难、铁骨铮铮、视死如归、浴血抗战的光辉历史。

《人民的胜利》雕塑群矗立在文化园区的中央。主题圆雕《战士怀抱孩子》采用福建花岗岩，表现了一位右手持枪、左手怀抱孩子的抗日战士，从烽火硝烟中走来，浴火重生。他以胜利者的姿态，昂首挺胸，脚踏战争灾难过后的断壁残垣、侵略者留下的枪械和盔甲的废墟。圆雕高 8.21 米，象征日本降使抵达芷江投降日；从头到脚加废墟部分共高 9.3 米，象征着抗日战争纪念日；圆雕总高 12.13 米，象征国家公祭日。

衬托主题圆雕的背景是一幅悬空高浮雕墙，采用混凝土仿红花岗岩，表现了湖南人民在抗战中不怕牺牲、英勇顽强、戮力抗敌、气势磅礴的英雄画面。浮雕墙总高 5.5 米，总长 31 米，象征 1931 年抗日战争爆发。战士雕像和背景浮雕默默无声地告诫着人们：必须牢记历史，不忘过去，珍爱和平，开创未来！

观瞻完一张张图片、一件件实物，走在芷江和平文化园里的广场上。正午的太阳毫不吝啬它的热量，仿佛要将我融化在这片英雄的土地上一样。此刻，太和塔的金顶在蔚蓝的天空下熠熠生辉，一群锦鲤在太和塔前的环形水池里自由自在地游弋着，两排修剪齐整的罗汉松卫兵一样拱卫着巍峨的太和塔。一簇簇鲜花盛开在纪念坊和《战士怀抱孩子》雕像周围，几只鸟在竹林里自由自在地啾鸣，一架从芷江机场起飞的战鹰，正剑一般斜刺向天空，尾烟在碧空中拉出了一道醒目的白练。眼前这祥和美丽的景象，让我一下子想起了毛主席的《菩萨蛮·大柏地》：

赤橙黄绿青蓝紫，谁持彩练当空舞？

雨后复斜阳，关山阵阵苍。

当年鏖战急，弹洞前村壁。

装点此关山，今朝更好看。

沈从文故居

该是一方什么样的山水滋养了沈从文？该是一处什么样的院落孕育了沈从文？没到凤凰之前，一切都是朦胧的，像云像雾又像风。

在凤凰古城，轻声问路，只要不是和自己一样的背包客，顺着手指方向，穿过一条或者几条逼仄的弄巷，总能找到沈从文的家。

1902年12月28日，中营街上一所将军世家的古朴院落里诞生了一个小男孩，父亲沈宗嗣一度将自己的将军梦寄托在男孩身上。但他没有想到，这个乳名唤作茂林、大号称为沈岳焕的聪慧男孩，十四岁从戎，二十岁时却捉笔从文，日后竟成了享誉中外的文坛巨匠。

常有人说，世人知道凤凰，了解凤凰，是从沈从文开始的。至少我是如此，沈先生的《边城》《湘西》我都看过，爱不释手，也因此有了造访湘西的冲动，邂逅凤凰的憧憬。

先生故居是一座具有浓郁湘西特色的四合院，典型的明清建筑风格。入故居参观需要门票，四十元一张，但能到先生家里坐一坐，看一看，转一转，闻闻架上书香，嗅一嗅院里泥土花草的味道，这票价值。

故居门前的小街不宽，能并行两三人。临街三间门面，平地起一级石阶，两扇暗红色的大木门敞开着，一块黑底金字的匾额悬挂在门楣之上，"沈从文故居"五个行书大字遒劲沉稳，开合有度，如同先生的性格。

院内是一方小小的天井，两侧各有两间厢房，北厢房前横着一条石几供人小憩。上房离地有五级石阶，红砂条石砌就，门窗暗红，窗棂和格子门镂空雕花。屋瓦黛灰，马头墙装饰的鳌头，檐角挑出，房檐下可以避雨。

一张旧式木书桌和梓木太师椅摆在镂花窗户前，书架靠着山墙，床挨着后壁，两个雕花箱柜摆在书房内，一个暗红，一个古檀色。书房不大，很僻静，适合读书。

据说沈从文先生天性活泼好动且贪玩，小时候常常逃学去街上看木偶戏，书包就藏在土地庙里。有一次，看了一整天的戏，别的孩子早已放学回家，他再回到土地庙里取书包，才发现书包不见了。第二天，他硬着头皮照常上学，刚走到校园里一株楠木树下，就遇见了他的级任老师毛老师。毛老师罚沈从文跪在那株楠木树下，大声责问沈从文昨天到哪里去了。沈从文回答："看戏去了。"毛老师见沈从文贪玩逃学还如此理直气壮，便狠狠地批评说："勤有功，戏无益，树喜欢向上长，你却喜欢在树底下，高人不做，做矮人，太不争气了！"经毛老师耐心地说服教导一番后，沈从文知耻而后勇，一改以往的顽劣脾气，勤奋学习，成绩提高非常快。

1918年，先生小学毕业，随当地土著部队流徙于湘、川、黔边境与沅水流域一带，后正式参军。1922年，先生脱下军装，来到北京。他渴望上大学，可是仅受过小学教育，又没有半点经济来源，就在北京大学旁听。1924年，他的作品陆续在《晨报》《语丝》《晨报副刊》《现代评论》上发表，逐渐被蔡元培、胡适等人赏识。1928年从北京到上海，与胡也频、丁玲筹办《红黑》杂志和出版社。1929年去上海吴淞中国公学任教，爱上了女学生张兆和。

叶圣陶说，谁娶了九如巷四姐妹中的一个，就可以幸福一辈子了。那是才子佳人扎堆的年代，有梁思成和林徽因，有徐志摩和陆小曼，有徐悲鸿与蒋碧薇，有沈从文和张兆和。

"我行过许多地方的桥，看过许多次的云，喝过许多种类的酒，却只爱过一个正当最好年龄的人。"

"我曾做过可笑的努力，极力去同另外一些人要好。到别人崇拜我，愿意做我的奴隶时，我才明白，我不是一个首领，用不着别的女人用奴隶的心来服侍我，却愿意自己做奴隶，献上自己的心，给我所爱的人。"

"我们相爱一生，一生还是太短！"

这些文字出自沈从文之手，被誉为世界上最美的情书。

那时，青年沈从文在吴淞中国公学当老师的第一节课没有上好，窘态可掬，闹了大笑话。他却一眼记住了听课的女学生张兆和，于是开始写情书。沈老师的情书，一写就是四百多封。这梗有点大，搁到现在估计能上热搜。

故居内拥进来一群参观的中学生，江浙一带口音。堂屋客厅本来就不大，这下更挤得水泄不通。我和孩子们都汗津津地听着女导游的讲解："张兆和在上海公学里，除了皮肤不白，其他方面在女学生里鹤立鸡群，标准的'黑富美'，是很多男学生的梦中情人。爱慕张兆和的人非常之多，面对纷至沓来的情书，张兆和尽管害羞，但她对来信没有一撕了之，而是一律保存并分类编号，她把仰慕者编成了'青蛙一号''青蛙二号''青蛙三号'并以此类推。有一天，她收到了一封薄薄的信，拆开来一看，才知道是自己的老师沈从文写来的，信中只写了一句话："我不知道为什么忽然爱上你。"张兆和没有理会沈从文，很不幸，这位沈老师被编成了'癞蛤蟆十三号'。"

孩子们哄堂大笑起来，我也跟着乐了，估计孩子们是因为这故事的诙谐而笑，我却是为沈从文的"迂腐""傻帽儿"而乐。但这只来自乡下的"癞蛤蟆"，凭借一味的痴情和不俗的文采，硬生生追上了巨富家的"黑天鹅"，演绎了一段文坛佳话，成就了一对神仙眷侣。

故居里有先生的书卖，我买了一本《沈从文文集》，亲眼看着工作人员在扉页上盖了一枚纪念戳，心满意足地出了故居大门。

1988年5月10日，沈从文病逝于北京，后魂归故里，安葬在杜田村听涛山。听涛山风景很好，"远则积山万丈，争气负高，含霞饮景，参差岱雄；近则圭壁联植，环美幽丽，沱水通脉，清滢秀澈，岩泽气通，如珠走镜，似仙境也"。

小街里有风拂过，微微送来一丝凉意，我挥一挥手，作别古朴的四合院，也顺便作别西天的云彩。

阅读凤凰

如能将凤凰古城比喻为一本书的话，跨在沱江上的一座座桥就好比书的装订线，两岸鳞次栉比的吊脚楼和幽街石墙就好比书的页码，那散落在古城里的万般风物便是书的文字了。

只是，这本书过于厚重，要用时间慢慢读，要用心慢慢品。

踱步凤凰古城，感觉时光似乎是静止的。温暖的阳光漏过树梢洒在石板路上，斑斑驳驳；几片云朵萦绕在青青的山头上，不紧不慢；一只花猫懒洋洋地卧在街角的石台上，眼睛眯成了一条线。

古城里的一切那么娴静，那么恬淡，那么自然，那么随意，世外桃源一般。

沈从文在《边城》里这样描述凤凰："若从一百年前某种较旧一点的地图上寻找，当可有黔北、川东、湘西一处极偏僻的角隅上，发现一个名为'镇筸'的小点，那里同别的小点一样，事实上应当有一个城市，在那城市里，安顿下三五千人口……"这就是蒙有一层神秘面纱的凤凰古城。

凤凰古城不大，从南往北走一趟，或者从东到西遛一圈，以我的体力，半晌就够了。但这座湘西小城却小巧精致，小巧到每一寸土地都有风景，精致到每一条街巷都有历史，置身其中，"中国最美小城"的韵味让人迷醉，使人流连。

发源于川西海拔 4984 米的九顶山的沱江是凤凰古城的母亲河，也是凤凰古城的魂。她依着古老的石头城墙缓缓流淌着，河水从西而来，往东而去，一路波澜不惊，浅吟低唱。凤凰古城因为沱江水而钟灵，沱江水因为凤凰古城而毓秀，古城离不开沱江河水，沱江河水离不开古城，它们相依相伴，千百年来未曾分离。

吊脚楼是凤凰古城的名片。苗家先民用聪明智慧创造出来的这种特色民居，高高低低分布在沱江两岸，连在一起，聚成一片，成就了凤凰古城最迷人的风景。粗细长短不一的杉木戳进泥土里，戳进江水里，支撑起的房子寄托着苗家人对幸福生活的向往，藏着苗家人的故事。那临水的一扇扇窗户后面，苗家少女的婀娜身影，如同缥缈在江面上的轻雾，曼妙轻盈，朦朦胧胧，让人神往。

沱江在虹桥那里弯了一下，这里被称作回龙潭。南岸的一排吊脚楼，统称为回龙阁，回龙阁吊脚楼全长二百四十余米，前临古官道，后悬于沱江之上，大多建于清末民初，是沱江南岸最具特色的吊脚楼群。那错落有致的一栋栋吊脚楼，歪歪斜斜，你侬我靠；勾肩搭背，卿卿我我；缠缠绵绵，难舍难分。杉木杆支撑起来的一栋栋吊脚楼如同栉风沐雨的老者，有着苍老的容颜，歇山起翘的灰瓦白墙与朱阁红窗相映相衬，更显古朴雅致。

若恰好遇上一场雨，山水空蒙，朱阁黛瓦，风雨掩廊，一桥卧波，高楼碧轩，回龙阁吊脚楼群更加美轮美奂。这里是许多网红大咖的打卡地，也是许多摄影师梦寐以求想要

竹影流年

用镜头捕捉美景的地方。

顺沱江而下，有风雨桥、金水桥、雪桥、跳岩、虹桥、风桥、雾桥、云桥等大大小小的桥，这些桥中，以虹桥最为壮观。虹桥始建于明洪武初年（1368 年），因建桥所用岩石为当地朱红色砂石，桥成后宛如长虹卧波，故名虹桥。虹桥有上下两层，一层为铺着红岩板的人行通道，二层是虹桥艺术楼，书香气很浓，在这里既可以欣赏书法绘画，也可以临窗观看沱江和古城风景，很惬意。

凤凰古城的白天是喧嚣的。这座明清两朝为了防范湘西苗族侵犯汉区而修建的石城，已在时光荏苒里变成了 4A 级景区，与云南丽江古城、山西平遥古城相媲美，享有"北平遥，南凤凰"之美誉。纷至沓来的游客熙攘在古城的角角落落，各种肤色的人们在古城里穿梭，各种语言和情调在古城里融汇，这座边陲小城每天都在演绎着通纳五洲的盛世欢歌。

夕阳西下，西山晚霞绚烂，凤凰古城和沱江两岸的灯渐次亮了，夜色里的古城霓虹闪烁，流光溢彩，分外妩媚迷人。沱江的水色与两岸的光影混合在一起，银河一般旖旎，江边人影幢幢，摩肩接踵，从一间间酒吧里溢出劲爆魅惑的曲子，伴着迷离的灯光、摇晃的节奏，宣告着又一个不眠之夜的开始。

但我却要在这梦幻般的夜色中离开凤凰了。我轻轻合上了这本书，在扉页上题下黄永玉为古城撰写的对联：今宵皓月，谁在回龙潭上，华灯楼船，彩影荡漾，弦歌映山山映水；照眼春阳，廊桥正午十分，醉客雅旅，游侠高僧，靓景如梦梦如诗。

　　再见湘西！别了凤凰！

远去的背影

有一种缘分，叫一见如故。

有一种友谊，叫心心相念。

有一种关爱，叫默默相助。

有一种情怀，叫大音希声。

得知宏章兄意外离世的消息时，我正在地铁一号线上。车厢内很宽松，手机振动的声音很容易传进耳朵。"红松，你在哪儿呢？""地铁上。""哎，哎！宏章不在了，你知不知道？"我差一点儿怼对方，恁，放屁！

可是，电话那端的人绝非恶作剧之辈。那，就不是开玩笑了。我瞬间惊愕，继而，黯然神伤，不得不无奈地接受一个无情现实——那个叫马宏章的人，走了。

多么好的一个人，刚退休呀！多么好的一个老哥哥，人生下半场才启幕啊。

2021年3月，徐礼军老师把我拉进"洛阳散文"微信群，马宏章先生也在其中。"洛阳散文"很像一块散文爱好者的自留地，每个人播撒的种子不同，结的果实自然不同，但不管谁"丰收"了，大家一起高兴。庆祝方式简单而直接，动手点赞，留言祝贺，或者干脆放几束鲜花，放几声响炮；尽管虚拟，但那份温馨，如热恋的男女，你侬，我侬。

2021年7月中旬，我到芷江办案，顺便拐到凤凰，拜谒了沈从文先生故居，在沱江边看了看吊脚楼，到古城里转了转。回到洛阳，洋洋洒洒写了近七千字的《走进湘西》，准备发给"建安风"文学平台时却有点犹豫，记得"建安风"刚发布过一篇马宏章先生相同题材的湘西游记。人家是前辈，自己会不会显得班门弄斧？会不会……可一千个人眼里有一千个哈姆雷特呀，我鼓足勇气说服了自己。

出乎意料的是，《走进湘西》在"建安风"发布后第二天，马宏章先生竟把这篇散文转发到"洛阳散文"群里。他的评语令我至今难忘。原文有点长，关键词就几个字：一是"赞"，二是"夸"，三是瑰意琦行自认"差距"。我与马宏章先生遂成忘年交。每次见面，他呼我为弟，我称其为兄，彼此间的那份坦然真诚，如沐春风。越来越熟悉，便略知对方一二。

————————竹影流年

2022 年 6 月初，孟津区总工会、区文联邀请市作协一众人到古津采风，拟编撰出版《时代风采》一书。步入会议室才知道有惊喜等着——宏章兄的《奋蹄集》静静摆放在桌子上，大家人手一册。

《奋蹄集》由三个部分组成：第一部分《那山那水》、第二部分《那人那事》、第三部分《随感随悟》。文体统属散文，一类注重叙事，一类偏向说理。《我的驾考之路》《难忘第一次去武汉》《江城碎记》《中州路：洛阳第一路》等属于叙事散文范畴，一篇篇娓娓道来，无论日常所见、旅途所闻、心中感受，还是忆旧，宏章兄总能以小见大，管中窥豹，从看似琐碎的熟视无睹中提炼出某种内在的凝重，仿佛打开了地窖中珍藏的瓦瓮老酒，酒香萦纡，芬芳扑鼻。《国人当理智》《棋如人生》《人生何不累》《闲说"怕"》等属于说理散文，论述深入浅出，布局曲径通幽，构思轻巧，涉笔成趣，用词清雅不俗，令人掩卷沉思，久久难忘。

写文章如同绣花，手法决定着好看与否，心气决定着成物巧拙，一部作品宛如一幅刺绣摆在那里，高下立明，好歹可分，掺不进半点假，容不得丝毫虚。《奋蹄集》无疑为一部好作品，是宏章兄半生心血结晶，半生才华体现，半生思考小结。耳鬓染霜之际，《奋蹄集》才横空出世，作品之厚重瑰丽，如同刺绣之精美，令人心动。又如一匹老马逾越万水千山，踏过滚滚红尘，从十方世界驮来米和水，起灶架薪，小火慢炖熬成的米粥，滋味之浓郁，让人回味。读之有味，阅之有景，思之有得，我很喜欢这本册子。

我写了一篇《激志则宏——马宏章和他的〈奋蹄集〉》。再见面，宏章兄远远快步走过来，拍拍我肩膀，说了三个字——好兄弟。一句好兄弟，饱含千言万语。

青骥奋蹄向云端，老马信步小众山。老马给人以踏实稳重之感，用老马比喻人生阅历极为丰富的老年人最贴切不过，就算是老马慢悠悠地走着，闲庭信步一般，但自身累积的文化底蕴和修养也足以让众人自叹弗如。

2023 年 6 月 9 日上午，宏章兄打来电话，说他的《铁血丹心》被《时代报告》杂志以特辑方式发行，嘱咐我帮忙给几个好友分送。彼时，《铁血丹心》作品研讨会也在紧锣密鼓筹备之中，宏章兄没有忘记我，予以一席之地。那天的研讨会开得很成功，而我也是从他战友们的点滴叙述中，看到了一个丰满厚重、荣誉等身的马宏章。

集文学性、新闻性、政论性三大特征于一身的《铁血丹心》读起来毫不枯燥，人物丰满鲜明，情节曲折生动，结尾隽永悠长，延续着宏章兄一贯的风格——以小见大，管中窥豹。《大震惊河洛》的"惊"字犹如晴空霹雳，足以令人心惊肉跳。《昼夜奔灾区》的"奔"字宛如翩鸿、脱兔，足以使人心生希望。《铁血丹心》里十一个篇章的标题都是五个字，对应着抗震救灾的不同阶段。从开篇的紧张压抑，到最后的释怀坦然，从"天灾无情人有情""一方有难八方支援""风雨同舟血浓于水"的守望相助，到"远方飞来感谢信""九旬老人亲人多""难分难舍离别情""理县各界送铁军""三千里送树谢铁军"，宏章兄大笔如椽，细腻描绘了一幅宏大的抗震救灾、灾后重建、安居乐业的壮美画卷。

读完《铁血丹心》，心情久久难以平静，为自己生在华夏而庆幸，为自己有马宏章这样一位有担当、有情怀、有作为的兄长而自豪。和宏章兄在洛宁神灵寨共居过一室。是夜，繁星满天，竹林轻风，月影摇窗，溪水弦歌。夜已阑珊，宏章兄谈兴不减，我已睡眼惺忪。醒来，发现薄被加身，不用说，是他为我盖的。宏章兄啊，心细如发呀。

回想起来，"2023 年杜康造酒好故事"颁奖大会，是我和宏章兄最后一次共同参加的活动了。那次活动，宏章兄的《"杜康"壮军行》获得了征文大赛一等奖。

我是宏章兄的"御用"摄影师。领奖、发表感言、嘉宾合影，每个环节我都选取最佳角度，力求留下宏章兄的高光时刻。不承想，竟是永别。

回程，宏章兄雅兴很高，说他计划写的第三本书，说他正在运筹帷幄的全球马氏宗亲寻根会，说他即将开启的汶川之行……总之，他很忙，日程丰富，多姿多彩。谁能料到，他的生命戛然而止于 2023 年 8 月 30 日 16 时呢？谁能想到，他的人生之路只能行进至 63 岁呢？我和宏章兄的微信聊天记录将彻底定格于 2023 年 8 月 27 日上午 11 时 08 秒。那天，宏章兄发给我一篇散文，嘱我看后回复，我懒着没回。可现在，我愿意秒回，您，能看到吗？这是一件让人很伤心，很后悔，且无法弥补的事情。

先从军，后考入信阳陆军学院，毕业留校当了教员，20 世纪 80 年代末调任洛阳铁军师任参谋，参加过 1998 年长江抗洪抢险，亲历 2008 年汶川地震，既是久经沙场的铮铮铁汉，也是才思泉涌的谦谦君子。宏章兄的履历简约，但不简单，中国铁路作协副主席，河南省作协副主席，洛阳市文联副主席、作协主席。

赵克红为《奋蹄集》作序："宏章兄是一个爱生活，爱朋友，爱亲情，爱回忆，爱品味的人。他一路走来，一路欣赏，一路兴味，一路风景。对人对事对自然，皆留下美妙的回忆，这些记忆由可供品咂的细节组成，细节细微却真切可触，处处充满着生活的质感，生命的律动。""宏章同志的文笔向来很好，很擅长写材料，特别是大材料，可谓才如其名。早在上军校时，宏章就已经崭露头角，当时武汉军区《战斗报》就发表过他的文章。但老朋友老同事们无论如何不会想到，退休赋闲后的军旅才子依然笔耕不辍，又整出《铁血丹心》这部力作。"

"宏章同志把那段历史用文字真实地记述下来，如果在有些情节的深度、广度上，人物、时间的情感投入上再深一些更佳，但不失为一部纪实之作。"黄晓健先生的话，不妨当作对《铁血丹心》一书和对宏章兄的中肯评价。

斯人已去，才华冥然尘土。音容犹在，梦想翱翔天堂。

那个熟悉的背影已然远去，如一缕轻烟飘入天空，一溪清水归向大海。尽管，你的爱人、亲人、战友、朋友和我……万般不舍。

天地凡物

一

我对天地凡物的浅薄认知，最初，主要来源于母亲和外婆。

不识字的母亲赋予我生命，用她的一言一行春风化雨般教会我立于尘世必需的操守，以及对一切未知事物抱有好奇和求索的品行。

我是在外婆含在嘴里怕化的溺爱中长大，捧在手心怕摔的小心呵护中长高的。外婆家其实同我家一样寒酸。直到某一天，外婆躺进棺木，再也不睁眼看我，也不再呼唤我的乳名。送外婆上南坡的那一路，我的脑海里不断翻腾着外婆弥留之际时常念叨的一句话："人啊！水和的，土捏的，天地之间一凡物，生老病死，命数咧。"

凡物皆有命数？外婆这句话，被我躲在白驹过隙的时光角落里反复咀嚼，似明白，又似不明白。臼齿渐平。

母亲说她属鼠，木命，说我属猪，金命——钗头金。木命的母亲因我的降生一扫心头阴霾，将一段艰难日子过成了笑容灿烂。外婆喜欢点一点我额头，然后笑吟吟地自念自夸："金命富贵哩！掌大权，当大官，娶花娘子哩。"说完这些，外婆自顾自地笑，脸上密密的褶子仿佛一下子便消失不见了。

五行是什么东西？父亲很少在家，没啥文化的母亲和外婆解释不出所以然，也给不了我想知道的答案。于是，她们胡乱将道听途说来的东西添油加醋，编成一些虚幻缥缈的无厘头故事来糊弄我。我被母亲和外婆忽悠着，傻乎乎但也无忧无虑地度过了快乐童年。

可是，外婆，您老人家非得搭上一条比金子还要贵重的生命，非得选择此生永不相见，非得以隐入尘烟来醍醐灌顶外孙，让他明白那些隐藏于宇宙洪荒间的冥幻玄机吗？

二

"它是药？"我将信将疑，小脑袋摇得像拨浪鼓。

明明是草呀！你看，春风一吹，许多嫩芽纷纷从土里钻出来，它们是梭梭、地丁、狗尾巴、蒲公英……的幼苗。明明土里钻出来的，不叫草，那它叫啥？

初春的原野上，母亲前边走，我提着小竹篮身后边紧脚跟着。这是灰灰菜、马齿苋，那是荠荠菜、山小蒜，远处还有黄黄苗、猫猫眼、车前草、白蒿……我认真记下所有野菜野草的名字，就像牢牢记住了老黄牛、顺阳河、外婆、孬蛋、狗娃子以及炊烟和家乡的模样。

母亲指着一丛，说，它叫艾，是药。我吓了一跳，小孩子对"药"天生畏惧，而艾蓬勃在路边，要是一不小心踩到或者揪到它，会不会死啊？

母亲笑了，傻孩子，你被艾救过命呀。这话应该是真的。春上暴发流脑，母亲熬了一大锅药汤，沸沸腾腾地倒进包裹了一圈厚厚稻草的大瓦盆里，我和哥哥赤条条蹲在瓦盆边，被母亲用一床棉被罩在里面蒸，一小会儿，大汗淋漓。

挨过"瘟疫"这道鬼门关，我和哥哥长得细麻长条，身板直溜溜的。隔壁二奶奶爱开玩笑，说母亲命好，一把贱草换回来俩聪明孩子。

太阳尚未升起，趁着雾气，母亲拿起镰刀，到地里拣最壮实的艾割上一捆，背着露水和艾一起回家——端午节那天，艾是主角之一。北方人不喝雄黄酒，但把艾叶装进香囊驱毒，大门上用红绳绑几棵艾辟邪，吃粽子解馋，胳膊上缚五彩线纳福，都是祖辈传下来的老规矩——岁月仿佛一条河，流经哪里，老规矩就会被河水带到哪里。

"药圃无凡草，松庭有素风。"青葱的艾，一扎扎挂在屋

　　　　　　　　　　　　　　竹影流年

檐下，暗香浮动，清淡幽远。乡野间这些毫不起眼的杂草，从此成了母亲手中的良药。

我年少贪玩，爬树时从高处摔下，前额磕了个窟窿，流了一脸血。母亲慌忙将来干艾叶，拢在瓷碗里焚烧，艾叶燃尽，灰烬温热，母亲抓起一把灰面撒在伤口上。真神奇！血很快止住，不用吃药打针，十几天过后，痂块一掉，脑袋好好的，一点儿疤痕没落下。

又一年，我后脖颈上出痈，脓液如涕，红肿高大。母亲牵着外婆家的老黄牛，前半晌让它在南坡啃酸枣叶鬼圪针，后半晌让它在河滩嚼益母草水芹菜。湿牛粪搁在瓦罐里用文火慢慢焙干，再细细碾碎，拌上麻油，淋上蛋清，糊住痈，生白布包扎。那痈竟然被一泡牛粪治好了。

高考落榜后，我灰溜溜回到家，闷头就睡。遭一场热湿邪风侵扰，精壮小伙子竟病成软塌塌一根面条，头——欲裂欲炸，腔——烈焰翻滚，口——苦涩无味，肚——翻江倒海，小命仿佛休矣。

母亲心如刀割，泪眼婆娑。"死马当成活马医吧！"母亲对闻讯远道赶来的表叔如是说——能有什么办法呢？假使能代儿受过，我想，母亲愿割肺割肝啊。

表叔在部队上干过军医，懂针灸，擅急救。二话没说，他从药箱里拿出灸盒，打开，酒精擦拭。我皮包骨头的膏肓模样大约更容易找准穴位，银针落下，捻揉，一口乌血从嘴里喷溅而出。母亲"啊呀"一声，惊呼："俺娃有气了！俺娃有气了！"

原本命薄如纸，却被一把艾草怜悯，一泡牛粪延续，几根灸针挽留。钗头金命啊，果真金贵？

<h2 style="text-align:center">三</h2>

"上古莽荒，茹毛饮血，猛兽四出，瘴气弥漫，先民疾无可医。念黄帝心忧，岐伯、雷公、伯高、少俞殚精竭虑，研阴阳，观五行，悟春生、夏长、秋收、冬藏，查心肝脾肺肾之道，理逆从，着表里，予汤予针，命得延。"——《黄帝内经》开岐黄之术先河。

黄帝曰："余闻上古有真人者，提挈天地，把握阴阳，呼吸精气，独立守神，肌肉若一，故能寿敝天地，无有终时，此其道生。中古之时，有至人者，淳德全道，和于阴阳，调于四时，去世离俗，积精全神，游行天地之间，视听八达之外，此盖益其寿命而强者也，亦归于真人。其次有圣人者，处天地之和，从八风之理，适嗜欲于世俗之间，无恚嗔之心。行不欲离于世，被服章，举不欲观于俗，外不劳形于事，内无思想之患，以恬愉为务，以自得为功，形体不敝，精神不散，亦可以百数。其次有贤人者，法则天地，象似日月，辨列星辰，逆从阴阳，分别四时，将从上古合同于道，亦可使益寿而有极时。"

《黄帝内经》按照得道的程度，把得道的人分为真人、至人、圣人、贤人四个等级，四层境界。学说一成，源远流长，影响深远。

"河出图，洛出书，圣人则之。伏羲观河图悟八卦，轩辕黄帝研洛书而创天干地支"——河图洛书是华夏文化的源头之一，也是阴阳五行数术之源。河图洛书都以黑点和白点为基本要素，并以一定方式排列为矩阵，从而构成这两幅让后人大伤脑筋却无法参透其中奥秘的神秘图案。人们赋予黑点和白点以阴阳之意，赋予不同方位的数字以金木水火土五行之意，以阴阳五行作为一个组合的基础和法则，太极八卦、天干地支、六甲九星、占卜风水等皆可追溯至此，历来被认为是河洛文化的滥觞。

至春秋，老子智慧，他另辟蹊径，提出"道可道，非常道"，从此医儒并驾，五行伴阴阳，相生伴相克，一越千年。

辨证施治，固本培元，因势利导，标本兼治，中医传承千年。

兼葭苍茫，沐露经霜，一棵凡草、一泡牛粪皆可入药，一气一脉无不隐含阴阳五行。草叶解表，银针疏经，天地凡物皆生而有其用。试问，这种博大精深的无穷智慧，除却华夏，舍却中医，其谁？

小　黑

　　小黑是母亲养在老宅里的一条狗。

　　母亲那年七十七岁，腰背佝偻，眼花耳背，她看我们，得眯缝一小会儿，我们与她说话，要费很大劲。母亲一辈子拉扯我们姊妹六人，现在我们都已成家，各有各的生活，与母亲聚少离多；大多数日子，母亲一个人独居在乡下。

　　老宅里冷冷清清。"养条狗吧？"母亲和我商量。

　　我一怔。母亲从未养过狗，现在，却忽然提出要养一条，因为一个人的孤寂？还是担心看护不了这个普普通通的家？我看了看白发母亲，心里莫名一阵酸楚。

　　朋友有条小京巴，一时疏忽，被一只流浪狗占了便宜，怀上了崽，朋友又怨又恨，很像电视剧《装台》里的八叔。看到几只狗崽时，我一下子想起了母亲的嘱咐，挑一只长着一身黑亮绒毛，耷拉着两个茸茸小耳朵，瞪着两只亮晶晶黑眼珠的小狗崽，抱回了家。

小黑是母亲起的名字。母亲喜颠颠地为小狗准备了一个舒适的窝，窝是用青砖垒成的，里边铺上了厚厚的旧棉絮，两只黑瓷碗被母亲洗刷得干干净净，规规矩矩摆放在了狗窝前，一只盛饭，另一只盛水。

从城市居室到了农家小院的小黑，似乎有点蒙圈，它歪着小脑袋东瞅瞅西看看，迈着小碎步在前后院子谨慎地踅摸了一圈，好像并不中意眼前的新家。小黑试探着进了窝，躲在角落里不再出来。

"这小狗享惯了福，嫌弃恁娘穷咧！"母亲有点懊丧，嘴里调侃着小黑，却探着身子不甘心地往狗窝里瞅，像是在端详一个刚刚断奶的孩子，眼里满满的爱怜。

再次见到小黑时，它已经七个多月大。刚推开院门，一条闪电般的矫健黑影，从斜刺里冷不丁冲了过来。我被吓了一跳，低头一看，小黑四条腿紧扒着地面，嘴龇张着，露着两排莹白寒寒利齿，两只眼睛犀利地盯着我，喉管里发出一阵低沉咆哮，黑色的身子宛如弓弦一样绷着，仿佛一支随时会射出的箭。

"小黑乖，小黑乖，自家人咧！"母亲听见了动静，慌忙呵斥小黑，"别看它个子小，凶猛得很呢！"母亲一脸赞赏。

"狗崽子，不认远近人，杀了吃算了。"我心里愤然，嘴上不依不饶的。

"哪呀，哪呀，小黑精着哩，过一会儿就跟你熟了。"母亲替小黑打着圆场。

果不其然！小黑对我带回来的卤鸡腿垂涎三尺，两只黑眼珠还滴溜溜地惦念着儿子手里的炸鸭架，寸步不离地跟在他身后，马屁精似的摇着尾巴，全然没了拦门时的凶神恶煞，一副温顺讨巧的模样。我暗自一乐，庆幸给母亲逮了一条又好玩又能看门的狗狗。

没有狗绳约束，没有厉声呵斥，没有任何欺凌，母亲像娇惯孩子一样娇惯小黑，任由它像山野间的小草一样自由自在地生长。小黑白天在街口与几只邻居家的狗狗打闹着玩，疯够了跑回家，黑瓷碗里总有可口的饭菜和甜纯的水等着它。有时候，跑累了的小黑干脆依偎在母亲脚旁，舒坦坦地卧在金灿灿的太阳底下，一边晒暖，一边听母亲和老姐妹们聊家常，然后，酣然睡去。

一岁多时，小黑过了一次鬼门关。那天早上，手机响了，电话是母亲打来的，口气急切："小黑口吐白沫……四肢乱抽……要死了！"

我慌忙赶回老宅。小黑刚被兽医打过一针，软绵绵地趴在地上，身上盖着一条旧棉被。母亲心疼地看着小黑，一只手轻轻抚着它的头，另一只手拿着一块软布，不断擦拭着小黑嘴角流出的涎水。那涎水黏稠得像鼻涕，腥腥的、腻腻的，散发着一股难闻的气味。

竹影流年

小黑一定很难受。它痛苦地摇了几下头，有气无力地呻吟着，一股黄色稀便从臀间喷射出来，溅了母亲一裤腿。我恶心得差一点儿呕吐，掩着口鼻，试图搀扶起蹲在小黑身边的母亲。但母亲根本没有搭理我，她的心完全在奄奄一息的小黑身上，似乎已经忽略了我的存在。

　　母亲守着小黑，一天一夜没有合眼。不知是母亲的不离不弃鼓舞了小黑，还是小黑顽强的求生欲望感动了上苍，第二天中午，小黑摇摇晃晃地站了起来，蹒跚着抖了抖身上脏兮兮的毛。见小黑捡了一条命，母亲长舒一口气，捶捶腰背，笑了。

　　不知不觉间，小黑来我们家五年多了。每一次回到老宅，除了母亲的欢天喜地，还有小黑蹦跳着迎接我们。每一次离开老宅，除了母亲的黯然神伤，还有小黑沉默地蹲在大门口，目送我们一个个离开。

　　前段时间，母亲意外摔伤了腰，再也不能自己照顾自己了。接母亲时，我哄骗母亲只是到大医院检查一下，不会留在城里太长时间。尽管一百个不情愿，但腰疼难忍，母亲只能上车。

　　"要照顾好小黑，不能饿着它！冻着它！渴着它！"临出门，母亲千叮咛万嘱咐。

　　我根本没把老母亲的话放在心上。几天后，我交代小妹将小黑卖给了狗贩子，至于小黑最终遭遇了怎样的命运，我不敢想，也不愿想。

母亲在城里住了一个多月，每天喋喋不休地念叨小黑。刚开始，我还能耐心听母亲絮叨，日子久了，便心生厌烦。一天晚饭后，母亲和小妹视频，非得看一眼小黑，很拗劲，不听劝。我忍不住发了脾气，气呼呼地噎塞母亲："小黑卖给收狗的了，早被扒皮吃肉了！"

老母亲一愣，不相信地看着我，怔了几分钟，嘴唇哆嗦了几下，苍老的身子颤巍巍地抖动起来，混沌的眼睛里慢慢沁出了泪花。

那一刻，我后悔得肠子都青了，为自己冰冷的伤人语言，为自己没有理会母亲的慈悲，为自己没有照顾好小黑，也为自己辜负了母亲的善念。

"你呀！你呀！狗是一条命哩，咋恁狠心咧？"母亲指着我，泣不成声。

街边桂香

　　街边花坛里新栽了蔷薇、月季、海棠，还有几棵我不太认识的树，以为是女贞。正在培土的师傅笑我不识货，扑哧乐了："哎哟！这就是大名鼎鼎的桂树啊。"

　　"人闲桂花落，夜静春山空。"初读王维的《鸟鸣涧》，宛如置身在一幅画里——春山旷兮，幽涧清远，月夜静寂，茂林森然。一轮明月从山峦背后慢慢升起，月辉轻笼着春山。鸟儿飞离枝头那一瞬间，花枝轻颤，一瓣瓣金黄色的桂花扑簌簌落下，辗转入尘化为泥。

　　我仿佛看到了花枝颤颤，闻到了花香隐隐。查查词典，知道桂树有金桂、银桂、丹桂、月桂等品种。翻翻资料，了解到桂花既可观赏，也可入药入膳，还可制作茶品。桂花浑身是宝。

　　第一次见到桂花是在苏州。虎丘里有桂树，恰逢花开，走到剑池时，忽然闻到一股幽迷花香，绵延迂回，直醒大脑，让人精神一振。细看不远处有茸茸的小碎花闪着金黄，藏在一片片细弱的枝叶间，与墨玉般的绿叶密匝匝地纠缠在一起，在秋阳下恣肆地盛开。无意间的一次邂逅，南国的小桥流水和柳烟细雨，再也无法隐匿和超越那一抹花香。

我带着几多不舍和流连，从江南一路回味到洛阳。

不知不觉间已是白露。下班路过街边花坛时，忽然闻到一股淡淡的花香，不由一阵惊喜——桂花开了！春天里种下的那几棵桂树，已长得郁葱，一些聚伞状花絮藏于叶间，挤挨着，盛开着，黄灿灿的、金闪闪的。桂花的香气时浓时淡，若有若无，叫人于浅浅中寻觅，于微醺里怜惜，不忍大口大口地贪婪呼吸。

"桂花是好东西哩！做酸梅汤、调莲子羹，或者煮汤圆放一点儿它，味道很好呢！"盛开的桂花吸引了附近的居民，大家一边赏花，一边品论。

《红楼梦》里有这样一个情节：史湘云请大家一起赏桂花吃螃蟹，宴席设在藕香榭。王熙凤说湘云赏花地方选得妙，她告诉贾母：山坡下有两棵桂花开得正好，河里的水碧清，坐在河当中的亭子里，特别敞亮。只可惜，红楼旧梦已随风远去，化为黄粱。反倒是这街边的几树桂花，离普通人最近，悄然滋润着老百姓的日子。

但桂树却是如此普通。如果不是这满眼金黄，迷人花

———————————— 竹影流年

香，谁在意过它，留意过它呢？

　　脑海里蓦地闪现出几个身影，他们是春天时栽树的园丁师傅，他们是夏天时为树浇水的附近小区的老人。仔细咂摸，他们身上似乎也散发着桂花一样的芬芳呢。

顺阳河畔

一

顺阳河不宽，它一路蜿蜒，先入伊河，穿越伊阙和洛河交汇后，再转向东，七扭八拐涌进了黄河。

清晨，这条窄窄的河流宛如身披轻纱的少女，轻盈灵动，凌波微步。日暮，顺阳河仿佛蹒跚老人，背影悠长，饱含沧桑。

河畔吾乡——魂牵梦萦着的那片深情土地。

公元前638年，一群被秦晋两国从西域迁至河洛地区的"蛮夷"先民，被这片水草丰美的原野吸引，停下脚步，终止跋涉，燃起篝火，垦耕土地，一辈辈繁衍生息，一代代瓜瓞绵绵。

他们有一个悲怆的名字——陆浑戎。

公元前525年，裹兽皮，擎弯刀，彪悍善战的陆浑戎为晋军所灭，化作典籍里寥寥几行文字，顺阳河畔一座座无名荒冢，成了历史长河中一朵朵小小浪花。

两千多年后，外婆住在顺阳河南岸，我和母亲住在顺阳河北岸。

风烟早已将朝代更迭，掩息了春秋争霸，抚平了鼓角争鸣。曾经血性十足的陆浑戎，也在如水的岁月里渐行渐远。可一个民族的血脉和灵魂却不会全部消逝在流年碎影里，不经意间，他们就会以一种看似毫不起眼的方式，默默昭示着游丝般的存在。

外婆出殡的那天阴沉沉的，仿佛空气都能拧出水来，纸钱乘着盘旋上升的烟雾飘到半空中。在哭泣声中，我隐约看见外婆身背行囊，踽踽而行，一路向西……

顺阳河静静地流淌。岸畔成排的白杨的叶子早已枯黄，在艳阳里如同金子般绚烂，秋风吹拂，一树树的金黄如同巨大的金色火炬，在季节和岁月中漫舞。

二

《水经注》载："洛水又东，径寿安山之东，迤南为鹿蹄山，亦曰半壁山，甘水出焉。"约公元前 21 世纪，"甘之战"发生在鹿蹄山脚下，夏王启率军在甘水大败有扈氏军。《逸周书》载："有夏之方兴也，扈氏弱而不恭，身死国亡。"

半壁山突兀而起，东面略缓，西壁峭立。站在山巅俯瞰，大地仿佛一块巨大画板，玉米、小麦、大豆、高粱、棉花、西红柿、南瓜、茄子……是画板上的丰富色彩，树木、炊烟、牛、羊、猪、鸡……还有顺阳河灵动在画面里。把所有这些斑斓和画面，伴随着乡音装入行囊，追寻诗和远方的脚步，离开顺阳河；等到越过千山万水，徘徊在钢筋丛林，再回眺河畔吾乡，一双泪眼汪汪。

这片土地宛如东风催开的绿柳春花，一天天发生的变化让人眼花缭乱。那些仄狭乡道变成了通达的柏油路、水泥路，那些古旧村庄变成了花木扶疏、幽静整洁的乡村花园，自来水通了，路灯亮了，污水统一处理了，夕阳红歌唱团和书画文学社成立了……顺阳河畔正变得越来越富裕，越来越祥和。

最惹眼的是一群乡村姑娘组成的模特队，旗袍红扇，朱唇云髻，簪花摇翠，姿态婀娜。伴随着优雅乐曲，她们款款而来，靓丽风采诠释了新时代农民昂扬的精神面貌，笑颜如花展现了小康之后农村的幸福生活。

只是，乡愁绵绵，家乡，路远水长。

三

黄土地上生活的人，性格爽朗，心眼实在，倒头一觉睡到天亮，端一碗柴火灶烧出来的饭菜，远远一股扑鼻香。

年轻后生铜铸般的胳膊一甩开，汗珠子啪嗒嗒花瓣一样绽放在泥土上；羞涩的姑娘走近他们，大胆地亲近他们。明艳艳亮灿灿的太阳底下，秋波荡漾，情愫滋长，黄土地上生发的爱情，最缠绵悱恻，朴素情怀培育的幸福，最温馨久长。

我带着一身泥土气息离开乡村，离开顺阳河畔，迁居城市。喝咖啡时，仔细端详手里的拿铁，恍惚觉得那是一杯被日光磨砺过的黄土，淳朴甘甜，安静醇香。无数次夜半梦回，竟觉得身下睡的不是席梦思床，而是爹盘的土坯炕；安卧的不是高层居室，而是娘盖的土瓦房。

那些奔跑在田野的日子渐行渐远，如同撕去的一页页日历和母亲鬓角的一根根华发。

依然有人眷恋黄土。那天，年轻的白杨镇党委书记带领我们参观千亩蔬菜基地。我问皮肤黝黑的他："在黄土地上摸爬滚打苦不苦，累不累？"

"没啥！"他淡淡一笑。

还想再问点别的，他已匆匆走向地头，留下一个真实高大的背影。

徜徉中原美谷

一

黄河西来。奔涌，不息，喧腾，激荡，一泻千里。

洛河绵延。细腻，温柔，清澈，微澜，静水流深。

邙山苍莽。从高空俯瞰，似一条匍匐在黄河、洛河之间的巨龙，脊梁高耸，体健肢硕，身披青绿，蓄势待发。

那些岭峦起伏叠翠，生机勃勃，魅力无限。那些沟壑幽深迂回，藏奇纳巧，气象万千。那些花草暗香涌动，崖壁吐芳，卓尔不群。那些树木藤蔓自成风骨，缠绕依附，别具雅趣。那些楼舍弄巷鳞次栉比，摩肩接踵，熙熙攘攘。

瀍河区扼守十三朝古都东大门，钟灵毓秀，人杰地灵，是一方投资兴业的热土。《易·系辞上》载："河出图，洛出书，圣人则之。"故曰：

瀍洛清波，柳堤轻烟，

运河帆影，回洛廪仓。

汉魏遗风，隋唐雄略，

铜驼暮雨，瀍壑朱樱，只是东城的轻轻一撇。

勒马听风，宋皇添瑞，

丝路东起，衣冠南渡。

孔子问礼，老子故居，

白马驮经，祖庭梵音，只是东城的轻轻一捺。

在东城，不只有指点江山、激扬文字，还有繁花似锦、国色天香。

在东城，不只有高楼平地、情怀万丈，还有青春激越、诗和远方。

一回眸，看见洛神凌波微步，衣袂飞扬，

一侧耳，仿佛听闻马寺钟声，风舞街巷。

一伸手，触到汉瓦周鼎，

一迈腿，越过千年泱泱。

您若来，瀍河端一杯美酒，酣醉千年。

您若来，瀍河举一碗靓汤，滋味绵长。

您若来，着汉服，梳云髻，贴花黄。

您若来，绘蓝图，论韬略，谋四方。

二

华经产业研究院发布在互联网上的《2024—2030年中国

美妆行业市场全景监测及投资前景展望报告》说："中国美妆行业市场规模在近年来持续扩大，呈现出稳步增长的态势。随着国内消费者对美妆产品需求的不断提升，以及国内外品牌的不断涌入，市场竞争也日趋激烈。数据显示，2022年我国美妆行业市场规模为5522亿元。预计在未来几年，随着消费者对美妆产品的需求持续增长，以及行业技术的不断创新和进步，中国美妆行业的市场规模还将继续保持增长趋势。2022年我国高端美妆市场规模为1820亿元，占据美妆市场33%的份额。"

《2024—2030年中国美妆行业市场全景监测及投资前景展望报告》由华经产业研究院研究团队对美妆行业进行多年跟踪研究，使用桌面研究与定量调查、定性分析相结合的方式，全面解读美妆行业市场，深度挖掘行业潜在商机；科学运用研究模型，多维度对行业投资风险进行评估后精心研究编制。通过这份报告，即便外行人也能一眼看出，美妆行业将是一个不折不扣的风口产业。

中原美谷是由洛阳市携手河南省科学院共同打造的集研发机构、科创企业、科技成果、科创资本、创新人才、中介机构的新型科创园区，立足中原大地整合创新资源，面向全国集聚美丽健康创新要素，汇聚一批中医药科技、中国成分、光电美容运动健康装备、时尚创意行业专家与行业头部企业，共同为中部地区打造出硬核科技支撑下的世界品牌。

愿景宏阔，目标卓远，令人心潮澎湃。

三

一场不期而至的急雨过后，空气虽清新爽朗，但湿气氤氲，更觉暑天溽热。我与一众艺术家到中原美谷园区采风，触摸这方热土，探寻新质魅力，感受美妆给生活带来的诗和远方。

置身园区大门外，眼前恍惚现出五代十国时期南唐画家顾闳中的《韩熙载夜宴图》，琵琶演奏、观舞、宴间休息、清吹、欢送宾客间，仕女的素妆艳服与男宾的青黑色衣衫形成鲜明对照，一越千年，脂粉香味仿佛萦绕身侧，令人神摇、情迷。

中原美谷特色美妆文化体验馆内最吸睛的是那座硕大沙盘。沙盘展示着中原美谷的未来——一个个园区被绿树掩映的道路串联起来，一座座气派的科研楼被灼灼繁花包围起来，一排排现代化的车间被修竹、雪松、桂花、梧桐簇拥起来。

最流连中原美谷特色美妆文化体验馆内那座药草标本墙。百部、桔梗、重楼、佛手、灵芝、益母草、白术、人参、石斛、黄精、知母、天麻、玉竹……林林总总的标本浸泡在透明玻璃药液瓶内，活灵活现，栩栩如生。"药圃无凡草，松庭有素风。"乡野间这些原本不起眼的植物，一经炮制、萃取、提炼，便成了美妆行业的宠儿，被浓缩进包装精美的坛罐和礼盒之中，行走中国，登大雅之堂，漂洋过海，播东方神韵。

产业技术研究院在一幢独栋小楼内，外表普通，内里自有乾坤。实验室内的各种仪器见所未见。穿行在研究院的实验室外，隔着玻璃幕墙，能看到穿着洁白工作服的研究人员在一丝不苟地工作，他们那么朝气蓬勃，那么沉浸其中。和人家一比，暗暗惭愧自己学识浅薄、孤陋寡闻。

《黄帝内经》曰："余闻上古有真人者，提挈天地，把握阴阳，呼吸精气，独立守神，肌肉若一，故能寿敝天地，无有终时，此其道生。中古之时，有至人者，淳德全道，和于阴阳，调于四时，去世离俗，积精全神，游行天地之间，视听八达之外，此盖益其寿命而强者也，亦归于真人。其次有圣人者，处天地之和，从八风之理，适嗜欲于世俗之间，无恚嗔之心。行不欲离于世，被服章，举不欲观于俗，外不劳形于事，内无思想之患，以恬愉为务，以自得为功，形体不敝，精神不散，亦可以百数。其次有贤人者，法则天地，象似日月，辨列星辰，逆从阴阳，分别四时，将从上古合同于道，亦可使益寿而有极时。"自上古以降，"固本培元，因势利导，精细配伍，调和阴阳"的理念一脉传承，深入人心，镌刻为中华文明的一部分。

在微谱化妆品功效评价中心徜徉，闻一闻，抹一抹，看一看，一次次被泱泱华夏奥妙的药草文化与现代科技的完美融合所产生的奇特内涵所折服。

四

业绩、利润等商业秘密一般秘而不宣。但从中原美谷接待员的自信笑容中，从精干经理的侃侃而谈里，可窥端倪，一定蒸蒸日上，值得傲娇。

书法家们有感而发，现场挥毫泼墨。"博雅远观""中原美谷健康之美""天下大合美美与共"笔墨酣畅，力透纸背，气韵生动，遒劲古朴。摄影家们纷纷举起相机，留住精彩瞬间，让中原美谷的魅力异彩纷呈。

同行的女作家留恋美妆文化体验馆前的那棵桂树，我留恋微谱化妆品功效评价中心前的那丛翠竹。她说，桂花香远，像中原美谷的那些姑娘们。我说，竹韧有节，像中原美谷的那些小伙子们。我们相视一笑。赞许无须言传，意会即可。

株株紫薇开得正好，像一团团彩云。青核桃在枝丫间探头探脑，调皮如淘气孩子。月季不甘示弱，争奇斗艳，满圃芳华。蝉鸣入耳，像歌唱家的咏，余韵悠长。园丁打开了喷灌，阳光被水幕衍射，似有一道虚无缥缈的虹，喷涌而出的串串水珠晶莹剔透，华彩臻浓。

乡野记

一

我是啼哭着来到这个世界的。娘见不得哭闹，怀里抱着哄，嘴上絮叨叨："哭是俺婴孩委屈，舍不得离开娘，等俺婴孩不哭不闹了，翅膀自然硬实了，就能雀鸟一样自己扑棱着飞了。"长到半大，我常常调皮捣蛋不着调，动不动惹毛娘，俺娘恨得咬牙切齿，换了语气："早知道你这般不成器，不如狠狠心摁尿盆里浸死算了。"

星期天，我和光屁股玩大的几个半大小子嗨翻了天。我们疾风般卷过街巷，猴子般上蹿下跳，搅得一条街鸡犬不宁。三奶奶拄着他儿子从南山伐来的荆木拐，倚靠在胡同口的矮墙根晒暖。见我们野马般飞奔过来，老太太腾出枯枝似的一只手，举在风里点点戳戳，明目张胆骂我和黑娃是领头小鳖孙。我懒得搭理她，心里暗骂，奶奶的，管咧真宽。

黑娃贼精，心眼子比马蜂窝窟窿还多。"跟着好人学好人，跟着孬人变孬人，离黑娃远点。"怕我吃黑娃闷亏，娘反复叮嘱。我把娘的话当成了耳旁风。狗孬、老四、新建也把他们娘的话当成了耳旁风。我们一天不见憋得慌。

黑娃找来一大块薄桐木板，照葫芦画瓢做了几把"盒子炮"。木把上系一根鲜艳红布条，一阵风吹来，红布条随风舞动，像一面小小战旗。我们每人腰里别一把"盒子炮"，威风凛凛。

狗孬说他长大后抓坏蛋，抓一个毙一个。老四稀罕扮坏蛋，我们用细麻绳五花大绑起老四，让狗孬"枪毙"了好几回。狗孬后来果真考上警校，毕业后分到基层派出所当片警。辖区发生了一起溜门撬锁案件，赶到案发现场踅摸一圈，狗孬心里就明白了八八九九。隔上几天，狗孬在网吧堵住俩毛头小伙。看见穿警服的，二人夺路狂奔。狗孬瞄准其中一个一直飙。两条街飙完，小伙累趴，一脸不解地问狗孬："警察叔叔，您咋瞄上我了呢？"狗孬刘海儿一甩："小毛贼，我抓坏蛋时，你还没出生呢。"毛贼愕然。

老四偷摸从他爹藏起来的一捆红衣雷子中抽出几个，蹑手蹑脚地从他爹眼皮子底下溜出来寻我们。看见老四手里的红衣雷子，我两眼放光，撂下木桌上写作业的烂摊子，随在黑娃、狗孬、新建屁股后头，一溜烟跑到沟南边的打麦场上。

红衣雷子两拇指粗细，一拃长，圆墩墩的，模样很像隔壁建国哥结婚晚上喜房里腾腾燃烧的红蜡烛。那天晚上，建国哥刚娶进门的花媳妇腼腆娇羞地坐在床沿上，红艳得如一朵石榴花。我们缩躲在窗户下听墙根，偏偏花媳妇耳朵灵，听见了外面窗台下的窸窸窣窣。绾着红头绳的花媳妇红着脸轻轻碰一下建国哥。建国哥心领神会，遽然拉开窗户，炸雷般冲着窗台下吼了一嗓子："滚！"我们连滚带爬一哄而散，一边跑一边起劲吆喝："花喜鹊，尾巴长，娶了媳妇忘了娘；娘纺花，娘缝被，老了没有地方睡。"

　　黑娃先放了一个红衣雷子，砰一声巨响，躲在沟边白杨树上的几只灰喜鹊吓得一激灵，扇动翅膀扑棱棱飞走了。

　　我放了第二个，老四放了第三个，狗孬放了第四个，一个比一个惊天动地，纸屑雪花似的纷纷扬扬，翩翩如一只只小蝴蝶。

　　黑娃手里只剩一个红衣雷子了，新建慌忙搂着黑娃脖子套近乎："哥，让俺放一个呗。"

　　黑娃本没打算让新建放，可新建的神情有点像拴在他家大门里盯着破瓷碗摇尾乞食的黄毛狗，可怜巴巴的。犹豫了一小会儿，黑娃不舍地把手里的红衣雷子递给新建。新建一把抢过攥在手里，生怕他反悔。

　　新建屁颠颠地跑到空阔处，抠开红衣雷子身上粘炮捻儿的那缕窄纸条，放稳，弯腰，屈前腿，绷后腿，摆出一副

竹影流年

随时逃跑的姿势，才将火香头哆嗦着往炮捻儿慢慢伸去。

"停，停，等一下！"黑娃一嗓子喝止新建，把我们聚拢一堆，神秘兮兮地说，"咱玩点刺激的中不中？""中啊。"新建最着急，一迭声催促黑娃："说嘛，快说嘛，咋个刺激法？"

几道目光齐刷刷聚集到黑娃的两片薄嘴唇上，那两片薄嘴唇里时常能蹦出来意想不到的孬点子。黑娃挤眉弄眼，指着麦秸垛边一泡半干不湿的牛粪说："咱崩牛粪吧。"

我第一个拍手叫好，已经迫不及待地想象出炮响粪飞的刺激场面。

"放就放！"大约被我们的话激了胆魄，新建果真捏着雷子赳赳昂昂走向那泡牛粪。他把红衣雷子插在牛粪上，只露出黑火药炮捻儿和一丁点儿炮身。黑娃跑过去使唤脚底板往牛粪上踩了踩。"踩得越瓷实，雷子炸得越响，牛粪崩得越干净。"黑娃说。

左等右等，期待中的那声震天巨响并未如期而来。

"笨蛋货，到底点着没有？"黑娃问新建。

"明明看着炮捻儿冒烟了呀？"新建手上比画着点炮捻儿的动作，惟妙惟肖。

新建跑去看那颗红衣雷子："去尿，烙捻儿了。"

"再点呗？"

"捻儿有点短，怕跑不及。"

"平常就数你窜咧快，怕啥？"

新建显然低估了剩下那截炮捻儿的爆燃速度，红香头刚一挨炮捻儿，砰的一声，红衣雷子瞬间炸响。新建被红衣雷子炸蒙了，木桩似的杵在原地，浑浑噩噩支棱着一张沾满牛粪的脸。我们先惊愕，后可乐，一个个笑得前仰后合。新建气急败坏地咧嘴冲我们吼了一嗓子，一屁股坐地上，委屈得哇哇大哭起来。

好不容易哄安生新建，我们商量着这事口风必须紧实，千万不能让新建他娘知道。新建他娘有个响当当的诨号——李大炮。

怕啥来啥。天将黑不黑，李大炮瞅出端倪，一番追问，新建说了实话。听见新建杀猪般的号叫在胡同那头"阴魂不散"，我立马嗅到危险气息，慌忙脱光衣服，褪掉鞋袜，蒙头盖腚钻进被窝。

李大炮挨家讨伐，一个都不放过。一脚踹开我家大门时，李大炮气焰已是强弩之末，外强中干，明显减了几分杀伐。"光觉着这娃今儿个哪儿不对劲，不承想，惹着俺李大炮妹子了。"俺娘搬过李大炮肩膀，亲热热说。李大炮一路征讨下来口干舌燥，正好趁台阶下驴，接过俺娘递过来的小板凳黑瓷碗，高跷着腿坐在俺家堂屋里，喝一口甜水倒一口苦水。

俺爹没工夫搭理李大炮。此刻，北厦房里烟雾缭绕，几

———————————— 竹影流年

根旱烟袋明明灭灭。俺爹、五爷、九叔、刘伯正在酝酿一件大事——起草台班子戏。

二

古镇的草台班子戏据说形成于明中期，几百年绵延不绝。外庄人明明是来古镇赶集，话头上偏要说成来"戏窝"赶集。"恁到南关骡马市上听听腔口，东庄西屯北山南岭过来的骡马叫唤声直来直去，恁古镇骡马叫唤起来拐弯抹角，咋听咋像唱戏，都给品评品评，连牲口都会拐弯抹角吊嗓子，不该叫'戏窝'吗？"

嘿，这话真糙。

"破四旧"那会儿，眼瞅着全套行头被当作沉渣扔进火堆，五爷、九叔、刘伯……一帮票友心疼得刀割一样难受。五爷说，他真想跳进那堆火里烧死拉倒。九叔、刘伯说他俩也有这想法。

五爷票花脸，九叔票司鼓，刘伯票板胡，他仁是古镇草台班的台柱子。那阵子，俺爹干着县剧团副团长，领一帮演员到处唱样板戏。俺爹劝五爷他们："艺不压身，曲不离口，不要荒废了手艺——我就不信咱古镇将来没有重起草台班子那一天。"

俺娘看过草台班子戏，她说："恁五爷活脱脱把奸贼王强演活了。"据说，五爷踩鼓点，应响板，身披蟒袍，腰悬玉带，右手持鞭，头戴金冠，脸化白妆。四个喽啰先是躲在边幕里念白："啊——王大人到此，闲人勿扰！"再依次出场，跑龙套，定位，五爷这才撩袍上台。五爷亮罢相，背对观众摇帽翅，晃臀，轻摆头，举手投足间，把奸雄的叵测心机演绎得酣畅淋漓。

"恁九叔的司鼓打得也不孬，干净利落，嘎嘣脆……"

"恁刘伯的板胡拉得也好，弓一搭弦，咿咿呀呀吱吱扭扭，还能模仿鸡打鸣、恶媳妇骂街咧……"

"娘，窜班子戏好看吗？"我缩在俺娘怀里问。

"嗯，好看得紧。"俺娘捏捏我的小脸蛋，点点头。

我一双小眼睛里扑闪着满天繁星，娘一双大眼睛里摇晃着半弯月亮。自打那个月光如水的夜晚起，我心里就装进一个小小愿望——看一场五爷、九叔、刘伯他们演的草台班子戏。

俺爹苦笑一声，摇了摇头。那年冬寒夜长，西北风在糊着牛皮纸的木格子窗外呼呼叫唤。昏黄摇曳的灯光里，俺爹的脸色和糊在土坯墙上的黄泥一样黄。

1980年的一个晌午，五爷、九叔、刘伯领着一个人进了我家堂屋。隐约听见俺爹管来人叫曹乡长。俺娘那天烧了好几壶开水给曹乡长、五爷、九叔、刘伯几个人喝，他们聊得热火朝天。

我背着书包一进家门，俺爹冷不丁一把抱起我，拉碴胡子硬要往我脸上拱。"想不想看咱古镇的草台班子戏？"俺爹问我。

"想啊，想啊！"我急于躲开那些扎人胡子，回答起来不假思索。

俺爹忽猛松开手，我哐当落在地上，结结实实摔个屁股墩。俺娘不乐意了，数落俺爹："你这人，自个嚣张就算了，咋还连累孩子呢。"

三

古镇要起草台班子戏的消息不胫而走。大家都知道这事是五爷起的头，曹乡长点的头，俺爹扛把子，九叔大拿，刘伯统筹。大约从那天起，五爷、俺爹、九叔、刘伯走路像曹乡长似的抬头挺胸。

我也学着俺爹那样抬头挺胸，赳赳昂昂。黑娃不服，挑战我。我戗黑娃一句："咋？信不信我参恁爹一本，不让恁爹去排练场打秋风。"黑娃一愣。

排练场在文化站大院里，不是谁都可以随随便便去排练场混一口"公家饭"吃。"打秋风"是我从五爷嘴巴里听来的，那天他戗瓜黑娃爹时恰巧被我听到了。黑娃他爹大老粗一个，教啥啥不会，台词扭脸忘，五爷急了，骂他是猪脑子："你呀你呀！吃饭一顶仨，咋教学不会，学啥四不像，不是混日子、打秋风是啥？"

我忽悠老四、新建、狗孬另有妙招："恁仁想不想学跑龙套?"他仁点点头,鸡叨米似的。"那恁仁得替我背书包。""行!"我再也不用自己背书包了,每天放学,黑娃、老四、新建、狗孬抢着替我背书包,小舔狗一般。

演戏需要演员和杂班。五爷和俺爹着手从各个生产队里挑演员选杂班。唱过《穆桂英挂帅》和样板戏的优先录用,敲过锣拍过镲的一律回笼。三奶奶家的巧珍当年饰演穆桂英时还是黄花闺女。五爷找到十几里外的巧珍婆家,巧珍正在奶孩子,一听让她再演穆桂英,巧珍二话没说,将孩子递给公婆,收拾收拾东西就跟着五爷回了古镇。可怜那孩子哭了一夜,巧珍公婆揽着孙子心疼得直掉眼泪,嘴里埋怨:"唉!入戏太深容易痴,谁让你娘是戏疯子咧。"

是啊,这人世间犹如一锅乱炖,每个人如同一道食材,合在一起,炖得活色生香,滋味绵长。乡村仿佛一座舞台,每个人都有自己的角色,凑到一起,便是一场戏。

十里八乡的村主任一听古镇草台班子缺锣鼓家什,不等五爷张嘴,亲自送来:"甭客气,一家人,尽管使唤,这东西闲着也是闲着。"土地分田到户后,生产队能用的家什件件物尽其用,唯独这些锣鼓落满尘灰,铿锵不再。

演员跟杂班五爷召之即来,锣鼓家什也能轻易舞弄到手,唯独行头不好置办。好行头出自苏、沪、杭、京、绍、广,分生、旦、净、末、丑,置办一套行头得厚厚十几摞

"大团结"。

五爷被压得喘不过气来。原本一门心思教演员唱腔身段、手眼身法步的九叔也直替五爷发愁："老哥，咱从哪儿舞弄这笔钱呢？"一杆旱烟袋从五爷手头传到九叔手头。五爷吧嗒几口，九叔吧嗒几口。腾腾的烟雾像心思一样浓稠。

"找曹乡长吧，咱也是没得法了。"五爷狠啜一口旱烟，反手将烟袋锅冲着鞋底磕几下，几滴烟油吧嗒嗒落进了黄土里。黄土朴实，能悄悄把人的不堪藏起来。

傍晚，古镇上空响起高音喇叭声："父老乡亲们哪，古镇要起草台班子戏咧，这是件大好事，咱有钱出钱、有工出工、有粮出粮，攒把劲儿舞弄起来呀！"

俺爹最无脑，见曹乡长带头捐了一个月工资，抵不住蛊惑，扭脸回家寻俺娘要钱。俺娘不给，俺爹急了，眼珠子死死盯着堂屋里的粮券，红眼狼似的说："放句痛快话，给还是不给？不给，我祟粮食。"

"戏是你爹，还是你娘？日子不过了？"俺娘嘤嘤地哭了。

"这世上原本有许多来往，但大抵都像从来没来过一样。可起草班子戏不一样，这玩意儿入人脑、拴人心、凝人力，是咱古镇的文脉乡魂，能让人念想一辈子咧。"

俺爹不轻不重甩出口的这几句话，让俺娘软了心肠，止了泪眼，不再纠缠执拗，给了俺爹三十块钱。

天哪，三十块钱！那可是俺娘积攒下来准备盖临街房的钱啊。俺娘一向抠唆，从来不舍得大大方方给我一分零花钱。学校门口卖冰棍的罗圈腿明明知道我没钱，总故意拖着长腔勾逗我："冰凉爽口的冰棍来了，一分钱一根，不甜不凉包换咧。"我心想，若是俺娘肯把那三十块钱给我，我可劲儿买一夏天甜冰棍，能把恁那两条罗圈腿馋瘸喽！

　　李大炮家爆发了一场异常激烈的"战斗"。新建他爹不像黑娃爹脸皮厚，实在不好意思在公家灶上打秋风，畏缩缩回到家同李大炮商量："好媳妇，咱也捐点呗？"
　　"捐啥？捐屁，还是捐西北风？"
　　"捐臭屁顶啥用？捐西北风顶啥用？"
　　"那就把我捐了呗！"
　　"你这娘儿们，成心噎人吗？"
　　你来我往，针尖对麦芒，不大一会儿，两口子撕扯得鸡飞狗跳。
　　打蹿了男人，李大炮反倒觉得自己委屈，夹着哭腔来寻俺爹评理。实话实说，俺爹和新建他爹一样怵李大炮，怕自个儿应付不了，拉俺娘帮衬。
　　俺娘不等李大炮开枪放炮，抢她一步先声夺人："李大炮，俺平素惯你是念你直肠子，性情人，今儿个你敢胡搅蛮缠耍威风，可别怪姐姐不客气。"

俺娘人高马大，连生产队的棒小伙都轻易不敢招惹她，李大炮晓得俺娘手段，气焰消退不少。

"李大炮，大年下人家热热闹闹看社戏，你家不捐一分钱一斤粮，咋有脸往人堆前立站？咋有脸往戏台前立站？"俺娘指头捣着李大炮说。

俺娘的话重锤一般捶在了李大炮的心坎上，李大炮低垂下头回了家。第二天，新建他爹气势汹汹地扛着一大袋小麦送到了文化站。

多年以后，我回乡看望五爷，提及捐钱起草台班子戏这茬儿，老人家泪眼婆娑："感人哪！咱古镇人愣凭着一腔热爱，白手起家，一碗米一勺面、一分一厘兑齐了买行头的钱，了不起咧。"

四

五爷、九叔、俺爹、刘伯和县剧团的箱师商量来商量去，最终决定去西安置办行头。八百里秦川盛行秦腔，河洛地区兴唱豫剧，秦腔主喉，豫剧主唱，剧种各有千秋，行头大同小异。与苏、沪、杭、京、绍、广的精致昂贵相比，西安行头价格公道，实惠耐用，接地气。

动身去西安的头天晚上，俺娘将厚厚几摞"大团结"缝在俺爹旧中山装前衣襟里，反复叮嘱："出门谨小心，老少爷们儿的血汗钱，大意不得啊。"

记忆里，俺爹和九叔那趟西安之行大概去了半个多月。那时候，小孩子家根本不晓得俺爹和九叔出门在外的奔波之苦，根本无法想象俺爹和九叔揣着来之不易的钱财在城里人略显鄙夷的眼角余光里低三下四讨价还价的隐忍和尴尬，更不可能体会俺爹和九叔风餐露宿节俭毛儿八分的那份朴实和坚韧。但我却从来自古镇街头巷尾的热切期盼中，从俺娘、五爷、刘伯站在村口往西北方向的久久张望里，觉出俺爹和九叔都是很了不起的人，为他俩在干一件了不起的大事而暗暗自豪。

　　古镇东南角的古戏台荒废了多年。旧时光里，晋陕巨贾仗义疏财德行善举，为古镇留下一座山陕会馆。古戏台在会馆内侧，时光坍塌了原本的雕梁画栋琉瓦覆脊，只剩被风雨剥蚀的土墙突兀而立，仿佛一部残缺不全的剧本；台基周遭的石缝里苔藓苍幽如歌，伶人一般感叹黄粱浮沉红尘跌宕；几丛野草几棵荒藤茂盛得自在坦荡，与清风缠绵悱恻，同流云纠葛不休。

　　五爷领着一帮劳力稳固了台基，垫平了台面，加高了土墙，起了木脊梁，再从粮库借来大帆布严严实实蒙住，一座简易戏台横空出世。

　　"咦，真不赖！"曹乡长左看右看，挺满意。

　　农电站的胖站长派来俩电工，爬电杆、布电线、安灯座、装灯泡……天色一暗，推上电闸，五盏千瓦白炽灯泡瞬间将戏台照得白昼般亮堂。"咱社戏演几场,俺保证电灯泡亮堂几晚上,说话算话。"胖站长胸脯拍得通通响。

夜晚,从帆布缝隙里逃逸出的一些光斜刺向夜空。那些光在黑夜里格外醒目,仿佛古镇人一副副结实有力的臂膀。草台班啊草台班,您哪来的恁大魅力呢?您咋让一个个庄稼人魔怔了呢?

拉行头的四轮拖拉机一停稳,古镇顿时沸腾了。百十号人将拖拉机围得水泄不通,大家都想第一时间看一眼那些新行头。大大小小十几个漆绿漆的木头箱子将车斗装得满满当当。最大的木头箱子近两米长,箱子上打着金灿灿的铜扣,挂着铜锁,厚重结实得需要四个人抬。九叔说那只木箱里装着雕翎雀尾、燕翅凤冠、金钗银饰,金贵得很。

五爷说:"后天晚上试装,大家趁早过来饱眼福哟,来晚了怨不得别人哪。"大家伙儿这才恋恋不舍,渐渐散去。

"啥叫试装?"黑娃问我。我哪里晓得,慌忙跑回家问俺爹。

俺爹宠溺我,怕我听不明白,讲得特别细致:"人有人衣,戏有戏装。豫剧戏服大概分几大类,第一样叫蟒,圆领、大襟、大袖,长及足,满身纹绣,上云龙,下海水,帝王将相才能穿蟒。蟒又分男蟒、女蟒。女蟒短,绣龙凤,后妃、贵族妇女戏里穿它;皇帝穿黄蟒,臣僚穿红蟒;性格粗犷的侠客武士穿黑蟒、蓝蟒;书生俊雅,得穿白蟒、粉色蟒；年老人穿古铜色或香色蟒。无论穿男蟒、女蟒，都得腰围玉带。听明白没？

"第二样叫官衣，也叫文官服，样式仿蟒，圆领大襟，没有通身纹绣，胸前和后心缀方形补子各一块，上绣仙鹤等飞禽，颜色有紫、红、蓝、黑等。官衣跟着官阶大小来区分，宰相、国老等大官着紫色，巡按、府道等着红色，知县等着蓝色。黑官衣被驿丞门官穿用，又称素服。女官衣比男官衣短几指，颜色有红、秋香色两种。一品夫人穿红官衣。戏里有结婚场面时，扮演新媳妇的演员也可穿红官衣。听明白没？

"第三样叫箭衣，圆领、大襟、马蹄袖或敞袖，前后开衩齐腰，长到脚面。舞台上的皇帝、高级将领、一般武士、绿林人物都能穿箭衣。箭衣分龙箭（上绣龙纹下绣海水）、花箭（上绣团花）和素箭。龙箭只有皇帝、高级将领才能穿，一般武将穿花箭，公差、老军穿黑、蓝素色花箭。听明白没？

"第四样叫靠，又叫'甲'，圆领、紧袖，和箭衣一般长，分前后两片；上衣、下衣及两肩绣鳞纹或丁字纹；中部靠肚略阔，硬里，凸起，绣虎头纹或龙纹；背间有一虎头形的背虎壳，可插四面三角形靠旗；腿部有两块护腿，叫靠牌。靠分软靠、硬靠两种，软靠不用靠旗，依豫剧人物的性格、身份、年龄和脸谱区分靠的颜色。女靠从腰到脚面缀彩色飘带数十根，胸前加护心镜。靠最好看，过几天演《穆桂英挂帅》你就能看到恁巧珍姨身上的靠啦。

"第五样叫翎子，俗语也叫鸡毛翎。豫剧中有番王、番将、山大王、妖精等角色，也有吕布、周瑜等英雄，这些人盔头上都得插一对翎子。听明白没？

"第六样叫盔头，大体分为冠、盔、巾、帽四类。冠是帝王、贵族的礼帽；盔是武职人员所戴；巾，多为软质，属于便服；帽子比较复杂，黄、蓝、白、紫、草青……名目繁多。跟盔头配合需要很多附属东西，比如驸马翅、翎子、狐尾等。

"第七样叫靴，靴有高方、朝方、快靴、虎头靴等。厚底靴也叫高方，高腰，方头，底厚二三寸，黑缎面，白底；生角、净角穿蟒、官衣、靠时，为了显示庄重威严，一律穿高方。靴底稍薄的叫朝方，文丑角色穿它。快靴半高腰，薄底，侠士穿它。虎头靴前端饰有虎头纹，武生穿它用于武戏开打。

"第八样叫罪衣罪裙，立领、对襟、普通袖，红色，布质，犯了罪的人过堂时必须穿它。听明白没？还有那啥……算了，过两天再给你讲吧。"

我听得津津有味，夜里做了一个奇特而美妙的梦——那些花花绿绿的戏服被我换来换去，五爷和俺爹给我打下手，慌得一头汗。

星期天，我、黑娃、新建、狗孬、老四扒在墙头上看排练。指着穿蟒袍的五爷，我说："快看，这是箭衣。"五爷听不得胡咧咧，铰我："胡说啥呢？扒一边去，再张冠李戴，小心唤你爹揍你。"我冲五爷吐吐舌头，出溜下墙头，跑一边捉迷藏去了。

　　天蒙蒙亮。顺阳河边人影绰绰，有咿咿呀呀吊嗓的，有下腰劈叉的，有来来回回对练刀枪棍棒的，有练车轱辘小翻的……那些没有一分钱报酬的男女演员在薄如轻烟的晨曦里，起得比鸟早，勤奋得令人心疼。

　　演员们上彩妆，着戏衣，走全台，合了唱腔，五爷挺满意。俺爹也觉得大家上台不怵场、念白不掉板、合腔不忘词、打斗不失手、龙套不走样，再打磨打磨，就能定下日子开锣唱戏了。

　　俺爹特意请县剧团的台柱子和司鼓来古镇指导了几天。扮演穆桂英的巧珍得了真传，出场飒爽英姿，有模有样。刘伯的板胡也被县剧团的头把弦反复调教过，大起板、行板、西皮流水拉得流畅自然有板有眼。九叔起手一阵急急风，那两根司鼓槌上下翻飞，鼓点时而舒缓，时而暴风骤雨，看起来眼花缭乱，听起来万分过瘾。

　　我和黑娃、新建、狗孬、老四没事就跑到排练场瞧热闹。热闹瞧多了，跑龙套的套路被我们摸得门清。我们在打麦场上照葫芦画瓢跑了许多回，屁溜熟。五爷有一天心血来潮，招呼正在排练的演员们说："来，来，咱们请小演员们跑一趟龙套瞧瞧吧。"一群人跟着五爷起哄："好啊，好啊！"

看热闹起哄是人的本性，人啊人，只嫌热闹小，不嫌热闹大。

司鼓起，小锣响。踩着锣鼓点，黑娃打头，新建殿后，我、狗孬、老四游走在中间。出场亮相展目圆眼，横掌压腕，走场侧脸正身，麻花穿插，定场稳如松静如钟纹丝不动，我们演得行云流水。

一阵喝彩。

五爷捻着下巴底下那一撮山羊胡若有所思："别看娃们小，人小窍足，说不定，哪天还能露脸出彩，赚大掌声咧。"

曹乡长也在，他对五爷说："乡村艺术后继有人咧，你和娃们都是传承人。"

古镇地邪，说啥啥来。不承想，一个多月后，五爷的话竟然一语中的。

五

《穆桂英挂帅》定在正月十五晚上演，海报一大早贴满了十里八乡通往古镇的大小街口。庄稼人闲暇，一听草台班演《穆桂英挂帅》，还有县剧团的名角来串场，十里八乡炸了锅。

戏台前人山人海。古镇的治安队队员全部出动，十几个队员胳膊上裹着红袖章，人手一根一丈多长的带梢青竹竿"扩场子"。黑娃瞅准机会领着我们从帆布篷缝隙钻进戏台，藏在了九叔屁股后头那堆大木头箱子的角落里。九叔扭脸看到了我们，没吱声。

舞台上，"杨文广"正和"王伦"比武呢。杨文广故意落败，拖着亮晃晃一口大刀作势下场。那王伦不依不饶，撩袍掀带紧追不舍。眼瞅着杨文广就要使出回马三刀，将王伦砍于台上，节骨眼儿上，舞台上的五盏千瓦灯泡齐刷刷灭了。

老辈人传说草台班子的舞台很邪性。传说这东西像雾像雨又像风，说的有鼻子有眼，但看不见摸不着。譬如，破月楼（新建戏台开演的第一场戏）要演武生戏压台，要杀白公鸡镇台……不信你看，五个灯泡齐刷刷一下子瞎了两对半，不是很邪性吗？

五爷慌忙给供奉在戏台后方的关帝爷上了一炷香，一转身，暴跳如雷地骂起了农电站站长："神不添乱鬼添乱，一条大前门烟没送过去打点，惩动不动就拉闸，日弄人的鳖孙货。"

"不像是农电站日弄人，像是灯泡瞎了。"跑龙套的二奎提醒五爷。

"小祖宗咧，那咱赶紧换呀。"抬头望着木架梁，五爷恨不得手脚并用爬上去。

跑龙套的都是年轻小伙子，个个身轻如燕。大幕迅速合拢，舞台上支起一架木梯，二奎猴一般三下五除二换好了第一个灯泡，接着换第二个、第三个、第四个。眼看大功告成，突然咔嚓一声，二奎脚下的梯子撑莫名其妙就折了，整个人瞬间从高处跌下——地面被二奎砸起一股尘灰。

九叔慌忙招呼人将一块床板抬到舞台上。摆放好二奎，跑龙套的几个小伙子抬起床板火急火燎往乡卫生院方向冲去。

"咱这戏要不要接着唱呢？"刘伯小心翼翼地问五爷。

"戏比天大！不唱能行？可咱缺了跑龙套的，咋唱？"五爷看了一眼九叔，又走到台角撩起幕布看了一眼戏台下黑压压的人群，一筹莫展。

"救场如救火，咱现抓弄几个跑龙套的，行不？"九叔急中生智。

"啥，你说啥，咱还能现抓弄来跑龙套的，哪儿呢？"五爷圆瞪双眼，像瞅见了一根救命稻草。

九叔指了指缩躲在戏台一角的我、黑娃、狗孬、老四、新建："瞧，这不是一帮现成跑龙套的？"

"天哪！咋忘了这几个活宝咧。"五爷一拍脑袋，"定下了！咱就玩他个出其不意！咱就让这几个活宝上台跑一趟龙套！"五爷的语气斩钉截铁。

那场戏唱得真叫精彩。几十年过去了，上岁数的古镇人还念念不忘那场戏。

跑龙套的五个小孩脸上团着大大白粉圈，抹着妖艳艳红嘴唇，眉宇间贴着圆彤彤的胭脂点从戏台角鱼贯而出。乌压压的观众蓦地一怔，接着，一阵惊天动地的喝彩声铺天盖地响了起来："好——好——"

喝彩声差一点儿将那座戏台掀翻，暴风骤雨般的掌声二里地外隐约都能听得见。

俺娘、狗孬他娘、黑娃他娘、新建他娘、老四他娘各自吃了一惊，她们纷纷从人堆里奋力挤到戏台前，先是不相信自己眼睛，继而，一个个笑吟吟地看着戏台上的我们。

《穆桂英挂帅》演罢，五爷拉着我们在戏台上同演员们一道向观众谢幕，引发一阵雷鸣般的掌声。再鞠躬，又一阵雷鸣般的掌声。

李大炮腾一下蹿上戏台，没羞没臊地一把扯过新建，两片大嘴唇啪一下亲在了儿子的白粉脸上。李大炮还想亲我，我吓得扯起狗孬、老四、黑娃猴子似的跳下戏台，撒丫子往人堆后面跑去了。

一片哄堂大笑。

乡　歌

震旦纪，熊耳山成。越太古、元古、古生、中生、新生五代，历"五世同堂"，万方山成。

远古，洪涝成灾，鲧、禹父子二人受命于尧、舜二帝，任崇伯、夏伯，治中原水患。禹开龙门，水退，地出。

伏牛南卧，北望熊耳、东会外方，三山耸峙，高处峰峦叠嶂，低处水草丰美。

云飞渡，水自流，人繁衍，千年不息。

水

《水经注》载："洛水又东，径寿安山之东，迤南为鹿蹄山，亦曰半壁山，甘水出焉。"鹿蹄山在宜阳县东南方向，从鹿蹄山往南十余里，有一条顺阳河，顺阳河不宽，蜿蜒萦纡，先入伊河，再穿越伊阙龙门与洛河交汇，之后向东，七扭八拐涌进了黄河。

两千多年前，陆浑戎自西域迁至中原，在顺阳河畔刀耕火种，生息繁衍。

春秋争霸，陆浑戎作为被讨伐的对象出现在历史中，不幸成了楚庄王鼎中原的俎上鱼肉。我不禁为戎人的命运扼腕叹息。

可陆浑戎只是活在古籍里的影子，那些影子模糊得就像氤氲在顺阳河上的轻雾，虚无缥缈。

近两年，顺阳河畔陆续出现了大小不一的盗洞，这一现象引起了文管部门注意。勘探后，很快发现了两百多座春秋墓葬、八座车马坑、三十余座灰坑、十余座烧窑和一座古城，古籍中的陆浑戎第一次在现实中清晰起来。

陆浑戎墓地位于徐阳村南岸台地，依河谷呈带状分布，总面积约二十万平方米，出土有整套的编钟、编磬，发现了"天子驾六"车马坑，还有数量众多的骨贝及陶、玉、金、玛瑙、漆器，用实物证实了春秋"戎人内迁伊洛"这一历史事件。

土

古老的河流从远方裹挟着泥沙奔腾而来，兴许累了，泥沙沉积下来，变成沃野。强劲的西北风掠过黄土高坡，漫天灰尘飞越关山，飞不动了，落在顺阳河两岸的沟沟坎坎上。

　　　　　　　　　　　　　　　　————————竹影流年

黄土厚重深沉，几万年沉淀，几万年堆积，取不竭，用不尽。

挖撷黄土，拢成小山样一堆，撒上麦秸麦糠，闷水泡透，脚踩耙耧，和成软硬适中的泥；再将木模子填满泥，脱成宽厚规矩的长方形坯；撤去木模子，让坯在太阳底下暴晒几天，干透僵，撬起来，一捧黄土就变成了盖房垒墙的泥坯。

高高隆起的烧窑升腾着炽烈火焰，黄土做成的柱窝砖、筒瓦、滴水、脊兽相继入窑，黄土像被施了魔法，经匠人一番揉搓扭捏，入窑土色，出窑青灰，一件件透着拙朴灵性。

房檐下的土坯墙上挂着红透的辣椒串，金黄的玉米棒子、紫皮的大蒜，还有几件农具。黄狗卧在大门口，黑猪趴在圈里，青骡子五花马拴在槽头，牛在有滋有味地反刍，鸡鸭在院子里悠闲地踱步，袅袅炊烟从院子一角升起，花儿一样袅袅融入蓝天白云。黄土为乡村润好了底色，广袤的原野像打翻了的调色盘，一季盈绿，一季火红，一季金黄，一季雪白。

女主内，男主外。黄土地上生活的人，身板硬朗，心眼实在，一倒头，囫囵觉能睡到天亮，端一碗土灶烧出来的饭菜，远远一股扑鼻香。半晌，蒸好的热馒头、煎好的荷包蛋被女人们送到打坯场。男人们撂下家什，围坐一起，吸口烟，喝口茶，吃点鸡蛋，嚼点馒头，打句哈哈，说点段子，热呵呵的感情在打坯场上闹腾腾地弥漫着。

拉土、和泥、脱坯、垛垛，哪一样都是力气活，从筹划建房，到乔迁新居，一个流程下来，小户人家差不多得两三年。二婶家人丁兴旺，四个肩宽腰圆的小伙子打头阵，七大姑八大姨齐出动，谷雨扎势，小满收尾，三间轩敞大瓦房吹糖人似的建成了。

"啧啧，男娃多好哇！亲戚多好哇！"见大伙儿眼羡，二婶嘴咧得葫芦瓢似的，走路昂首挺胸，仿佛一只领着一群叽叽喳喳叫唤鸡仔的芦花鸡。

打好的墙坯怕雨淋，垛顶用谷秸遮盖严实，再抹上一层黄泥，一垛垛码放在场院上。没上墙之前，厚实的坯垛是麻雀、老鼠和我们的乐园。麻雀躲进垛缝里孵出一窝蛋，老鼠爬进垛缝里生下一窝崽。我们挤进垛缝里躲迷藏时，顺手拿走热乎乎的麻雀蛋，抓出没长毛没睁眼叽叽叫唤的小老鼠崽。大人见了哈哈一笑，瓦片头上轻轻敲一个糖栗子，夸我们，"不孬，知道除四害咧"。

泥坯出力流汗或者邻里搭把手就能备齐，盖房用的砖瓦、滴水、脊兽就得花钱买了。砖瓦质量的好坏，多多少少彰显着庄户人家的殷实程度，房檐滴水和脊上瑞兽的孬赖，或高或低标示着不同人的不同身份。两家媳妇当街吵架，分劝不开，翘着一撮白胡子的二爷拄根拐杖来了，抬手指着闹得最凶的媳妇训斥一句："人家房脊坐两头狻猊，你家光脊没兽，赤巴脚上房，不嫌害臊，闹啥咧？"

那媳妇望一眼二爷，低垂下头，羞红了脸，一声不吭扭身便走了。

揭皮扇脸，抖落家底，看似粗暴无情，却比那些礼义孝信的教条顶用。乡村里的道理啊，有时候谁能说得清掰扯得明呢？

地面铺砖，墙角起灶，屋头盘炕，新房子里似乎哪一样都离不开黄土。一切铺排停当，竹箩头里装满新鲜黄土，吊上高高的梁头，静等披红挂绿的新娘进门。踩了红布，跨过火盆，摘下房梁上的竹箩头，注定女人这一辈子嫁给了黄土，也注定女人生养的孩子沾染着泥土的气息。

那些集土成房的日子渐行渐远，如同撕去的一页页日历和母亲鬓角的一根根华发。

二婶早已没有了当年的神气，佝偻着腰叹气："唉！养儿防老，谁说的骗人鬼话？"

故乡那厚厚的黄土还在，只是赤膊的年轻后生们已背着行囊一个个去了远方。

依然有人眷恋黄土。那天参观博物馆时，一组名为《黄土地》的泥塑深深吸引了我——熟悉的院子，熟悉的碾盘，熟悉的猪圈，熟悉的玉米、辣椒、大蒜，熟悉的农具，熟悉的父老乡亲……泥塑的作者正好在，90后，美院毕业。

"农村出来的？"我问。

"是咧。"他答。

还想再问点别的，他已匆忙离开，留给我一个真实却有点恍惚的背影。

变

西济河、中济河、东济河逾古镇而过。跨河而建的三座石桥全由青条石砌成，长拱如虹，桥栏上雕饰的石猴石狮圭臬绳墨，一矗百年。

远去的时光里，老人们在桥下悠闲地摇着蒲扇，孩子们在清清溪水里捉鱼捉虾，妇女们在溪边洗涮着衣服，牛羊自由自在地从石桥上慢慢走过。那一幕幕风景，那一帧帧画面，刻在古镇人的记忆里，留在古镇人的脑海中，成了萦纡不去的悠悠乡愁。

西草场、骆驼场是打尖喂牲口的地方，蔡家店、郭家胡同里酒肆饭铺最多，卖草桥可以交易杂货，扳倒井水最适宜远乡人濯足洗尘，涤荡旅途烦恼。中街上有票号数家，方便兑换银两，取纳盘缠……一条条老巷，穿梭过南来北往客，一座座老屋，聆听过声声驼铃，歇息过丝路商帮。

古镇人习惯以中济桥为界，将东、西、南、北四个方向唤作东关、西关、南关、北关。东关舞狮造型凶悍，动作刚劲有力；西关火龙须眉张扬。早年闹社火，老辈人守着"东关狮子不过桥，西关火龙不越界"的老规矩。元宵节那天，两厢社火遵循规矩会集中济桥东西两侧"斗艺"，一时间锣鼓喧天，鞭炮齐鸣，摩肩接踵，热闹非凡。

改革开放后，舞龙舞狮渐渐不再是社火主角，妙趣横生的跑旱船、妩媚的扭秧歌、妖娆的打腰鼓吸引着人们的脚步。一群乡村姑娘们组成的模特队最为惹眼，她们旗袍红伞、朱唇云鬟，顾盼生姿，款款而来……

蔡家粽子、杜家麻花、乔记卤肉、魏家烧鸡，分别掌控着古镇人的味蕾，让每一位古镇游子，魂牵梦萦着这些家乡美味。今天，婚嫁迎娶、满月定亲、贺寿乔迁等事务轮番在一家家酒店里演绎，奶茶、汉堡、炸鸡、蛋挞等西点也成了乡村美食，传统酒席和西式美味交相辉映，古镇人的餐桌一天比一天丰富。

古道早已变成了宽阔平整的柏油路，公交车一个多小时就能到达洛阳市区，或者伊川、宜阳县城。推上购物车进超市买买买，开着私家车到外面的世界看一看、玩一玩，在年轻人中已成时尚。

连接二广高速和连霍高速的新伊高速与古镇擦肩，高速出口就在西济桥旁边，来一场追寻诗和远方的旅行，已不再是梦想和奢望。

自来水接了，路灯亮了，污水管道通了，天然气管道架了，苗木栽了，文化广场开放了……

清朗夏夜，有人在小广场上翩翩起舞；东方渐白，有人在田野里健步如飞；暮色四合，乡村里也有霓虹闪烁，烧烤飘香……

北岭上的滴灌管已铺设完成，冷库的钢骨梁也已成形。年轻的党委书记和镇长雄心勃勃，除了眼前即将投产的这3500亩蔬菜基地，他们还在规划万亩中草药基地，打造商贸物流重镇，还要奋力建设河南省乃至全国乡村振兴示范乡镇……

古镇在变，正变得越来越富裕，越来越祥和。

归

没有离开家乡的人或许难以想象游子对于根的留恋，如同北方人难以想象南方人对于海的痴念一样。

家乡话里，一件事情后面加上一个"走"字，便包含了明确的目的，譬如"赶集走"（相约去集市上的意思），"上学走"（背起书包和小伙伴们上学的意思），"去东坡走"（去东坡上干农活的意思），"喝汤走"（到飘着香味的羊肉汤馆里喝汤的意思）。

东寨门和北寨门外各有一条土路通往东坡。出寨门后的两条凸凹土路，直通到东竹园南头后拢归到一起。路口处有一座用几块青石板横成的小石桥，从东竹园流下来的一股清水，顺地势沁润了一小段路面。遇上雨天，小石桥西头常常泥泞不堪，下地人的鞋子难免被黄泥粘掉，这座小石桥遂得绰号——掉鞋桥。

小时候，母亲总打发我跟着锁卫哥、哑巴、老何头他们一起去东坡放羊。出了东寨门，一过掉鞋桥，几家的羊自然拢成了一群，在哑巴家那只长犄角公羊的带领下，不用吆喝也不用管，十几只羊撒着欢地往东坡上奔跑，一溜烟似的。

我在东坡上挖过地丁、蒲公英、防风、伸筋草、瓜蒌，抓过蹬倒山蚂蚱、蝈蝈、蛐蛐，品尝过罗罗葱、野小蒜、黑老鸹眼、红柿子、野酸枣、马宝蛋儿，还和哑巴搭伙围捕过一只野鸡。那只浑身长满了华丽羽毛、拖着长长尾翼的野鸡非常机警，眼看着就要落入我俩手里了，它却猛然一冲，挥一挥翅膀，咯咯叫着，得意地向下边的田地里飞去了。

多年以后，那只野鸡在天空中划过的弧线，不经意间就会浮现在我的梦里；和那只野鸡一起浮现的，还有哑巴跳着脚，咿咿呀呀比画着埋怨我的那张赤红脸。

东坡下是连片的水浇地，收获的麦子、玉米一年年丰满了农户家的仓廪。东坡上地势平缓，通风向阳，出产的绿豆、豇豆、芝麻、红薯等杂粮，调剂着庄稼人的肠胃。将东坡上出产的豇豆绿豆熬汤后，下入一指半宽的白面片，汤味滋润绵香，面条软糯可口，一家人能多喝好几碗。将地里挖出来的红薯切片晒干后磨成红薯面，经巧妇们的手一擀，拌上蒜汁、辣椒油、香菜、熟芝麻碎，就成了古镇人最爱的筋道爽口的手擀红薯面条。东坡上长出来的芝麻、花生、油菜、油葵压榨成的油料最是醇香，跟着游子的脚步走过千山万水后，驻留在了异乡异域，勾逗着一个个游子的悠悠思绪，绵绵乡愁。

东坡顶上是一块平整的土地，有近五十亩。风水先生说"平顶地出皇帝"，不知道是真是假，反正这话有人信，地里老坟头多，与风水先生们"忽悠"相关。

小媳妇们胆小，上平顶干活算是一件提心吊胆的事情，往往要几个人结伴前往。东关的老碨头爱开玩笑。有一回，老碨头反穿着一件羊皮袄躲进了坟圈里。日上两竿时，几个小媳妇上了东坡，老碨头从坟圈里探了探身子，眼尖耳聪的小媳妇看见了坟圈里的"怪"东西，"妈呀"一声尖叫，几个人飞也似的逃下了东坡。

平顶上闹鬼的谣言越传越邪乎，没有胆量的人不敢一个人上坡顶干活。老碨头"似乎"不信邪，他偏挑黎明前上东坡，天擦黑时才从东坡上大摇大摆着下来。东关人都说老碨头胆大，老碨头笑而不答，临咽气前，老碨头才告诉了老婆子平顶上闹鬼的秘密，气得老婆子一叠声骂："老不死的！

作精呢，鬼是你能装的？"

算是命运弄人吧，不管情愿或不情愿，主动或者被动，高中毕业后，老天爷安排我种了几年地。当我手里紧紧攥着光溜溜的锄把或者握着寒光闪闪的镰刀在地里出力流汗时，对于未来和前途，我曾经茫然过。

每一次在平顶上干完活，把磨砺得亮光闪闪的锄头杵在地里，我心有不甘地站在坡顶上往远处眺望。南面有九皋山、磨钟山罗列在原野的尽头，西面是黑山高耸，北面则有半坡山巍峨，三山环绕之中有一块狭长的盆地。能看见顺阳河的粼粼波光在镇子的南边闪耀，一条车马路从盆地的东头延伸过来，像白练一样飘过古镇，又向西飘失在了烟云深处。可这条看似普通的车马路，却是历史上有名的"荆楚晋陕"古道啊！从南方来的丝绸在洛阳南关下了船，经伊河漕运到彭婆码头后，转陆路过白杨，向西北穿陈寨沟，越过函谷关，再西进商洛，辗转河西走廊，最终到达了恰克图。看着眼前的风景，我知道我的梦想不能泯灭在这块黄土地上，我的心早已经伴随着古道上的贩夫走卒、辚辚马嘶、悠悠驼铃飞向了远方……

几年前，上东坡的两条土路变成了水泥路，路面也平整宽阔了许多。修路时，掉鞋桥上的那几块青石板被吊了起来。石板一翻个，人们惊奇地发现，其中的一块石板竟然是清中期的刻字石碑。这块石碑后来被运到了东关的夫子庙里，底部稳固上一个碑座，立在廊檐下供人观瞻。我家老宅就在夫子庙旁边，那块石碑被我摩挲过很多遍。抚摸着石碑上的一个个文字，就像抚摸着祖先的皮肤一样，尽管粗粝，但粗粝之下，似乎有一根根沧桑的血管在汩汩地律动，有一缕悠悠的文脉从历史深处悄然而来。

父亲的坟茔紧挨着高速公路路基，迁坟成了必然。为故去三十多年的老父亲选择新坟地时，思来想去，平顶上最合适。挑个日子，细细致致干了一天，黄昏时，一座坟头落成了。我指着新鲜的封土笑了笑，对妻子说："叶落归根，这地方要成咱俩的窝了。"

妻子睒我一眼，沉默了一会儿，没说一句话。

仔细想想，人这一生挺短暂的，年轻时四海为家，到处拼搏，老去之日，却不免俗套地依恋起家乡的这片土地来。自己算是一个幸运儿吧，城市里的那个家好歹离故乡不远，隔三岔五就能回来一趟，陪伴一下耄耋之年的老母亲，顺脚也能到东坡上走一走，看一看。

呼吸一口山野的风，沾一沾草尖上的露珠，踩一踩生机盎然的黄土地，摸一摸沉甸甸的庄稼，感觉家乡的一切如此美好，如此亲切。

挥不散母亲的炊烟，忘不掉父亲的身影，回归黄土，是宿命，也是幸福。

——————————— 竹影流年

露华臻浓

四月的菏泽春意盎然。

徜徉在曹州牡丹园，一丛丛一簇簇牡丹花开胜日，姹紫嫣红，赏心悦目。或淡或浓的花香在空气中涟漪一般氤氲荡漾，眼随花动，心旷神怡，意伴花摇，令人沉醉。

此行菏泽，我和来自各省的散文名家们心里还巴望着另一道风景——曹县汉服。

曹县在菏泽西南，一县傍三省，与河南毗邻，距江苏、安徽咫尺。黄河曾在这里恣肆流过，岁月更迭，白云苍狗，留下一条古道几多回忆，还有一方沃土和瓜瓞绵绵的人间烟火。

车进曹县，扑面齐鲁风。都说曹县人杰地灵，钟灵毓秀，果不其然。一块块麦田绿云似的铺陈在广袤的原野上，长势旺盛，生机勃勃。油菜花稍显落寞，那些曾经缤纷喧闹的金黄斜挂枝头，点缀着仲春。街头偶然闪过几丛牡丹，尽管零星，亦是主角。一场细雨将鳞次栉比的高楼大厦淋漓得格外静爽，更显整洁气派。泡桐花开得鼎盛，累累一树繁花醉了风景，幻化成大自然调色板上的那一抹抹一点点优雅粉白。

我居黄河中游的洛阳，曹县处下游，共饮黄河水。约从前年起，汉服遽然火爆，一位位着汉服、贴花黄、梳云髻、别簪花的小姐姐灵动可人，美若天仙，穿梭往来于洛阳的地铁、公交、街巷、各个景点。元夕夜，明月高悬天宇，古都靓女如云，宝马雕车香满路，凤箫声动，一夜鱼龙舞。出产汉服的曹县和洛阳、西安等诸多网红打卡城市一道频频出圈。红透网络的曹县被称为"宇宙中心"，承接泼天富贵，站在一波又一波流量顶端。

大女儿年前出嫁，一条马面裙加一套汉风礼服为身材高挑的大女儿增彩不少。二女儿不由得羡慕嫉妒姐姐，一听我来曹县采风，反复叮嘱："爸，捎两条好看的马面裙和汉服呗，相信您老人家的眼光哟。"俏皮归俏皮，玩笑归玩笑，娇闺女的话焉敢不答应？

谁让曹县马面裙和汉服声名远播呢。《抖音电商女性消费趋势数据报告》公布的一组数据格外亮眼：过去一年，女性用户在抖音电商消费马面裙的订单量同比增长 841%；开年以来，以马面裙为主的曹县龙年服饰在春节期间销售额超过 3 亿元；整个一季度，马面裙网络销售额逼近 9 亿元。

竹影流年

简直令人咋舌。

尽管提前打过招呼，"洛如嫣"老板娘姚驰行女士仍难以脱身接待我们——她太忙了。"洛如嫣"展厅在山东极智生活科技产业园主楼二楼，5000平方米的场地，4000款汉服。徜徉其间，如同一条鱼游进了汉服海洋。展厅旁侧一列六个直播间，镜头前的主播们落落大方，无疑，定是汉服赋予她们自信，马面裙带给她们魅力。

"火出抖音后，在曹县每个人都有汉服梦。"这句话出自《中国新闻周刊》。记者看到的和我们看到的应该一模一样，若非置身其中，曹县汉服研、产、销的火爆难以想象。展厅内人流熙攘，结账台一派忙碌，导购忙里偷闲持自拍杆线上销售，"家人们，这是最最新款的汉服，隋唐风，雍容华贵，看中样款的请扣2，下方有小黄车哟。"

嘿，真老练。

在汉服制作车间，偶遇来给儿媳帮忙的曹县木雕国家级非遗传承人蔡秀芳。1962年出生的蔡秀芬相貌敦厚，思维敏捷，长于表达，不折不扣的曹县名人。

随即来到蔡秀芬创设的山东曹县云龙木雕工艺有限公司。摆放在入木三分创新中心内的一件件产品刀法细腻，精美绝伦，花鸟虫鱼栩栩如生，山水人物飘逸大气，彰显出浓郁独特的木雕艺术魅力。大家夸赞蔡秀芳。老太太反倒哈哈一笑："千万别听他们瞎说，我可不是名人，就是个做木工活儿的老太太。"恁瞧瞧，多谦虚，多自信，曹县人秉性。

泡桐生长速度快且不易变形，但质地轻软，更不是名贵树种，在其他地方很少用于雕刻。曹县人化腐朽为神奇，以木为纸、以刀代笔，不仅用传统技艺唤醒了泡桐内涵，也在传承中开启了财富之门。如今，曹县木制品蜚声海内外。

徜徉曹县，流连忘返。这个看似普通的小县城，拥有发达的实业和电商经济，2023年汉服网销额达到72.2亿元，增长44.3%，线上线下销售总额突破百亿元大关，占全国的40%以上。还有家居、线材、柳编……佳绩傲娇啊。归程行囊里有给女儿选中的马面裙，犒劳自己的镂雕笔筒和圆雕达摩像，还有菏泽市李荣海美术馆赠送的画册，收获满满。

天已暗淡。万家灯火，霓虹璀璨，晚风阵阵。

高铁启动。展看画册，入目一幅水墨高粱图，李荣海先生笔下的高粱秆挺叶茂，丰收在望，果实红艳艳的、肥墩墩的，露华臻浓。

写在春联上的家训

腊八节后，过年的气氛一天比一天浓郁了。

"喝罢腊八粥，天天犯糊涂。"一句俗谚俚语，生动描绘了春节前忙忙碌碌的市井生活。当然，这时候的糊涂不是捅了篓子的糊涂，而是特指为了备年货，一趟趟在集市和家之间来回往返时，丢三落四，忘东忘西，回味起来可笑，却又不时上演着的一件件日常糗事。

我母亲过了腊八节后也常常犯糊涂。譬如，把买好的一捆葱忘在了卖馍人的馍摊上；再譬如，把扯好的花布忘在了卖布的商贩那里。掏罢了钱，回到了家，又火急火燎地往街上跑去，白白再受累一趟。

但在我的记忆里，有几样东西，只要买罢，母亲从来没有落下过。这几样东西，也是父亲过年前特别操心的事情。

父亲一般会自己亲自去集市上置办这几样东西。如果出门在外，父亲也要捎信给母亲，反复叮嘱。

一本崭新的农家历、一管狼毫毛笔、一大瓶墨汁、五六张颜色鲜亮的大红纸——一样不少，年年腊月，这几样东西必定会出现在我家里。

　　农家历是父亲用来估摸来年庄稼地里的收成和安排农事用的，新毛笔、墨汁和大红纸则是父亲写春联时的必需。

　　父亲把写春联看作一件非常郑重的事。"春联贴在自家门楣上咧，是贴在自家脸面上咧，马虎不得！"父亲一本正经地对我和哥哥说。

　　我家一般在腊月二十八写春联。母亲早早把屋子收拾得利利落落，裁剪好的红纸铺摆在桌子上，墨汁用一只洋瓷碗盛着。

　　父亲洗净了双手，不慌不忙地踱到桌子前，缓缓挽起右手袖管，凝神静气，提笔沾墨，挥毫在大红纸上写下这样一些文字：耕读并行传家业、礼廉双崇惠后人，孝悌之家。

　　我看不懂字里的意思，便仰着小脸问父亲。父亲告诉我：耕田读书是农家子弟的本分，知礼仪晓廉耻是做人的根本，"孝"指要报答父母的养育之恩，"悌"指要珍惜兄弟姐妹之间的友爱，这是家训。

　　年三十，父亲搬来一把木梯子，看着我和哥哥把他亲笔书写的春联贴上，仔仔细细端详几遍，满意了，再招呼哥哥放了鞭炮，一家人才围坐在一起热热闹闹地吃起了丰盛的年夜饭。

父亲去世前，耕读勤勉，知礼仪、晓廉耻，恪守孝悌的家训就这样在一副副春联里，伴随着我和哥哥一路长大，也被姊妹几个牢牢地记在了心里。

　　父亲去世后，我和哥哥先后离开老宅，各自在城市里安了家；父亲留下来的家训，也被我俩一年年写在了单元房门口的春联里。

　　像当年父亲教导我一样，我把写在春联里的家训讲给我的儿子听。

　　我相信，从第一次儿子认认真真地和我贴春联那一刻起，写在春联上的家训，一定深深地刻在他的心上了。

大杂院变成了"花园"

十一年前，我买了一套二手房，但我却一直不愿意对人提及，原因很简单，房子在一个老旧小区内，小区被戏称为"大杂院"。

大杂院确实杂，车辆随意占据着小区内的道路，经年未修的排污管道栓塞不畅，导致楼宇间不时"沧海横流"，私搭乱建的小房子霸踞在院落一隅，影响观瞻。一到晚上，影影绰绰的路灯让人对面相逢不相识；盛夏时节，垃圾池里散发的难闻味道，每每让人掩鼻。

我家住一楼，对大杂院的乱相感受要更深一些。天蒙蒙亮，送牛奶的脚步声刚刚停息，小贩们接踵而至，拨浪鼓这种招揽生意的传统工具早已被抛弃，取而代之的是音调高亢自动播放的电喇叭，"卖甑糕热豆奶"之类的吆喝声此起彼伏，让人睡意全无却又无可奈何。

最无语的是丢东西。刚搬进小区时，我将一把凳子放在单元门口，回家接了个电话，出门再看，凳子已经不翼而飞。几年间，我家丢过一辆电动车和两双正在晾晒的鞋，相互一打听才知道，邻居们大多也有过类似经历，区别仅是丢物价值的高低而已。

小区中间有偌大一块绿地，原本种植有花草树木，却被走捷径的人踩踏，硬生生变成一片裸露着土皮的空地。几棵柳树歪斜着身子长在那里，伴有几簇稀疏低矮的花丛，杂乱无章的空地既无生机又让人无限感慨。

上海浦东的一位朋友来我家做客。我硬着头皮领他进了小区后，从朋友刻意掩饰的脸上仍能看出他的错愕。送走朋友，再走进自己日夜生活的小区时，我忽然想起了"安得广厦千万间，大庇天下寒士俱欢颜"这两句唐诗。

小区的变化从 2014 年开始。先是路灯被更换一新，接着有了靓丽的中心广场，广场四周铺设了一圈健身步道，中间竖起了一具高杆灯和几套健身器材，北端还建了一座露天舞台。就此开始，每到夜晚，广场上有大妈翩翩起舞，有孩童追逐嬉戏。白天，柳树下时常聚集起三三两两的居民，大家或下棋或打扑克，再或者悠闲地健身聊天。

接下来的几年里，小区建成了文化服务和邻里中心，洛阳市少年儿童图书馆、河洛书苑也在小区内开办了分馆和"城市书房"，家门口就能很方便地借阅到图书。踱进"城市书房"，坐在书桌旁翻一翻书页嗅一嗅书香，于我而言就是简单而实在的幸福。小区聘了物业，门口有保安值班，院内安装了监控，困扰居民多年的小商小贩吆喝彻底断了根儿，现在的我可以舒坦地一觉睡到天亮了。

更大的变化则从 2020 年夏天开始。小区内陆续开进一些工程车辆，一拨拨工人来来去去。国庆节后，小区彻底变了模样。旧楼宇被包裹保温层后重新喷涂了一遍真石漆，漆面黑白相间配上唐韵风格的装饰线，置身小区内仿佛一朝梦回穿越到了唐朝。道路被拓宽了，路面铺装得平整如镜，楼宇间修了几座小游园，花木扶疏、亭廊回旋间颇有几分园林的意趣。新建的车棚内装上了充电桩，原本遍布在小区墙壁上的电线电缆没了踪影，取而代之的是整齐的收纳盒。下水道、排污管被彻底更换，一排分类垃圾箱矗立在小区内的显眼处，不时有居民分门别类地往垃圾箱内放物品。道路两旁画了黄色的停车位，一辆辆私家车安稳停放，小区内秩序井然。

还有更大的惊喜呢！正在修建的大运河遗址公园就在我家小区对面，遗址公园跨越灅河东西两岸，占地四十余公顷，待明年公园建成时，亭台楼阁掩映在兼葭之间，金顶碧阁辉映在晴空之下，定是一派芳草萋萋、花香扑鼻、朱樱盈天的祥瑞景象。而我居住的小区和遗址公园仅一路之隔，出则有公园可以赏景怡情，入则有焕颜了的小区可以安心生活，那该是多么舒心快乐的日子啊！

————————————竹影流年

山坳里

一

高中毕业那两年，是我的低谷期。青春的蛮力蓄积，又一头迷茫，四处瞎撞。白天，天上有太阳，晚上，天上有月亮，大道一会儿如青天，一会儿如夜晚；而我在深渊，脚步悬着，人也悬着，不知哪里会有我的路。

母亲直摇头，对这个胳膊粗她一圈、腰围宽她一匝的小儿子无可奈何，赔着笑脸，央求亲戚给我介绍工作："别看俺娃子年纪不大，心眼儿比遛街贼多，胆儿比泼皮猴大，只要能行，火葬场那活儿也得紧着介绍给他干。"

母亲的话让我备受刺激。我觉得必须振作了，不然，再熬磨一段日子，我的社会角色说不定就会变成隔壁二爷挂在嘴边调侃的"二流子"了。最烦隔壁二爷，一辈子恨人富笑人穷，趁着人多显摆老资格，翘着一把山羊胡摇头晃脑嘲笑他看不顺眼的人。譬如，四十多岁娶不上媳妇的陈家大小子；譬如，木讷老实的刘家老二。有时候，也捎带上我。

"娃子，你这一天到晚瞎晃悠不干正事唤作个啥？哦，唤作猫逮耗子狗帮忙——不着调。"

那段时间，我瞪过二爷好几回，咬牙切齿地在心里暗骂他——你大爷。

母亲有个远房亲戚在市委招待所干红案，答应带我当学徒。母亲仿佛揪住了救命稻草，回到家，手头忙着张罗饭菜，嘴边不忘絮叨："三年大旱饿不死掌勺大师傅，儿啊，你试一试嘛。"

"去就去！"急于摆脱母亲絮叨的我不假思索一口应承下来。我只想尽快从母亲身边逃离，一刻也不愿意再待在家了。可实际上，我只是一只被母亲宠养在笼子里的小鸟，羽翼未丰，衣食无忧，吃喝不愁，自己把自己扑腾腻了折腾烦了，却不懂感恩，巴望逃离。

母亲一愣。我难得一次没同她犟嘴，顺从了她的安排。母亲为我收拾行囊时心情复杂，仿佛放飞一只即将离巢的鸟，无奈而又感伤。送我出门。母亲嗓音低沉，眼神愧疚，像做错了事的孩子："妈其实是打算送你复读的，让你学厨师权当一句气话，没承想，你竟答应了。"

我鼻子一酸，叹口气，人低矮下来："妈，不怪您，只怪我不争气。"回眸再看满脸愧疚的母亲，瞥见她的眼窝水润润的，亮晶晶的。

厨师长三十出头，常州人，手艺好，脾气暴，越着急越结巴。汉语在他嘴里磕绊蹒跚，像走不稳路的孩子，偏偏"他妈的"三个字从他舌头上蹦出来时利索得惊天动地，炸得人耳朵嗡嗡响。没几个学徒受得了他的怪脾气，他也不稀罕没眼力的学徒。

我第一次进后厨的情形跟刘姥姥进大观园差不多，陌生局促，紧张惶恐，无所适从。厨师长那会儿正手忙脚乱，铁锅在烈焰喷涌的灶头上翻飞，铁勺碰得铁锅叮当响。后厨人人麻利，个个急头怪脑，案板上狼藉纷乱如战场。

亲戚丢下我，扭头忙自己活计去了。我头戴一顶白厨师帽，腰系一条新围裙，站在堆满各种食材的菜案边，呆头呆脑笨手笨脚。

正在快速翻炒的厨师长忽然扭身拿他手中的铁勺指了指条案上的一只白瓷盘，又指了指我。我迷瞪着，没搞懂他的意思。厨师长一下子火冒三丈，俩眼珠子瞪得跟铜铃似的，嘴里骂了一句，手中铁勺遽然以一道飞驰弧线重重落到了我的手背上。

啪！一声脆响。

我一怔，下意识揉了揉火辣辣并转瞬隆起的红肿手背，泪珠已委屈地在眼眶里打着转，强忍着没让眼泪掉下来。

厨师长从来不给后厨伙计们道歉，更不可能理会一个刚刚踏进后厨的学徒。他在后厨的气势很像端坐在老宅堂屋里老式罗圈椅上的爷爷，那做派仿佛一个模子里刻出来的——不容反驳，不允挑衅，只自己说了算。

　　我暗自庆幸——刚和厨师长打照面便冷不丁挨了他一铁勺，那一勺子大约让厨师长心生愧疚，或者，令他隐约感觉我与其他孩子不同——至少，我没闪躲，没露怯，没显出一丁点儿怨气或愤恨，一副很有主见很有骨气的模样。当然，厨师长绝对料不到打小顽劣的我已经积攒过无数次挨打经验。对付比他还容易暴跳如雷的母亲，我总结的攻略是，不逃、不避、不犟嘴，挨一下打的疼比逃跑后被母亲揪住连挨十几下打的疼划算许多。

　　我得以留下当厨师长的学徒，并且，在他身边一晃就是三年多。

　　有时想，人真是一道菜，层级低的给层级高的吃，你吃我，我吃你，吃成几千年的流水席。三年多的时间，除了厨艺见长，我跟着厨师长学会了抽烟、喝酒、跳太空舞、撩女服务员、吐荤段子、说脏话。甚至，青出于蓝，比他要得更前卫时髦，更有模有样，风生水起。

　　有次，厨师长喝醉了酒，他眯起眼睛，搂着我肩膀，一摇三晃向我传经送宝。厨师长说："小子，江湖是把刀，人在刀上飘，今天不快活，明日白搭了。"

　　　　　　　　　　　　　　　　　竹影流年

我有点蒙。厨师长咧着嘴笑了，意味深长。可厨师长嘴里的江湖到底多广阔、多深沉、多快活呢？我压根捉摸不透，领会不了，感觉一切离我很远。

　　听厨师长话音，上海、广州、杭州……都是他向往的江湖，只待乘风破浪会有时，驭马而行向东南。而我的江湖局限于后厨巴掌大那块地方，凭一把刀、一口锅、一把勺快意人生。刀是王麻子出品，锋利冷酷，切肉如泥；锅和勺产自章丘，麻溜利散，皮实耐用。

　　厨师长累得不行了，支使我替他炒菜。掌头灶的感觉让我九分膨胀，一分得意。膨胀对乳臭未干的学徒来讲绝对不是好事，一天比一天膨胀，直到把自己像吹猪尿脬似的吹破。得意更不是好事，得意跟失意是双胞胎兄弟，常常形影不离。

　　我很快为膨胀付出了代价，断送掉"得意"的前程。

　　招待所有转正名额，那只铁饭碗让人垂涎三尺，觊觎不已。依仗厨师长撑腰力挺，大家都觉得那只铁饭碗大概率属于我。我自己也觉得手拿把攥，没跑儿。与我竞争那只铁饭碗的女孩长相一般，人却水灵耐看。女孩来自伏牛山褶皱里的偏远乡村，没根没基，技校毕业，腼腆得像微微一碰就收拢叶子的含羞草。

　　公布结果的头天晚上，我和女孩值夜班。临下班前，沉默在案板旁的座机突然响了，一个男人声音传过来，说要一碗糊涂面，另外清炒一盘青菜，不放姜蒜，让送到311房间。女孩子端着饭菜送去了。

许久不见女孩回转，潜意识里似乎隐约听得女孩一声叫喊，喊声很低，足够使我好奇，也担心她。我一口气跑到311门口，敲响了门。门开了一条浅缝，瞥见女孩藏躲在被窝里，几件衣服胡乱扔在床头，一条腿没遮掩好，露在外面，刀刃般凌厉雪白。

围着浴巾躲在门后露着不阴不阳半张脸的男人我当然认识——某领导嘛。我捂着脸扭头往后厨跑，一边跑，一边想，天哪！

我哪里会懂得，敲对一扇门能改变一个人的命运，从此平步青云；敲错一扇门能让一个人跌落谷底，直至卷铺盖滚蛋。这种迟来的领悟像铁錾子刻石碑一样入石三分，一辈子刻骨铭心。

离开招待所那天，天灰蒙蒙的，雨丝淅淅沥沥，下得一点儿都不痛快。厨师长高高扬起巴掌，作势揍我，又黯然收回，冲我胸口重重捶一拳，低低骂了一句："这世道，他妈的！"

我觉得厨师长高低不像是骂我。他如何会舍得骂我这个说好了要陪他一起驰骋江湖笑傲江湖的人呢？

那骂谁呢？我思忖多年。

　　　　　　　　　　　　　　————竹影流年

二

太阳从黄瓜山背后不情不愿地爬了上来，光亮贼一样蹑手蹑脚溜进山坳，光秃秃的树木、房屋和一切活物都被光唤醒了，它们各有形态，各有想法，各有动作。

福禄娘手腕一抖，哗啦，撒出满满一瓢苞谷粒。苞谷粒在院子里蹦蹦跳跳，宛如从天上散落。树杈上、墙头上、房脊上饿了一夜的跑山鸡扑棱着翅膀蜂拥而来，向那些苞谷粒展开猛烈冲锋。"咕咕""咯咯"一阵骚动后，几根被挤掉的鸡毛在风中兀自招摇，地上丢着几摊凌乱鸡屎，没羞没臊冒着热气。

福禄从脏兮兮的铺盖里探出一颗乱草似的头。山坳里开着几口煤窑，下井挖煤的福禄，耳窝、眼窝、鼻窝藏满煤灰，泡在小澡堂子里秃噜掉一层皮也洗不干净洗不彻底。铺盖也跟着下煤窑的福禄遭了殃，黑黢黢的。

福禄媳妇李翠儿蒙着头，缩在同一张床上的另一卷被窝里。这让我想起宴席上的烙馍卷菜。不同的是，福禄是那黑乎乎的肉；李翠儿呢，是小葱，是青菜，碧绿，惹眼。好多人都想卷起她吃一口，我也想，却不敢。

福禄比我大五岁，紫阳人，汉江边跋涉到山坳里下煤窑讨生活的秦巴汉子。山坳里，我张口"龟儿子"闭口"龟儿子"喊福禄，同他玩笑。福禄不急不恼，说我是他在异乡遇见的亲兄弟，直到他后来意外死在了地层下的煤巷道深处。

此刻，我正在山坳底部张孬窑口旁的一幢房子里忙活。案板上横着半扇猪，一锅羊汤在灶火上咕嘟嘟翻滚着，几大块羊肉在汤里浮浮沉沉。

天刚蒙蒙亮，杀猪的胡胖呼哧带喘将粘带着淋漓血水的半扇猪往我面前的案板上一撂，扭头就走。我追着屁股问胡胖："多少斤？"胡胖头也不回："老规矩呀！"老规矩对应120斤，胡胖的一半体重。"呀"是胡胖的语气词，显得与我熟络。

山坳里捣开第一口煤井后，县城支肉摊的胡胖嗅到商机，翻越青龙垭，成了第一个把鲜肉和杂碎送进山坳的屠夫。胡胖隔天往山坳里送一趟猪肉、牛肉、羊肉、驴肉、鸡肉和各种杂碎。

"胖子，有那家伙没有？"煤窑掌柜张孬左手食指戴着蚕豆大小一块金镶玉，中指无名指各戴一个小一点儿的金戒指，满手背的金光晃得胡胖眼晕。

"啥家伙吗？"他问张孬。

"牛鞭驴鞭，有没有？"张孬咧着嘴笑。跟在张孬后边的几个小老板也咧着嘴笑。煤老板的笑让人容易联想到一些隐晦东西。

胡胖讪笑着："有啊。"

胡胖立马跑到屠宰场落实货源。买定七八根鞭货后，胡胖顺脚拐进十字街的老凤祥金店打探珠宝行情。柜台里摆放的戒指比张孬食指上戴的小一号都得一万多块，加上中指无名指上戴的另外两个，乖乖咧，张孬一只手能换县城一座宅院咧！

走出金店，眺望着南边层峦叠嶂的黑虎山，胡胖一阵感慨。

驴鞭牛鞭腥臊，城里人嫌弃，没想到这玩意儿成了山坳里的抢手货。翻一座山，胡胖把不值钱的下水货倒腾成了煤老板们饭桌上的珍馐，也把自己倒腾成了煤老板们的开心果。

福禄媳妇李翠儿不稀罕那些玩意儿，她稀罕胡胖车上的新鲜五花肉、排骨、蹄膀。

胡胖第一眼看到李翠儿时被她的容貌惊了一跳。胡胖悄声对我说："弟，若非哥亲眼所见，打死都不相信，福禄脏兮兮，被窝里竟能钻出这等尤物。"胡胖贼眉鼠眼的。

李翠儿仿佛落在山坳深处的一只画眉鸟。

"妹子，凭咱这长相，得穿金戴银，吃山珍海味，跟着福禄，亏了。"胡胖挑选最好的一块五花肉，割下，细心装好，递给她。

李翠儿一笑。

山坳里住着十几个秦巴女人，她们和李翠儿一样伴随男人从家乡到这座山坳。汉江边长大的她们与本地女人明显不同，她们背背篓，戴竹笠，穿宽袖蓝衫，喜欢隔三岔五去县城"赶坝坝"。李翠儿身姿婀娜，是她们当中最出挑的一个。

胡胖问福禄："龟儿子，咋把李翠儿娶到家的？"

"背篓背到家的。"福禄嬉皮笑脸，没个正形。

福禄娘耐不住胡胖缠磨，给胡胖透了底："俺儿媳妇是苦命孩子呢，爹死娘嫁人，后爹待她不咋地，高中毕业后他爹急着张罗给她寻有钱人家。俺崽赶坝坝遇见李翠儿，两人好上了。她后爹嫌俺家穷，死活不同意，揪住李翠儿狠里打，这不，福禄带着俺儿媳妇就来恁这里下煤窑了。"

胡胖眼前恍惚浮现出这样一幅画面：巍峨高耸的秦岭，曲折幽深的山路，两个痴情男女手挽着手，为爱奔赴远方。

胡胖对福禄娘说："李翠儿是个好姑娘，万里挑一咧。"

胡胖看李翠儿的眼神暧昧躲闪，像山坳里那只爪子抓着枝丫在枝头叽叽喳喳讨好母鸟的灰喜鹊。而张孬看李翠儿的眼神，肿眼泡里包着贼光，仿佛一条目不转睛紧盯着猎物的眼镜蛇。

我从来没有怀疑过福禄跟李翠儿的爱情。至少，我天天看到的李翠儿举止本分，温柔贤惠。李翠儿一度让我觉得未来的媳妇应该以她为模板，像她一样漂亮贤惠。

李翠儿常斜倚着门口的那棵老槐树，静静往窑井方向张望。有时候，李翠儿和福禄娘一起站在那棵老槐树下，往窑井方向张望，婆媳俩有说有笑的。李翠儿一个人张望的时候，默不作声，像贴在老槐树上的一截木桩。

夕阳打在她寂静的侧脸上，真是好看，油画一样。

每个女孩子的心都是柔软的，都值得男人珍惜——这话是李翠儿对我说的。得亏李翠儿的善意提醒，不然，我差点一时糊涂辜负了一个好姑娘。

那天，母亲托人给我提了一门亲。那姑娘应该钟意我，不然她不会缠磨着非让我骑着二八大杠带她到山坳里看风景。

山坳里有什么风景呢，只有我灰扑扑的人生。

我只好带着姑娘翻过青龙垭来到烟熏火燎的灶房，给她炒了一盘鱼香肉丝，做了一小碗鸡蛋西红柿手擀面。姑娘看着我擀面炒菜，明明答应父母天黑前转回家，硬生生磨蹭着不肯离开山坳。我只好留下了她。

夜落下来，就一间房，就一铺床，姑娘嚷着冷，钻进了我的被窝我的床。我却怂了，像一个新兵蛋子，不知如何应对战场，于是急匆匆跑到对门，找李翠儿。

福禄不在家，龟儿子下窑去了。

我磕磕巴巴说明来意，李翠儿笑了。她问我："你愿意娶她不？"我脸一红。李翠儿又问我："你想白睡她不？"我脸又一红。李翠儿笑弯了腰。

我的人生目前尚如一口枯井，不想也不能让姑娘深陷其中。

笑完了，李翠儿就懂了。她说："每个女孩子的心都是柔软的，都值得男人珍惜；姑娘看上你，她没错，你不占便宜，你爷们儿。"

姑娘和李翠儿睡了一晚上。第二天天蒙蒙亮，李翠儿送走了姑娘。我和那姑娘以后再也没见过。李翠儿后来好几次提起那姑娘，她说："是个好姑娘，傻小子，别后悔哦。"

我只好笑笑，叹口气。

从那以后，我有意无意帮李翠儿做点小活计，没事找李翠儿聊聊天。

我的一反常态让胡胖和张孬误以为我坏了他们好事。胡胖拐弯抹角提醒说："小子，挺能耐啊，不声不响猪拱菜哪？"我懒得搭理，一句也不解释，心想，你算屌毛。

张孬冲我嘿嘿一笑："小子，这片山坳里，除了我，看谁敢多看李翠儿一眼。"我赶紧点头哈腰，迭声说："是咧，除了您。"一扭头，我心里嘀咕，你算个屁。李翠儿往窑口一站，十几双煤黑子的黑眼珠立马看直喽，有能耐，你把那十几双黑眼珠子挨个抠出来当球踢？呸！

三

山坳里最权威的是村主任。大到婚丧嫁娶，小到鸡毛蒜皮，大小事务全靠他掌控。

张孬饭店开张前，我顶着头上火辣辣的太阳，扛着一条鼓鼓囊囊塞满了铺盖卷和几件换洗衣服的化肥袋，越过青龙垭，沿着一条勉强能通行的碎石路忽上忽下，气喘吁吁地摸到了张孬窑口前的"味道香"饭店。

饭店不大。说是饭店，其实就是张孬自家老宅装修的农家乐。我皱皱眉头，觉得这地方连同饭店名，与我市委招待所大厨身份相去甚远。张孬看出我不爽，干咳一声："老弟，留下吧，工资再加一千。"我点点头，放下了行李。

张孬堆着笑脸说想品尝品尝我的手艺。我心里明镜似的，分明试我手艺嘛。

我使出浑身解数，煎炒烹炸氽馏拔丝，加上水席，弄了三十道菜。凉菜上桌，村主任来了，披着一件深蓝色半旧中山装，头上顶着一顶深蓝色旧布帽，脚上穿着一双半旧解放鞋，浑身上下土里土气的一个小老头儿。当时我不知道他的身份，但从张孬的毕恭毕敬中隐隐觉得这小老头儿不凡。

酒过三巡，张孬急于显摆，他抢过菜谱，铺到村主任面前，巴巴结结地说："叔，您高低再整俩菜。"

村主任微醺，眯着眼，一只手将菜谱按在桌上，认真瞅了几眼，一根手指对着菜谱一划拉，说："这几道全上！"

我一瞅，妈呀，咋全是凉菜？赶紧对村主任说："老叔，这几道上过了，烦劳您再点几道对口味的。"

小老头儿也不客气，将菜谱朝后翻过两页，又认真瞅了几眼，手指头对着菜谱再一划拉，说："这几道全做！"我一瞅——爆炒料子鸡、生炒辣子鸡、霸王别姬（甲鱼煨母鸡）、小鸡炖蘑菇……

张孬见我迷糊，一把将我扯到身边，贴着耳朵悄声对我说："甭理他，只管做，他不识字。"

我好奇，一个不识字的小老头儿有何能耐把一座山坳里的几百号人治得服服帖帖，包括那群下窑挣钱的秦巴汉子。那群秦巴汉子一个比一个不守规矩，一个比一个刚烈生猛，一个比一个桀骜刺头。

很快我便领教了小老头儿的厉害。一天晌午，张孬和几个煤老板在饭店里算账，账本、过磅单和收据一摞摞堆在饭桌上。几个人刚摊开场面，小老头儿披着那件深蓝色中山装来了，默不作声坐下，不紧不慢啜着旱烟袋。那根烟袋不知被他盘了多少年，烟杆沁润透了，泛着玉石般的光泽。

几个人核算了两遍，得出的数字不同。会计急了，说："我算的错不了，若出差错，把我脑袋拧下来当夜壶。"会计话音刚落，坐在一旁的小老头儿冷不丁插了一句："娃子，你真错了，得数应该是 167584.2 元，你少算了 84.2 元。"会计不服，细细再算，果真是小老头儿报出来的数。会计伸出大拇指。

细细了解，小老头儿不简单，山坳里的几家窑口，小老头儿持有暗股，和窑掌柜们的张扬不同，小老头儿闷声发大财，早已赚得盆满钵满。

见小老头儿爱吃羊排，隔三岔五，我就红烧一盆羊排给小老头儿送去。小老头儿吃得满嘴流油。吃完羊排，他转身叮嘱张孬："这小厨子精灵，千万别放走他。"

张孬鸡啄米似的应承："一定，一定。"

枯井里泛出了清波，没想到小山坳成了我的福地。

除了饭店环境稍显脏乱之外，福禄对我好，李翠儿对我好，那群秦巴汉子对我好，小老头儿对我好……甚至，山坳里飞来飞去的山雀、画眉、灰雀也都对我好。你听，它们在那棵老槐树上叽叽喳喳，不正是与我高一声低一声地聊天吗？

人在一个地方熟悉了，也就忍住苟且了，就像做菜里的乱炖，各色食材混到一起，也能熬出个活色生香。

管煤窑的部门有好几个，有人穿警服，有人穿制服，有人穿便服。那条落满煤灰的山道上，隔不了几天，就有警车或公务车开进来。离开山坳时，后备箱里塞满了各种山货。小老头儿每次去县城开会，后备箱里也塞满了山货。

我问小老头儿："叔，干吗大车小车往外泼洒呢？"

小老头儿嘿嘿一笑："难怪只能当小厨子，眼界还得长长，舍得舍得，不舍哪有得呀？"

后半夜，寂静的山坳骤然被一阵紧似一阵的嘈杂声搅醒。脚步声踩得山坳不再安宁。我一激灵，慌忙爬起来，看见漆黑夜色里，许多张皇身影往张孬家窑口方向聚拢。窑场好像出事了。

果然，山路上很快响起了救护车刺耳的啸叫。我胡乱穿起衣服，撒腿便往矿场上拼命跑去。

窑口已乱作一团。几个浑身是血的矿工躺在窑口前那片黑乎乎的煤场上，擦去煤灰的脸色和急救医生身上的白大褂一样惨白，他们的身子绵软软的，像一根根煮熟了的面条。

第二天的太阳似乎特意要看清世间的生离死别，阳光格外刺目，几乎让人眩晕。一大早，遇难者家属跌撞着来了，悲痛的号啕和孩子们稚嫩的哭声，在空寂的山坳里凄厉地回荡着。

张孬和小老头儿在饭店里碰了头。张孬拖出来一只装满现金的麻袋，声音颤着说："叔，我得躲起来，一切靠您拾掇，该吃吃该送送，千万别心疼钱。"

操着各种方言的人蜂拥而至，饭店里人满为患。小老头儿镇定自若，让村里的治安员会同派出所的人将进入山坳的唯一山路封了，把不该进来的人挡在外面。接着，在饭店前支起一口大锅，烩羊肉烩牛肉随吃随有，一天不断，自己则猫哭耗子似的坐在村委会大院里，陪着家属抹泪。

"张孬这孙子就知道脚底板抹油，死去的矿工咋办？家属们咋安置？抚恤金谁出，出多少？"小老头儿摊着手，一边痛斥张孬猪狗不如，一边向讨要说法的家属摆出一副无计可施的愤恨模样。

三天后，失去耐性的家属接受了现实，拿上钱，一个接一个离开了山坳。

福禄难受。那几天，我不敢随意同他过调调，唤他龟儿子。

李翠儿那几天也难受。女人心都是水做的、云捏的，风一吹就皱。她陪着失去丈夫的几个秦巴女人哭了一场又一场，眼圈儿红肿，声音嘶哑。

福禄娘那几天也难受。我看见她徘徊在院门口那棵老树下，一会儿起身往窑井方向看看，一会儿心神不宁地坐下。她若有所思，喃喃自语。

张孬家的窑被关停了。可福禄说他不愿离开山坳，要不了几天，窑井就会重新开张，那些在地层深处蕴藏的乌金和挖掘乌金的兴奋会掩盖掉井下发生过的一切，秦巴汉子们的生命和汗水会冲刷并卷走游荡在巷道里的幽灵。

没什么办法，是生是死，都是命。而命不值钱，活着的人，为了生活，还得挣钱，还得下窑。

李翠儿一脸苦相，却改变不了什么。和所有最后决定留下来继续陪伴丈夫的秦巴女人一样，她将悲喜与丈夫拴定在了一起。

四

一个多月后，张夯窑口在一阵震耳欲聋的鞭炮声中开闸通电。福禄和十几个秦巴汉子在鞭炮落红中再一次走向矿车，伴着隆隆声没入地下。

给张夯窑口推闸的那人官相十足，笑容堆在一张肉嘟嘟的脸上。

那晚，李翠儿邀我喝酒。

她有她的担心和忧愁，却不能对福禄说，不吉利。只好借着一杯酒，对我说。

夜很静，酒杯里全是我的心跳。

酒，也不仅仅是酒，让我神魂颠倒。

我醉了。

李翠儿坐在旁边，把我揽在怀里，轻轻抚摸着我的头，没容许我进一步的动作。

李翠儿说："你比我小，是我弟，不许乱来哦。"

李翠儿又说："你年纪小，负担小，不该像我们一样在山坳里消磨，参加一下自学考试，为前程拼一回吧。"

我依偎着李翠儿，酒都从眼里流出来。

五

福禄还是永远留在了地底下。

矿山救护队在井下搜索了几天，确定福禄没有生还的可能。张夯窑口接二连三的事故最终触怒了一些部门，傍晚时，一声巨响过后，那个窑口被夷为平地，变成了一堆废墟。

福禄娘在废墟前昏死了好几回。

李翠儿也昏死了好几回。

小老头儿罕见地冲张夯发了火："孤孀寡母可怜咧，不给娘儿俩多拿俩抚恤，你娃子就不是人生的人养的，跟吃草牲畜有啥区别？"

处理完后事，李翠儿、福禄娘和那群秦巴汉子打起铺盖，黯然地离开了那片山坳。我没送李翠儿。我害怕看见李翠儿望着我时那双汪着泪的眼。

五年后，我拿到律师资格，走出山坳，有了路，开启了新的人生。

栗色马

一

藏在八百里伏牛山褶皱里的古镇，原本和祁连山北麓的山丹军马场八竿子打不着。换句话说，生产队饲养棚里的那匹梨花马和山丹军马场的彪悍军马大概率不会产生任何关联。不承想，生产队的饲养员老吴不但让两者有了瓜葛，还想方设法让梨花马怀上了山丹军马的种。

老吴不声不响干成了这件事。

因为这件事干得实在漂亮，老吴难免摇头晃脑。瞧他那神态，活脱脱一只飞上墙头翘尾巴的炫耀公鸡。也难怪，人哪，谁不想标榜自己出头露脸的高光时刻呢？何况，那年月，占公家便宜撒部队油，搞不好，会给自己挣顶"帽子"戴的。

"嘿，嘿，排长个子不矮，酒量不高，一瓶酒整晕了。"

"不过，他骑的那匹军马确实厉害，鬼日的，能耐大咧！啧，啧。"

老吴肚子里装着许多稀奇故事。猪八戒跑到月宫调戏如花似玉的嫦娥姑娘，老龙王跟玉皇大帝拗劲七七四十九天不下雨，老鼠半夜偷偷摸摸抬花轿娶媳妇，一百单八将落草水泊梁山替天行道，马弓手关羽在曹操眼皮子底下温酒斩华雄，泼皮猴孙悟空一泡尿惹恼了如来佛……小孩子们被他嘴里的那根辘轳绳扯得陀螺似的滴溜溜转，混群大溜往饲养棚里钻，也包括我。

三间茅草屋，一盏老式马灯，一圈熟悉得不能再熟悉的人，每天晚饭后，饲养棚成了生产队老老少少的谝话场。

街长巷短拉呱儿到夜静更深，天上的星星和脚边的黄狗熬得眼皮耷拉，老老少少才一个个打着哈欠意犹未尽地慢慢散去。

军马搞梨花马的骚场面臊得我们小脸通红。转回头，我们又黄粉虫似的挤作一堆，无厘头地议论那匹山丹马的威武雄壮、高大生猛，比画它棒槌般粗细的浪荡家伙。我们小脑袋里飞出的思绪，与古镇上空的朵朵白云、点点繁星，村庄外的金黄麦浪、肥硕大豆、火红高粱、无边青纱帐萦纡纠缠，编织出一段五彩斑斓的趣乐童年。

拉练队伍是端午节后经过古镇的。

队伍计划沿着顺阳河北畔由西往东行进，河水一样蜿蜒而去。头一天下了场急雨，乡村土路一下子泥泞不堪，黏得像狗皮膏。行军困难，排长领着战士、马匹，拖着辎重拐进了古镇。

蹲在村口玩泥巴的几个小孩子远远瞧见了逶迤而来的拉练队伍，欢天喜地迎过去，仰着小脸吸溜着鼻涕攒在队伍两边看稀罕。战士们脚上穿着带气眼绑鞋带的胶底解放鞋，绿军装，帽子正中别着一颗熠熠生辉的红五角星，脖子下头的领口上缀着两枚红领章，尽管裤管溅满泥点，额头挂着汗珠，依然英姿飒爽。

孩子们呼哧带喘地攒几步，弯下腰抠一抠被黄泥粘掉的粗布鞋，没一个舍得掉队。

最后边走着一匹军马。那匹栗色马粗壮结实，长方形的躯干，马头中等大小，耳朵小而灵活，额头很宽，后肢有轻度外向，关节稍大，筋腱明显，蹄质坚硬，纯栗色毛，没有一点儿杂章。军马背上驮副马鞍，马鞍上搭着一条军绿色褡裢，褡裢两边各有一个帆布兜，鼓囊囊的。

记忆如同生命力乖戾张扬的虬龙老树，白云苍狗岁月流年，一枝一叶仍然脉络清晰。前两年，到张掖办事，特意绕道山丹县，参观了当地的一座马场，只一眼，我认定小时候见过的那匹军马，就是正统的山丹马。

有个孩子飞一般跑进生产队长家。得到讯息的生产队长慌忙赶到了街口。

战士们被安顿在场部大院避雨。女人们手脚不停地忙了起来，一缕缕炊烟袅袅升起，宛如一朵朵徐徐绽放在雨幕里的牡丹花。三嫂做了一锅糊涂面，二奶奶把节省下来的鸡蛋煮了，七婶烙了香喷喷的葱油饼……饭菜香味越来越清晰，越来越浓郁地在空气中氤氲。

暮色没有完全笼罩古镇时，饲养员老吴湿漉漉地出现在场部大院门口。那匹被雨水淋透的梨花马浑身蒸腾着热气，雾蒙蒙地跟在老吴身后。

梨花马连着几天没精打采，老吴拿不准病情，天一亮，牵上马直奔兽医站。兽医掰开马嘴左瞧右看，舌苔正常，搭手摸摸身子，不烧不烫，转到梨花马身后打量了几眼尾尻，笑了："老弟，怪不得恁这马茶不思饭不想的，害相思病咧！"

吃过晚饭的战士们围在临时规整出来的仓库里盯着一块小黑板学习。排长分出来一名战士负责在饲养棚里看军马。喂马的青石槽六尺多长，敦实厚重，砌在青砖垒成的台基上，稳如泰山。经年累月，石槽沿被牲口脖子蹭得镜面般光亮，有一种类似青玉的质地和光泽。

拴在饲养棚里的那匹威猛军马让老吴两眼放光。在他身后，一路上魂不守舍磨磨蹭蹭的梨花马，两只眼睛里也几乎与老吴同时发出了亮光。马眼里的亮光一般人不可能看出来，也不可能感觉得到。可老吴侍弄了大半辈子牲口，他从手中缰绳忽然传来的涟漪一般细微连绵的微颤中，准确解读了一匹年轻母马的轻薄心事。

风最赖皮，无孔不入，专门偷窥云的秘密。风把云的秘密长嘴妇似的散布在古镇的大街小巷。蜜蜂也不算好虫意，扇动小小一对翅膀，飞舞在娇艳裸露的花丛之间，如同多舌的媒婆，把这朵花的心事捎给另外一朵花。马的心事藏在两只含情脉脉忽忽闪闪的水灵灵的大眼睛里，它的希冀快乐、烦恼、忧伤被一根拇指粗细的缰绳牢牢拴住了，动弹不得，自由不得，全凭主人心领神会。

"痴马咧！情种咧！"轻轻扯了一下缰绳，老吴爱怜地摸了摸梨花马湿漉漉的脸颊。

那匹栗色军马好像并不认为自己鸠占鹊巢，它甚至有点霸道，竟然毫不客气地把自己当作了这具青石槽的主人。血统左右性格，基因奠定脾气，驰骋辽阔草原养成的桀骜或许已深植在栗色马的灵魂和血液里，让它具备对陌生地域毫不怯懦的自信。人一旦自信附体容易一贯自信，马也是。栗色军马歪着头瞅了瞅试图缓缓往自己身边靠近的梨花马，似乎欢迎又似乎不想欢迎，似乎接纳又似乎不想接纳。

连着打了几个响鼻后，栗色军马低垂下头，嘴唇伸进石槽，不慌不忙地咀嚼着石槽里的草料，高傲得像一位阳春白雪的俊逸男子。响鼻是马与马之间的沟通方式，一匹马冲着另一匹马打响鼻，意味着它愿意和另一匹马并驾齐驱。

老吴从战士嘴里套出话。眼前这匹军马来自遥远的河西走廊，五岁口，从未交配过。老吴心底暗暗一喜，一些想法蠢蠢欲动。人一旦打定主意，无关正邪，无关黑白，穷尽手段，想方设法也要达到目的。尽管贪念多为一己之私，但有时候，贪念也会穿上高尚的外衣，转化为大勇大智。饲养员老吴的"贪念"属于后一类。

把梨花马紧挨着军马拴好，老吴笃信，梨花马的荷尔蒙一定会把军马迷得七荤八素。人可以坐怀不乱，牲畜指定不行。

那个尽职尽责的小战士眼睛紧盯着军马，哨兵似的防备着梨花马。他不容许梨花马过于靠近军马，一旦梨花马扭捏着凑近军马，或者军马伸着脖子去蹭梨花马的脖子，他立即毫不客气地将两者硬生生分开。

饲养员有饲养员的办法。老吴找到正和生产队长拉家常的排长，说："同志，饲养棚里的小战士不懂马事，能不能换个懂马事的人呢？"

那匹军马是排长的心肝宝贝。排长以为爱马受了委屈，掐断话头，起身跟着老吴大踏步朝饲养棚走去。

饲养棚里的气氛正变得暧昧。矜持的军马渐被梨花马浑身上下散发出的少女似的青春气息撩逗得意乱神迷，动物的原始本性让它血脉偾张，难以压抑内心的欲望和躁动。那种躁动仿佛深埋地壳的炽热岩浆，无声地奔涌着咆哮着，急切地寻找着一个喷发的机会或出口。

梨花马的尾尻湿淋淋的。一种混合着古老生命密码的特殊气味激烈地在两匹马的世界里缠绕，交融，发酵。栗色马伸长鼻子在梨花马尾尻处嗅来嗅去，脖子不受控制地急切地去蹭梨花马脖子，原本耷拉在肚皮下那根肉东西支楞楞地硬挺着。

排长懂得一匹发情公马与一匹怀春母马拴在一起会发生什么，不动声色地给马槽里添了几把豆饼麸皮，拍了几下爱马脊背，啥也没说，带着战士走出了饲养棚。

老吴把军马拴在木柱上的缰绳解开，一圈一圈盘在军马脖子上，理顺。锁好饲养棚木门，紧脚撵上排长时，老吴手里掂着两瓶酒。那两瓶酒藏在石槽下边，好几个年头了，老吴一直不舍得喝，冥冥之中，老吴竟觉得这两瓶酒像是自己未卜先知，特意为今晚或者为不请自来的排长准备的。

队长媳妇炸了一盘花生米，拌了一盘大黄豆，又炒了鸡蛋、青菜。排长说他不敢违反纪律，不能喝酒。生产队长说军民一家亲，军人咋能拒绝亲人敬的酒呢？老吴乘机给排长敬酒。三下五除二，排长醉了。

喝醉了的排长斜靠着老吴，嘴里嘟嘟囔囔："好事呀，好事呀……"

饲养棚里那天晚上到底啥情景，除了老吴添油加醋满嘴跑火车外，没有第二个人亲眼看到。

第二天上午，拉练队伍离开古镇，临别，排长一只手扯着马缰绳，一只手搂过老吴肩膀："你呀，你呀！酒是好酒，人不'正经'，若有机会，咱再痛痛快快喝一杯。"

饲养棚方向传来一阵梨花马的哎哎叫声，悠长，哀怨，似有万般不舍。

马和马之间也有爱情，也有欢愉之后的依依惜别。

二

老吴告诉生产队长梨花马怀上了军马的种。

"放屁！揪鸡毛也不寻寻家，把我当信屎二蛋咧？"队长不信，劈头盖脸一通训。

"没骗您，咱生产队沾着军马光了，千真万确！"

"一瓶酒工夫就弄成事了？"

"是咧！是咧！"

"真要是这，老吴，这事弄咧得劲！"

队长一拍大腿，美滋滋的。牲口金贵，孔硕威猛的马匹更金贵。那年头，一匹好马顶七八个棒劳力呢。

生产队长巴不得梨花马赶紧把小马驹生出来。他交代老吴："地里的重活儿让黄牛、黑驴扛上，油坊剩下的籽饼豆粕只管拿，好好将养咱的梨花马。"

梨花马的肚子一天天鼓起来。老吴牵着梨花马去兽医站瞧了几次，兽医说马驹发育正常，胎也安稳。

老吴又一遍一遍给梨花马刷毛梳鬃，草料也要反复筛几遍，确保没有一粒土坷垃小石子混进梨花马嘴里。

　　吴婶看不惯老吴对梨花马好，话里话外数落男人："俺怀了仨娃，咋没见你恁上心咧？你咋不跟梨花马过日子咧？"

　　老吴端起黑瓷碗，扒拉一口，嘿嘿一笑，没接婆娘的话。在她面前，他一贯怯弱，他爱她，总是笑吟吟的。

　　生产队的男人们大多喜欢吹牛。女娲造人时先用手捏，嫌慢，也累，捡根绳子沾满泥浆甩。手捏的人有灵气，嘴巴严；泥点子人没正形。女人们说老吴是泥点子里蹦出来的泥点子，净干些不着调的事。

　　腊月的暖阳金灿灿的，晒得人浑身舒坦。圪蹴在场部大院的土墙根，老吴和几个老汉抽旱烟扯闲篇。烟杆在几个人手里传来传去，青雾起起落落，话题咸咸淡淡。

　　"老吴，军马栗色，母马杂毛，生出来的马驹随公随母呢？"

　　"随公呗！"老吴嘴里叼着烟杆，满眼憧憬。

　　梨花马即将临产。兽医又给梨花马细细检查了一次，确保万无一失。饲养棚也彻底清理了一遍，铺了一层干草，老吴做好了迎接小马驹的准备。

　　梨花马是午饭前生产的。躺在地上的梨花马很平静，那种伟大的平静令人心疼。此刻，一个孕育了近三百天的小生命急于脱离母亲子宫。小生命尚不懂珍惜母亲，摆脱黑暗亲近阳光、亲吻清风拥抱光明的急切让它顾不上母亲翻江倒海刀割斧裂般的痛楚，在母亲肚子里闹腾不已。

小马驹的头最先露出母亲身体，接着是前蹄、身子、后蹄、尾巴。小生命一落地，兽医赶紧擦拭小生命湿漉漉的身子、鼻子、口腔，没过多大一会儿，小生命颤巍巍、趔趄趄、摇晃晃但倔强地缓缓站了起来。它很瘦弱，几乎一阵风就能将它吹倒。它却勇敢地站着，像一棵小山松。

果真是一匹栗色小马驹——像极了它的父亲。

三

老吴再次见到排长时，排长穿着一身普通衣服。

饲养棚还在生产队场院的东北角，老位置。茅草屋翻建成了土坯房，房顶覆盖着一层青瓦片。几棵瓦松在瓦缝间支棱着灰绿肥墩的身子，好奇地打量着平凡而复杂的人世间。

老吴正弯腰往石槽里添草料，木门咣当响了一声，一个身影和门外亮堂堂明晃晃的阳光一起拥进了饲养棚。

"噫，老天爷！噫，老天爷！咋会是您呢？"

看清是排长，老吴猛拍了一下脑门，大呼小叫着迎上前，热情拥抱，嘘寒问暖——惺惺相惜的知己永远牵肠挂肚。

三个人，两瓶酒，不穿军装的排长又喝醉了。醉酒的人像玻璃人，半混沌半透明。排长说他退伍了，不再穿军装了。讲到这些，排长的泪珠子顺着脸颊啪嗒啪嗒断线似的往下掉。

那天，排长带着战士进山训练。雨季的山谷雾气迷蒙，空气中仿佛能拧出水来。吸饱了水分的藤蔓攀在崖壁上，水珠盈盈，像串了一串长长的珍珠。背阴处有成片青苔，绿绿的，宛若给山石披了一层绿毯。蜗牛背着壳一边爬，一边慢吞吞地打量着周围的一切——这世界它才是主宰。山谷太平静了，平静得令人不敢平静。排长不断嘱咐战士们小心落石，眼睛警惕地巡视着崖壁，提心吊胆地丝毫不敢放松。突然，岩壁上传来一阵响动，那匹栗色军马率先感知到了异样，它昂起脖咴咴啸叫一声，肌肉遽然紧绷，两只后蹄猛然加力，没等马背上的排长反应过来，军马离弦之箭一般向前冲去。刹那间，几块笆箩大小的山石顺着崖壁从高处以雷霆之势轰隆隆滚下，重重砸在了排长刚刚离开的那片地面上。

有一个战士和一匹军马避险不及，永远留在了那座青松苍翠云深雾蒙的山谷里。

排长说栗色马救了他。不然，留在那片山谷里的是他，而不是那个比他更年轻更鲜活的生命。

老吴猜想，排长的退伍一定和那次意外有关——血气方刚的军人，谁愿意舍得军马、战友，离开营房呢？

"栗色马呢？"

"回祁连山了。"

老吴仿佛看见排长眼里装着一片绿色草原，草原上盛开着数不清的野花，一匹栗色马鬃毛飞扬，闪电一样驰骋在开满鲜花的草原上。

队长妹妹做了午饭。饭做好了一样样往屋里端。一双偷偷瞄向排长的眼睛很像当年梨花马瞄向栗色马的那双眼睛，羞涩、朦胧、情意绵绵，仿佛一团沉默却无法沉默的火焰。

缘分是这个世界上最难以捉摸的东西，奇妙无比。你想呀，毫不相干的两个人，某一时间，某一地点邂逅，一个微笑，一次凝眸，本该向左向右的人偏离上天设计好的路径，好巧不巧地遇见。遇见就会喜欢。喜欢就会相爱。相爱就会厮守。直至白发苍苍，形容枯槁，孑然耄耋。

排长大名叫陈建国。

喜欢他的女孩叫李菊花。

李菊花说顺阳河边长大的每一个女孩都是好看的小花朵，多姿、馥郁、深沉、香远。每一朵花都在等待一只不知何时何地才能寻香而来亲吻花蕊的傻傻蜜蜂。

陈建国说他就是那只傻蜜蜂，被一种无法描述的奇异力量和魅惑吸引着再次来到顺阳河对岸。

栗色马 ————————————————

陈建国将那些说不清楚的东西统统称作命运。谁都无法改变命运。

四

那匹小马驹，哦，不应该再叫小马驹了，它已经长成骏马了。

陈建国说骏马神韵和他的栗色军马简直一模一样，看见骏马，恍惚看见了远在河西走廊的不说话的战友。

李菊花是被骏马送到陈建国家的。生产队的胶轮大马车接过嫁进古镇的一个又一个新娘子，却从未往外送过新娘子。李菊花是头一个。

破例有破例的缘由。一是陈建国执拗，二是李菊花不在乎，三是生产队长点了头。

陈建国说自己的命是栗色军马从死神手里硬生生抢来的，他得感恩战友。骏马是栗色马的儿子，替代父亲为战友送新娘天经地义。

李菊花说陈建国的话在理。夫家派车来接新娘子是老辈人衍传下来的规矩，坐娘家生产队的马车出嫁虽然不合规矩，但规矩就是被不愿墨守成规的人打破的。陈建国重情义，她得为自己选中的男人撑腰长脸。

生产队长点了点头。

胶轮大马车用崭新苇席扎成了棚车。红绫盘成的缎花将

竹影流年

棚车装扮得红红火火。老吴换了一身干净衣服，精神抖擞地端坐马车帮上，手里高举着一根新马鞭。老吴老早就托人弄了十几根筷子粗细的崂州淡竹，放到阴凉处晾到半干不湿时，拣三根最直溜的顺劲拧成麻花形状的鞭杆。抹了好几遍核桃油，反复盘磨了近一个月，鞭杆被汗液沁润得琥珀似的幽光闪闪。马鞭梢上拴着一撮红绒绳，鞭子挥舞起来，那撮绒绳一下子幻化成了无数只红蝴蝶，在老吴头顶翩翩起舞。

啪！啪！鞭花在老吴手中连续炸响。老吴一扯缰绳，骏马轻轻抬起前蹄，稳当当拉动胶轮马车，载着李菊花向顺阳河对岸的另一个村庄走去。

李菊花回一趟娘家，陈建国跟着李菊花回一趟娘家。陈建国不喜欢住李菊花家，他喜欢住饲养棚。白天给青石槽里添添草料，到顺阳河边遛遛马，梳一梳马毛，搂着骏马脸颊贴一贴，脑海里仿佛浮现出了老战友的影子，鼻子里似乎嗅到了老战友的味道。

那匹骏马通人性，它把鼻翼轻轻挨近陈建国脖子，鼻翼里喷出的气息热热乎乎的，轻轻柔柔的，像一双酥手抚摸着陈建国。

"家里搁着花娘子，外头硌硬老汉子，毛病咧？"老吴耍笑陈建国。

陈建国懒得搭理老吴，翻一翻身子，沉沉睡去。

如果没有后来发生的一件事，陈建国和骏马的情分也许会因为时间流逝而流逝。在这个世界上，任何事情一旦搁进岁月这条河里，都禁不起冲刷。

　　青龙山横亘在古镇和县城之间，像个天不怕地不怕的野仗汉，胡乱支棱着莽苍身子，躺成一座起伏连绵的山。翻越青龙山到达县城唯有一条车马路。山路崎岖，迎面相逢，牲口把式紧小心慢小心才能让两辆马车贴靠着勉强通过。最危险的一段路叫牵羊坡，一边崖壁陡峭，一边沟深万丈，稍不留神，就有坠崖危险，轻则伤筋动骨，重则命归西天。过了牵羊坡，山路渐渐平缓，连续下几个长坡，能看见一片红墙灰瓦的厂房。一根巨大烟囱矗立在那片厂房中间，冒着白烟，那是县化肥厂。

　　庄稼一枝花，全靠肥当家。一入伏，玉米苗嗞嗞往天上蹿，及时追肥很关键，玉米苗稀罕氨水，去县城拉氨水成了生产队的大事。

　　一来一回一百多里路，翻两次青龙山，过两趟牵羊坡，每年拉氨水，生产队长都得提前谋划。车轴牢不牢靠？装氨水的铁桶漏不漏？胶轮跑不跑气？还有人吃的、马喂的……

　　偏偏老吴肚子不争气，拉稀。跑了四五趟茅房，直挺挺一条硬汉子变成了软塌塌一根面条。氨水票作废不怕，能补，庄稼耽搁了，咋补？如何补？百十来张嘴指望着一季秋庄稼过日子呢。

生产队长急坏了。

陈建国赶巧陪着李菊花回娘家。看见陈建国，老吴一拍大腿："恁瞧瞧，恁瞧瞧，愁啥来啥，这叫山重水复疑无路，柳暗花明又一村。"

天蒙蒙亮，陈建国和老吴赶着胶轮大马车出了古镇。村口那棵高大的白杨树上住着喜鹊一家。马蹄惊扰了喜鹊一家的美梦，从窝里探出头，喜鹊冲着赶牲灵的吼了几嗓子——喳？喳？

顺阳河两岸的人都说喜鹊是喜鸟。古镇东头的二爷死了，棺材抬到坟头，一群喜鹊突然飞来，落在旁边一棵泡桐树上叽叽喳喳鼓噪着。风水先生心里窃喜，摊开手掌向孝子讨喜钱，嘴里振振有词："乌鸦闹丧，家破人亡；喜鹊闹丧，黄金千两。十几只喜鹊来闹丧，咋着也值一万两，恁看着给俩吧。""真是巧嘴先生，口彩讨咧真美！"孝子止住哭声，从兜里掏出来一张"大团结"塞给先生。

老吴却讨厌喜鹊一大早鼓噪，觉得不吉利，朝地上啐了一口唾沫。用劲过猛，后股沟子里差一点涌出来些脏东西。

日上三竿，胶轮马车到了牵羊坡。陈建国心里咯噔一下——这种地形让他想起了当年骑着栗色马遇险那一幕。陈建国下意识地跳下马车，一只手拽着辔头，一只手拢着骏马。马和人一样，走到鬼见愁地方都会胆战心惊。

迎面过来一辆拉煤马车。驾辕的青骡敛着头，收着尾巴，肌肉紧绷，使尽浑身蛮劲汗津津地冲上了最后一个长坡。许是用劲过猛的缘故，许是忽猛一下子踏上平路收不住脚的缘故，总之，青骡拉着马车不长眼似的直愣愣朝陈建国驾驭的马车撞了过来。骏马本能地往外侧拐了一下，但骏马无论如何不会想到，这一拐差一点儿将它自己、老吴和陈建国的小命都搭在这片凶险的山崖边上。

老吴在胶轮大马车外轮悬空前的一刹那跳到了车马路上。陈建国猝不及防，手里紧拽着那根马缰绳，整个身体悬到了山崖下。骏马身后缀着笨重的半悬空马车，脖子上缀着一百多斤的陈建国，那一刻，只要骏马有一丝一毫放松，车、马、人都将坠入沟底，粉身碎骨。

"撑住！撑住！"老吴飞身扑到骏马跟前，两只手拽着马辔头，使出吃奶劲往车马路上拽陈建国和胶轮大马车，赶青骡的车夫刹住马车也慌忙过来搭手救人。

"加把劲啊，小祖宗！"老吴冲着陈建国和骏马声嘶力竭地喊叫。

骏马一点一点昂起了头。骏马昂起头的每一点点意味着陈建国离安全近了一点点。陈建国大气不敢出，也不敢胡乱挣扎，此刻，人和马之间的默契与配合显得极其重要。骏马不会说话，但陈建国却从那根紧绷着的缰绳中强烈感受到了骏马不会舍弃他的决念和恒心。

316　　　　　　　　　　　　　　　　　　　　　竹影流年

那是一幅怎样的感人画面啊！

五

陈建国说他这辈子捡回了两条命，一条是被军马从死神手里抢来的，一条是被骏马从死神手里拽回来的，抢回拽回他的，是一对父子马。

老吴说："你小子命不孬。"

李菊花说："军马是你的前世情人吗，骏马是你的前世妻子吗，舍不得你？"

生产队长说："你对马好，马对你好，万物有灵，这叫福报。"

生产队解散那年，陈建国和李菊花商量着把骏马和胶轮大马车买了回来。两人在院子里搭了饲养棚，砌了喂马槽，备了草料。老吴把骏马交给陈建国后，卷起铺盖从住了十几年的饲养棚搬回了家。

陈建国和李菊花齐心协力干了几年，日子过得越来越红火。陈建国说他想去河西走廊，看一眼魂牵梦萦的老战友。李菊花点了点头，说："去，该去。"

霜降后的河西走廊朔风渐盛，草原已经枯黄，陈建国想起了边塞诗人的那句"大漠孤烟直，长河落日圆"。

栗色马老了。那身油光发亮的毛黯淡了颜色，那双炯炯有神的大眼睛迷离了光彩。陈建国抚摸着老战友，泪眼婆娑。

陈建国出现在家门口时，手里牵着从河西走廊回来的那匹栗色老马。陈建国对李菊花说："老战友救我一命，我伺候老战友后半辈子。"

陈建国是我小姨夫。

李菊花是我小姨。

我结婚那年，陈建国和两匹栗色马都老得不成样子了，李菊花也老得不成样子了。他俩住的那座宅子和周围的院子相比，略显寒酸。

顺阳河蜿蜒流淌着，河水清清，杨柳依依，岸畔的野草生长得蓬勃茂盛，仿佛桀骜不逊的生命。

表哥回来说要卖了两匹马，接父母到广州度晚年。陈建国不依，爷儿俩红了脸。

陈建国得了脑梗。饲养棚被表哥拆了，变成了一片菜园。小姨时常推着坐在轮椅上的小姨夫在菜园边晒暖。

我蹲在小姨夫面前，轻声问："马呢？"

两行浊泪从陈建国塌陷的眼窝里流了出来。他混沌不清的眸子里，藏着一片青青草原、一条顺阳河和两匹鬃毛飞扬的栗色马。

一条河串起来的历史

　　寨墙高耸，凝望过往。檐角飞扬，浮光掠影。古寨恍若夏蝉华丽变身后留下的蜕壳，隐于洛水南岸的大片赭黄翠绿之中，安卧在熊耳山余脉绵延起伏的褶皱里。

　　古寨有一个动听的名字——苏羊。尽管没有丝毫关系，我还是很容易联想起那位持节牧羊的苏武，高古临风，持节不屈，牧羊瀚海。

　　一处处古旧院落恍若黄土地上蹒跚踌躇的老人，背影笃定，饱含沧桑。光影雕年，明明暗暗的无数日子，漫漶、灵动，此消彼长。一座座土墙灰瓦的老房子被岁月磨砺过、风雨洗刷过，凸凹光阴，爬满流年，岿立不倒。

　　洛阳铲穿透厚塬，发现、探索、求解。埋在黄土里的古老讯息在某个时节草长莺飞，蔓出牵牛花似的藤，开出凌霄花似的灿烂，活色生香。地下隐藏了几个世纪的秘密，躲在一轮弦月后面，朦胧、清晰、悠然。

山野、阡陌、古桥、老树、远山……以及刻画在古陶器上的一个个神秘符号，苏羊如同一座宝藏，令人着迷。

一

仰韶文化——黄河中游地区一种重要的新石器时代彩陶文化，距今约七千年至五千年前……

红山文化——辽河流域以夹砂之字纹筒形罐、泥质盆钵壶及彩陶共存为特征的考古学文化，距今约五六千年前……

屈家岭文化——长江流域第一个新石器时代考古学文化，距今五千多年前……

龙山文化——中国黄河中下游地区约新石器时代晚期的一类文化遗存，距今四千多年前……

文明如同一条河流，蜿蜒前行，清音弦歌，潺潺脚步未曾停歇。河流经过哪里，哪里就会被文明沁润。被文明沁润过的土地，璀璨无比——苏羊遗址，位于河南省宜阳县张午镇苏羊村西部、下村南部，面积约六十三万平方米，文化层堆积最厚达 5 米以上，是洛阳盆地史前遗址分布最为密集的区域之一。2014 年，苏羊遗址被列为文物保护单位，苏羊寨入选中国古村落名录。

沿洛河一路向西。苏羊，令人神往心慕。

一圈蓝色彩钢瓦将遗址发掘现场围了起来。里面沉寂肃穆，外面人间况味。几只灰喜鹊探身在一棵高大的皂角树上，铁钩一般的爪子攥紧枝丫，好奇地打量着我们一行人，像在提防"不速之客"。

当然是不速之客，对先民文化的朝圣让我们步履匆匆。重见天日的珍贵文物和文化遗存跨越数千年沧桑，以最真实的面貌呈现，于我们而言，如天物，如珍馐。

敞开怀抱的偌大发掘坑里，陶器、石器、玉器、骨器、蚌器、灰坑、碳化粟、黍、葬坑……星罗棋布。端详着那些几乎触手可及的文物，思绪一越千年，恍惚间，似乎有一群方趾圆颅的先民逶迤而来——他们生肉粗蔬，刀耕火种，鲂鱼赪尾，栉风沐雨，筚路蓝缕。

"从现存遗物来看，苏羊遗址存续时间从仰韶文化早期一直到龙山文化晚期，文化序列从早到晚发展连续稳定，文化谱系一脉相承，且含有大溪、屈家岭、红山、大汶口等诸多文化因素，为不同区域之间的文化交流碰撞提供了新的材料，见证了早期中国文化圈的形成和发展，是研究中原地区文明化进程和中华文明多元一体格局形成和发展的极好样本。"随行专家介绍说。

天下之中的洛阳，从未缺席每一次文明进程，依山傍水钟灵毓秀的苏羊寨，独领风骚。

二

阳光从天而降，给村落披了一床暖融融的金毯子。几个老人坐在戏台对面的墙角晒太阳，见我们走近，上下打量几眼："从哪来？"

我们答："洛阳。"

"赶了一百多里路咧。"上岁数的苏羊人谁没在寨墙根捡过陶片呢？谁没在自家猪圈牛圈里用过瓮罐呢？对远道而来的寻梦人，村民早已见怪不怪。

"这边是寨首府、东车院、菩萨庙、关帝庙……"

"那边是大戏楼、小戏台、刘家祠……"领路的老人娓娓道来，我们侧耳倾听。

"看过苏羊竹马吗？"在街角拐弯处，老人停住脚步，扭身问。

"听说过，没亲眼见过。"我先点头，再摇头。

"好看！热闹！"老人似乎一下子来了兴致，他眉飞色舞地一边比画，一边有模有样地做起动作。单看那股利落劲，年轻时想必"跑"过竹马。

所谓竹马，是把竹篾扎成马的形状，糊上彩纸，加以装饰制作而成。表演者身穿戏服，将竹马绑在腰间，在鼓声、铃声、鞭炮声中，摇动马头，模仿骑马的各种动作，称为"跑竹马"。跑竹马突出一个"跑"字，以"跑"贯穿始终，跑出姿态、跑出阵法、跑出气势是诀窍。跑竹马的场地要广，"马"才能跑得开，其"兵"才能运筹布阵，观众才能在头脑中产生"万马战犹酣"的意象。跑竹马还须高腔鼓、三眼铳、

竹影流年

镲、铙、鞭炮等相辅相佐，这样，鼓声、炮声、铃声、鞭声、马蹄声竞相嘶鸣，仿佛战鼓擂鸣、万马奔腾的激战场面。鼎盛时，苏羊竹马百人同时表演，场面气势宏大，蔚为壮观。2011年，"苏羊竹马"被确定为河南省非物质文化遗产。

"可惜啊，现在的年轻人越走越远，会耍竹马的人越来越少了！"老人一声叹息。

风掠过树梢，来去自由。村民大都出门打工，古寨的街道显得空空荡荡。十几只丰满健硕的鸡肆无忌惮地从一条巷子里闯出来，你追我赶着冲进了另一条巷子。一地鸡毛。

三

郦道元著《水经注》卷十五《洛水》篇云："洛水所经有檀山坞、金门坞、一合坞、云中坞、合水坞……"

《宜阳县志·古迹》注云："云中坞，即今之苏羊寨。""坞"指的是一种小城堡，又叫庳城。称"坞"的地方，必有易守难攻的险要地势。比如，苏羊寨。

从高处俯瞰，苏羊寨在洛河南畔的二、三级阶地上，三面环沟，背连岭丘，状若金龟探水。寨墙已经塌圮，但轮廓依稀。连接寨内、外的两座石桥已废弃，长拱横跨的气势虽荡然无存，桥栏桥墩古朴依旧，兀自笑对细雨斜阳。

石羊街是寨内最周正的一条东西巷子。以石羊街为界，古寨又分为"南营""北营"——春秋战国时，这里驻扎戍兵，街道取名与军事相关。街西头地势陡降，势如断崖。街首原有石猪石羊左右分立，为汉代石雕，栩栩如生。

石猪石羊是古寨的"图腾"。游子从远方跋涉归来，远远看见高耸在街口的石猪石羊，风餐露宿舟车劳顿的辛苦刹那间化为乌有，那一刻，心中荡漾着家的温暖。

石猪毁损殆尽。一块褐红色的大石头被压在一条石堰下面，如无人指点，这块其貌不扬的石头无论如何都不会和汉代"石猪"联系到一起。崖壁上一丛丛迎春花开得正盛，点点嫩黄在柔长的枝条上尽情舒展，却没有石羊踪迹。石羊，飞扬于想象之中。

唉！岁月悠悠，每个人都是匆匆过客。石头亦然。

四

到山野间走走吧。

南望女几山的层峦翠峰，北览洛水的粼粼清波，远处田畴纵横，风光无限，近处古树如虬，白杨参天。深深呼吸一口清新空气，甜丝丝的。

一到饭晌，古寨升腾而起的炊烟袅袅冉冉，宛若一朵朵绽放在晴空里的牡丹花。

七峪溪水声淙淙，从古寨外蜿蜒而过。掬一捧在手，清凉甘洌的溪水从指缝中一滴滴落下，仿佛一代代苏羊人营造家园的颗颗汗珠。

竹影流年

新安散记

一

　　雪，白茫茫铺满乡村。粗细不一的一排排冰凌悬垂在瓦檐，亮晶晶的。风舞街巷，雪片撞在铁板一样坚硬的冬日街道上，呼啸和撕扯声在高高低低的乡村瓦屋间追逐。

　　出远门归来的父亲，左手掂着旧画箱，右手拎着半兜零食半兜寒风，脑顶盛开着一朵雪绒花，像一只白头翁。

　　油灯昏黄，灯芯如豆。我蜷在父亲怀里，听他讲外面的世界。仓头、铁门、正村、神仙湾、鹰嘴山……与这些地名连在一起的那些景致活灵活现地跳跃在父亲眸子里。

　　日子薄如纸张。如今，自己近乎白头，父亲的话依然清晰记得：新安，好地方咧！一定要去走一走，看一看。

　　果真。来新安的次数越多，越钟爱这里的山山水水，流连忘返。

这里的水是柔美的。黄河出陕西入河南，先被三门峡大坝拦一下，再被小浪底大坝拦一下，夹在上下两道坝之间的黄河水一改桀骜，汹涌变平顺，一河浑水化为蜿蜒向东的一湾湾碧浪。风起处，涟漪如银似金，水花如雪似云，掬一捧在手，清凉凉的、晶莹莹的，宛如黄河思念巴颜喀拉，回眸天山之巅的一颗颗泪珠。

这里的山是雄浑的。青要山、荆紫山、黛眉山、始祖山……罗列在黄河岸边，或峻，或翠，或峨，或峭，各呈姿态。山紧挨着水，水依偎着山，不离不弃；水为山添魅骨，山为水增秀色，相得益彰。那些山匍匐在黄河边，从地壳深处汲取昂扬力量，状扶摇，似要一飞冲天。

观云卷云舒，风来风去，品钟灵毓秀，物华天宝。在这片土地上徜徉，我的脚步很轻很轻，眼神很柔很柔。

二

毗邻黄河南岸的仓头古镇，人文厚重丰富。

孙都村是一处颇具特色的古村。古村分南街北街，有牌楼的是北街，至宝堂、黑子楼、关帝庙在南街。村落藏风纳气，地脉氤氲。

"至宝堂"三个篆体金色大字悬于青砖雕砌的门楣之上，两扇朱漆镏铜钉大门虚掩，很气派。大门两侧各贴一帧篆体黑底金字联：修己达人耕读传家荫子孙，依仁近善工商经世

———————— 竹影流年

富邦国。院内方砖铺地，花木扶疏，三进院落灰瓦覆檩，朱阁门窗，雕花嵌柱。房顶硬山平直，脊镶瑞兽，彰显着殷实之家的庄重安然。

至宝堂是孙都三堂之一，王家行商百年，富甲一方。

"门者，矩也。内外有别，拒恶行善。此为原'至宝堂'临街大门，立于清同治九年，于今百有五十年矣。门为双扇大门，乃坚硬山榆木所制，有铁腰带六条，元宝大钉壹佰陆拾捌颗，莲座平安大环，园枢方键，坚固灵活。立门百多年间抵御匪乱贼寇，盖有赖也。更有祖母杨老太君常坐门内，拿馒头食品周济乞儿贫困，留下'行善之门'的传说。"镶嵌在至宝堂侧门内墙上的石碑，记录着这段轶事。

堂号为何名为至宝堂？祖母杨氏留有一段教育子女的话直白明了——人人都以为我们家有最好的金玉财宝，其实不然，所言至宝是唯善为宝之意，能帮人时一定要帮上一把。以此为乐，不图后报，即要心存善念不作恶想，多做善事，与人为善。

黑子楼又名望京楼，系明朝"活财神"王应成所建。传说王应成和福王朱常洵是知心朋友，"相见亦无事，别后常思念"。莅楼怀古，攀附权贵的南柯梦往往塌圮于断壁残垣之中。

行走在孙都的巷陌里，蓦然回首，街角几株紫薇和月季仿佛藏着一蕊蕊灿烂故事。墙皮斑驳，土坯裸露，青草扑阶，石狮静卧，经过岁月剥蚀的门楼诉说着悲欢离合，落寞的气息里隐有几分昔日辉煌。一株老槐凛然而立，虬龙一样的枝丫恣意舒展，枝上生枝，偌大树冠远望如孔雀开屏，又似凤凰展翅。古槐葱茏茂密，干坚挺，皮涩硬，不畏惧风雨。扎根这片土地，一棵树也会展露蓬勃顽强的生命力。

东岭村扼守崤涵古道，西接陕潼，东衔河洛。村头崖壁上镌刻着"普济桥"三个碗口大小的行书，左下角留有"观音大士银两修"七个小字，从剥蚀程度揣测，普济桥大约建于明代。忍不住遐想，观音大士何许人呢？一个人，一村人，一县人？又想，兼济他人，仁心四方，是这片土地延续千年的传承？

三

那座高高的关楼上，矗立过几多厚禄之人，停留过几多名利之辈？晨钟暮鼓，潇潇雨歇凭栏，长夜更漏，寂寞白雪淋头，去者如是，来者几人？反倒是陪伴守关将士的几匹良驹见惯了浮浮沉沉，它们仿佛大智若愚的精灵，一声嘶鸣刺破长夜静谧，一阵马蹄驱散黎明薄雾，几匹良驹纵身一跃，矫健身影化为雕塑，矗立在函谷关遗址的游道边，任人反复咀嚼品咂，三省三悟。

青牛咀嚼过函谷关前的萋萋芳草吗？老翁用过潺潺涧水濯足洗尘吗？公元前491年的那个清晨，关令尹喜果真看到

———————————竹影流年

紫气东来了吗？鸡鸣狗盗，终军弃缥，仙丹济民果真与函谷关息息相关吗？一关雄踞今犹在，不见当年富贵人，所有围绕函谷关发生的故事，已伴着清清涧河，默默流向了远方。

纷纭过后，所有人都想拂去尘埃，看清历史深处最真实的一面。或者，回溯千年，安放一颗为前朝文治武功唏嘘不已的心。

走进千唐志斋，被一种浓厚的文化气息所感染。沉重而悠长的光阴在这里被时光的黄土所掩埋，沉积为一部无声的巨著。恍惚耳闻号角连营，目睹刀光剑影和笙歌弦舞的靡音浮华。祖先们智慧的光芒、浑浊的泪眼和低沉的叹息，拽着双脚一步步走进岁月深处，被某一瞬间的感悟所惊心，所动魄。

伸手触那一块块冰冷的志石时，仿佛真切摸到了大唐律动的脉搏。

在千唐志斋里小憩，看见一株凌霄花骑在墙头看我，居高临下。"花非过客，谁是主人？"忍不住对那棵凌霄花发出灵魂拷问。

它开它的，我想我的。改年再来，花长一轮，我老一岁。

夏初，在北岭的一处樱桃园里摘樱桃。一树的红樱桃鲜艳欲滴，绿叶衬托下的樱桃比玛瑙似更红润，咬一口，酸酸甜甜，满嘴满唇的馋涎都被染成了殷红色。看樱桃园的是一位四十多岁的农妇，人实在，话不多，地道的新安人。她的秤给得足足的，多一些也不去掉，钱的零头也不收。

"男人呢？"

"出门打工了。"

"一个人种樱桃累不累？"

"不累！赚钱的事哪能累呢，哈——"

"现在的日子美不美？"

"看你说的，美不美都挂在俺这张脸上咧么，哈——"

我带着一兜樱桃离开了北岭，走一路，吃一路。想起樱桃园的农妇，喜了一路，乐了一路。

四

端午节前在新安开会，宾馆对面就是世纪公园。恰逢雨天，擎一把伞便出了门，一个人在雨中散步，悠闲、散漫、自在、随心所欲。

围着世纪广场转一圈，看看文化墙，瞅瞅阅读栏，眼睛里装进一些新认知，对新安又多了一分热爱。

顺着步道往僻静处走，树林苍翠，榴花似火，玫瑰灼灼，几棵木槿拦我，小叶李的果实沉甸甸地缀在枝头。那些小叶李好像与我有过约定——我只管熟，你只管来。

蓦然撞见一片竹林。苏轼说："食者竹笋，庇者竹瓦，

竹影流年

载者竹筏，爨者竹薪，衣者竹皮，书者竹纸，履者竹鞋，真可谓一日不可无此君也耶？"我对竹一向喜欢，与竹为伴，似与君子结伍。

家乡也有一片竹园。和眼前的竹子一比，同样青绿，身姿同样挺拔。所有的竹笋冲破地表之前，都是一团寻求喷薄的岩浆，梦想着和一片云握握手。每一根竹笋最后都会撑起一把绿伞，站立成黄土地上的修行者，冷静思索。

愁怨、失望等不良情绪时常困扰着我，遭遇挫折或者憋屈不爽时，想一想家乡冬雪下的那片竹林，精神随即一振——人应该像竹子一样活着。

苦乐无边是我在皖南的一片竹林里领悟到的。

那天小雨，我没带伞，冷风吹来，激灵灵打了个冷战。刘永济评价苏东坡的《定风波》："东坡时在黄州，此词乃写途中遇雨之事。中途遇雨，事极寻常，东坡却能于此寻常事故中写出其平生学养。上半阕可见作者修养有素，履险如夷，不为忧患所摇动之精神。下半阕则显示其对于人生经验之深刻体会，而表现出忧乐两忘之胸怀……"

竹杖芒鞋轻胜马，谁怕？人生而豁达，一场风雨算得了什么？

新伊高速公路恰好穿越家乡的那片竹林，竹林很快在机械的轰鸣声中消失了。家乡于年轻人已不再那么重要，他们来去如风，无所挂牵。惋惜吗？惆怅吗？但那是那片竹林的宿命啊。

于竹而言，人只不过是匆匆过客。竹子于时光深处成就坚韧质地，以中空外直之态扎根大地，每一根深埋土地的竹鞭具备桀骜性格，历劫不灭，生生不息，春风一来，摇曳如昨。

何况，这是新安的竹呢！

后 记

一灯如豆。

父亲怀里揽着我和哥哥，手握一本发黄的《宋史全书》，鼻梁上架着老花镜，头发和落在房瓦上的雪花一样白。父亲和蔼可亲，一派老式文人模样。

无数平淡无奇的夜晚，父亲一次次亲手将文学种子于不经意间种植进儿子心田，使得儿子长大后柔韧若竹，行稳有节，赓续耕读。

问过父亲："我们这么穷，为什么还要写文章？"

父亲沉默一阵，答："写着写着就不穷了。"

父亲望向远方的目光柔和而坚定。

我的第二本散文集《竹影流年》将在父亲去世40年后付梓。真就如父亲所言，写着写着果真不穷了，还活得挺有滋味。感谢父亲没骗我，对的永远都是对的，真话和真理一样，经得起检验。

一个人一生总得干点什么，舞弄一番，挣扎一番，狂飙一番……都是选项。生在乡村是艰难的，双脚双手沾满泥土，土得掉渣，一身土腥味，风里来雨里去。生在农村却是万幸的，那些来自乡野的风带着泥土芬芳，吹过屋檐的声音高过时代嘈杂，让每一次呼吸，每一次心跳，都有属于自己的黑夜和黎明。

看自己的文字有点像从镜子中看自己，年少时轻狂，中年时复杂，一脸沧桑，一脸故事。庆幸走出村庄时，身后跟着一阵风，它一直没停。还有夜空中的星星、那条黄狗、一些笑声和模糊而清晰的梦境。

看顺阳河的感觉和看洛河、伊河、瀍河、涧河一样，它们都流淌在河洛大地上，流在自己身边。那些远去的背影，或者朝代，看似很远，其实很近，几乎触手可及。

我是贾红松。感谢家人，感谢基于文学彼此越来越通透、越来越可爱的朋友们，譬如，王勇召、高文超、孙少波、张晋、崔革军、黄高飞、孙树红等先生，以及围绕文学所发生的一切。

是为记。

编后记

中国文学的两个源流"文以载道""诗以言志"都被当代人很好地继承了下来，所不同的是，散文相较于诗歌，更适于传播和交流，上得庙堂，下得乡野，可言宇宙，可写虫蚁。其中，乡土一派散文作品，因其原生的"野性"而各个别致，多姿多彩。

乡土一派散文是真正来自民间的写作，姿态平和，视角也平和，从不俯视，从不鸟瞰，甚至从不贴近"观察"——观察者是客人，而这些书写者本身就是主人。他们所写的不是这个世界的传记，而是这个世界的日记。一篇篇的"日记"，连缀成书，也就修成了一部部各个不同的私人"历史"。

一千个人眼中有一千个哈姆雷特，而每一位书写乡土的散文家都向读者贡献了一个迥然不同的了解世界的视角。

文学的真正繁荣，又恰恰来自这些自发自愿的书写者，或曰记录者，他们以笔为故土抒怀，以情为家乡作志，为文学世界奉献出独特的生命体验和感悟。中国文化的根在乡野，正是乡土文化土壤的参差多态，成就了当代文学硕果的累累满枝。

罗素有言："须知参差多态，方是幸福之本源。"现代和高效解决的只是"生产"的问题，要解决"生活"的问题，似乎必然还是得眼光向下，求助于乡野。所谓"礼失而求诸野"——我们知道了如何生产，却忘却了怎么生活。现实迷茫，未来缥缈，便只能回溯过往——原来我们曾经是这么生活的。慢，成就了快；而快，是为了慢。我们离不开乡野文化的滋养，因为乡野就是来处，来处就是传统，传统就是源头。

贾红松先生的这部散文集就是如此。作家的故乡宜阳，有着几千年文脉赓续，繁杂符号不仅被记录在史书里、埋藏在遗迹和文物中，也流散于乡野之间，在乡民的口口相传、代代相因中滋生繁衍。

他写故乡的竹园，写黄河故道，写陆浑戎先民，写家乡的草台戏班，这些都是已经消失了的事物，但它们还在纸面上、在记忆中、在乡民和作者的信念中孑遗和留种。只要魂在，魄永远也不会散；只需机缘契合，就会再次萌芽，再造一段传奇。

《竹影流年》包含两个主题，一是地域的现实，二是历史的地域。与之相对应，所收入的文章大概可分为乡土纪实散文和历史文化散文两个类别，而后者很大程度上还脱离不开前者——他笔下的历史都是那片乡土的历史，他笔下的文化也都是那片乡土的文化。贾红松散文所载之道，不是高台教化，而是"热爱"和"传承"。正如他在文中所说，"写着写着就不穷了"——穷且益坚，不坠青云之志。

关于散文的写实性，历来有不同声音。文字作为信息载体，本身就有很大的不确定性。煌煌如《史记》，也被不少人调侃为不严谨，说司马迁之笔过于恣睢，故事固然好看，但很多私密之事、私密之话是无论如何也不可能如实复现的。然而，从逻辑上较真儿，《史记》固然可能失真，可又有哪部史籍能真正做到不失真呢？眼见尚不能为实，耳听必定为虚。文体和表达只能貌似客观，但未必真就客观。

戴锦华曾表达过类似的意思——史料从来不会完全是客观事实，有些只是胜利者的清单。人们习惯为胜利者欢呼，也不吝于给失意者献上奚落。

文学的真实，自有其标准。

小说自然需要虚构，但细节必须真实，细节失真不可信，会影响阅读的代入感；散文也可以虚构，但感情必须真实，感情失真不可亲，会流于油滑，无病呻吟。

《竹影流年》这本集子，是作者在不同时间所写的文章的一个集合。它们并没有依照什么提纲的安排，但自有其内在的脉络，那就是对家乡的怀念和对故土的热恋。世间文字，无非爱恨好恶。写恨容易，因为恨是简单的、直接的，可以非常容易相通；写爱就很难，爱是繁复多向的，也是相对委婉的，对象因人而异，感受也各个不同，所以世间的悲欢并不相通。要想令读者共情，只能下笨功夫做巧文章。首先是材料上的笨，哪怕是野人献曝，也比矫揉造作来得自然可亲；然后才是行文上的巧，会写的人永远能给人以惊喜。

贾红松先生的文字，恰恰在这两点上都能令人有所信服。

先贤作品如群峰耸立，绕自然绕不过去，看也未必能得窥全豹。于是，有率性者选择噤声，"高山仰止，景行行止"，虽不能至，心向往之；有执拗者则"晨兴理荒秽，带月荷锄归"，任你山高万仞，我自有心中之福田。前者可亲，后者尤为可敬。文学本不是竞技，而是修养——修葺园林，养埔田畴。这种修养，自然会给文学世界增光添彩，但更多的是对自己内心田园的丰富。

牡丹壮丽，是为国色；苔花如米，自有青春。

李祖向

（作者系评论家，原《散文海外版》编辑）